———— 阅读之前 没有真相

午夜文库

阿加莎·克里斯蒂
侦探小说

阿加莎·克里斯蒂
Agatha Christie (1890—1976)

无可争议的侦探小说女王,侦探文学史上最伟大的作家之一。

阿加莎·克里斯蒂原名为阿加莎·玛丽·克拉丽莎·米勒,一八九〇年九月十五日生于英国德文郡托基的阿什菲尔德宅邸。她几乎没有接受过正规的教育,但酷爱阅读,尤其痴迷于歇洛克·福尔摩斯的故事。

第一次世界大战期间,阿加莎·克里斯蒂成了一名志愿者。战争结束后,她创作了自己的第一部侦探小说《斯泰尔斯庄园奇案》。几经周折,作品于一九二〇年正式出版,由此开启了克里斯蒂辉煌的创作生涯。一九二六年,《罗杰疑案》由哈珀柯林斯出版公司出版。这部作品一举奠定了阿加莎·克里斯蒂在侦探文学领域不可撼动的地位。之后,她又陆续出版了《东方快车谋杀案》《ABC谋杀案》《尼罗河上的惨案》《无人生还》《阳光下的罪恶》等脍炙人口的作品。时至今日,这些作品依然是世界侦探文学宝库里最宝贵的财富。根据她的小说改编而成的舞台剧《捕鼠器》,已经成为世界上公演场次最多的剧目;而在影视改编方面,《东方快车谋杀案》为英格丽·褒曼斩获奥斯卡大奖,《尼罗河上的惨案》更是成为几代人心目中的经典。

阿加莎·克里斯蒂的创作生涯持续了五十余年,总共创作了八十余部侦探小说。她的作品畅销全世界一百多个国家和地区,累计销量已经突破二十亿册。她创造的小胡子侦探波洛和老处女侦探马普尔小姐为读者津津乐道。阿加莎·克里斯蒂是柯南·道尔之后最伟大的侦探小说作家,是侦探文学黄金时代的开创者和集大成者。一九七一年,英国女王授予克里斯蒂爵士称号,以表彰其不朽的贡献。

一九七六年一月十二日,阿加莎·克里斯蒂逝世于英国牛津郡沃灵福德家中,被安葬于牛津郡的圣玛丽教堂墓园,享年八十五岁。

阿加莎·克里斯蒂 侦探作品年表

波洛系列

1920　The Mysterious Affair at Styles《斯泰尔斯庄园奇案》
1923　Murder on the Links《高尔夫球场命案》
1924　Poirot Investigates《首相绑架案》
1926　The Murder of Roger Ackroyd《罗杰疑案》
1927　The Big Four《四魔头》
1928　The Mystery of the Blue Train《蓝色列车之谜》
1932　Peril at End House《悬崖山庄奇案》
1933　Lord Edgware Dies《人性记录》
1934　Murder on the Orient Express《东方快车谋杀案》
1935　Three—Act Tragedy《三幕悲剧》
1935　Death in the Clouds《云中命案》
1936　The ABC Murders《ABC 谋杀案》
1936　Murder in Mesopotamia《古墓之谜》
1936　Cards on the Table《底牌》
1937　Dumb Witness《沉默的证人》
1937　Death on the Nile《尼罗河上的惨案》
1937　Murder in the Mews《幽巷谋杀案》
1938　Appointment with Death《死亡约会》
1938　Hercule Poirot's Christmas《波洛圣诞探案记》
1940　Sad Cypress《H 庄园的午餐》
1940　One，Two，Buckle My Shoe《牙医谋杀案》
1941　Evil Under the Sun《阳光下的罪恶》
1943　Five Little Pigs《五只小猪》
1946　The Hollow《空幻之屋》
1947　The Labours of Hercules《赫尔克里·波洛的丰功伟绩》
1948　Taken at the Flood《顺水推舟》
1952　Mrs．McGinty's Dead《清洁女工之死》
1953　After the Funeral《葬礼之后》
1955　Hickory Dickory Dock《山核桃大街谋杀案》
1956　Dead Man's Folly《弄假成真》
1959　Cat Among the Pigeons《鸽群中的猫》
1960　The Adventure of the Christmas Pudding《雪地上的女尸》

阿加莎·克里斯蒂 侦探作品年表

1963　The Clocks《怪钟疑案》
1966　Third Girl《第三个女郎》
1969　Hallowe'en Party《万圣节前夜的谋杀》
1972　Elephants Can Remember《大象的证词》
1974　Poirot's Early Stories《蒙面女人》
1975　Curtain—Poirot's Last Case《帷幕》

马普尔小姐系列
1930　The Murder at the Vicarage《寓所谜案》
1932　The Thirteen Problems《死亡草》
1942　The Body in the Library《藏书室女尸之谜》
1943　The Moving Finger《魔手》
1950　A Murder Is Announced《谋杀启事》
1952　They Do It with Mirrors《借镜杀人》
1953　A Pocket Full of Rye《黑麦奇案》
1957　4.50 from Paddington《命案目睹记》
1962　The Mirror Crack'd from Side to side《破镜谋杀案》
1964　A Caribbean Mystery《加勒比海之谜》
1965　At Bertram's Hotel《伯特伦旅馆》
1971　Nemesis《复仇女神》
1976　Sleeping Murder《沉睡谋杀案》
1979　Miss Marple's Final Cases《马普尔小姐最后的案件》

其他系列及非系列
1922　The Secret Adversary《暗藏杀机》
1924　The Man in the Brown Suit《褐衣男子》
1925　The Secret of Chimneys《烟囱别墅之谜》
1929　Partners in Crime《犯罪团伙》
1929　The Seven Dials Mystery《七面钟之谜》
1930　The Mysterious Mr. Quin《神秘的奎因先生》
1931　The Sittaford Mystery《斯塔福特疑案》
1933　The Witness for the Prosecution and Other Stories《控方证人》
1934　Why Didn't They Ask Evans?《悬崖上的谋杀》

阿加莎·克里斯蒂 侦探作品年表

1934　The Listerdale Mystery《金色的机遇》
1934　Parker Pyne Investigates《惊险的浪漫》
1939　Murder Is Easy《逆我者亡》
1939　And Then There Were None《无人生还》
1941　N or M?《桑苏西来客》
1944　Towards Zero《零点》
1945　Sparkling Cyanide《闪光的氰化物》
1945　Death Comes as the End《死亡终局》
1949　Crooked House《怪屋》
1950　Three Blind Mice and Other Stories《三只瞎老鼠》
1951　They Came to Baghdad《他们来到巴格达》
1954　Destination Unknown《地狱之旅》
1958　Ordeal by Innocence《奉命谋杀》
1961　The Pale Horse《灰马酒店》
1967　Endless Night《长夜》
1968　By the Pricking of My Thumbs《煦阳岭的疑云》
1970　Passenger to Frankfurt《天涯过客》
1973　Postern of Fate《命运之门》
1991　Problem at Pollensa Bay《神秘的第三者》
1997　While the Light Lasts《灯火阑珊》

出版前言

纵观世界侦探文学一百七十余年的历史，如果说有谁已经超脱了这一类型文学的类型化束缚，恐怕我们只能想起两个名字——一个是虚构的人物歇洛克·福尔摩斯，而另一个便是真实的作家阿加莎·克里斯蒂。

阿加莎·克里斯蒂以她个人独特的魅力创造着侦探文学史上无数的传奇：她的创作生涯长达五十余年，一生撰写了八十余部侦探小说；她开创了侦探小说史上最著名的"黄金时代"；她让阅读从贵族走入家庭，渗透到每个人的生活中；她的作品被翻译成一百多种文字，畅销全球一百五十余个国家，作品销量与《圣经》《莎士比亚戏剧集》同列世界畅销书前三名；她的《罗杰疑案》《无人生还》《东方快车谋杀案》《尼罗河上的惨案》都是侦探小说史上的经典；她是侦探小说女王，因在侦探小说领域的独特贡献而被册封为爵士；她是侦探小说的符号和象征。她本身就是传奇。沏一杯红茶，配一张躺椅，在暖暖的阳光下读阿加莎的小说是一种生活方式，是惬意的享受，也是一种态度。

午夜文库成立之初就试图引进阿加莎的作品，但几次都与版权擦肩而过。随着午夜文库的专业化和影响力日益增强，阿加莎·克里斯蒂的版权继承人和哈珀柯林斯出版公司主动要求将版权独家授予新星出版社,并将阿加莎系列侦探小说并入午夜文库。这是对我们长期以来执着于侦探小说出版的褒奖,是对我们的信任与鼓励,更是一种压力和责任。

新版阿加莎·克里斯蒂作品由专业的侦探小说翻译家以最权威的英文版本为底本,全新翻译,并加入双语作品年表和阿加莎·克里斯蒂家族独家授权的照片、手稿等资料,力求全景展现"侦探女王"的风采与魅力。使读者不仅欣赏到作家的巧妙构思、离奇桥段和睿智语言,而且能体味到浓郁的英伦风情。

阿加莎作品的出版是一项系统工程,规模庞大,我们将努力使之臻于完美。或存在疏漏之处,欢迎方家指正。

新星出版社
午夜文库编辑部

Agatha Christie

Over the next few years, we plan to celebrate two very important Agatha Christie anniversaries. In 2015, it is the 125th anniversary of her birth in Torquay, South Devon, England, and in 2020 it will be 100 years after her first book, THE MYSTERIOUS AFFAIR AT STYLES, featuring her famous detective, Hercule Poirot, was published. This is therefore a very appropriate moment to publish a new edition of her works, and I am delighted that HarperCollins has chosen to work with New Star on these new editions. New Star is China's top crime publisher, and has a strong and dedicated editorial staff and a confirmed passion for Agatha Christie, making them the ideal partner. It is the right time to make these classic books available in modern translations and so to bring Agatha Christie's books anew to her many fans in China, giving them a new reason to re-read these much-loved stories, as well as introducing them to a whole new audience. How delighted Agatha Christie would have been that her stories (as she called them) are still giving so much pleasure to so many people all over the world!

I think there are two very remarkable things about Agatha Christie's stories. The first is that they are so adaptable. It doesn't really matter which language they appear in, the stories and the plots still give the same thrill, still provide the same puzzles, and the characters still have the same attraction. Readers in China will I am sure enjoy Hercule Poirot and Miss Marple just as much as we do in England, and readers in China will still be transfixed by the surprises and horrors of AND THEN THERE WERE NONE, one of the great classics of 20th century detective fiction, as we are here.

Agatha Christie

The second is that the stories give a wonderful picture of England, particularly rural England, at the time Agatha Christie lived. She wrote books from 1920 until 1970 but it is sometimes hard to tell which part of her life each book was written in. Her characters and the life they lived were very much the same. The life we all live is changing very quickly these days but "the Agatha Christie world stays the same." Perhaps the Miss Marple stories provide the best example of this, and in some ways, THE BODY IN THE LIBRARY and NEMESIS are quite similar, despite the fact that thirty years elapsed between the time they were written.

Perhaps I might end by mentioning three Agatha Christies (other than the ones mentioned above) which I think demonstrate why she is so popular, even in the twenty-first century. The first is MURDER ON THE ORIENT EXPRESS, one of the most famous with one of the most ingenious and human plots. Next read this an one of your long train journeys in China! Next is A MURDER IS ANNOUNCED, a Miss Marple which was her 50th book. It has my favourite murderer in it! And last is ENDLESS NIGHT - a story about evil and how it affects three young people, written at the time when I knew her best, and understood how deeply she cared and sympathised with young people and the world they lived in.

Whichever are your favourites I hope you enjoy these stories that New Star are introducing to you again. I think it is a great publishing event.

Mathew *[signature]*
Grandson of Agatha Christie
Chairman of Agatha Christie Ltd

致中国读者

（午夜文库版阿加莎·克里斯蒂作品集序）

在未来的几年中，我们将要筹备两个非常重要的关于阿加莎·克里斯蒂的纪念日。二〇一五年是她的一百二十五岁生日——她于一八九〇年出生于英国的托基市，二〇二〇年则是她的处女作《斯泰尔斯庄园奇案》问世一百周年的日子，她笔下最著名的侦探赫尔克里·波洛就是在这本书中首次登场。因此，新星出版社为中国读者们推出全新版本的克里斯蒂作品正是恰逢其时，而且我很高兴哈珀柯林斯选择了新星来出版这一全新版本。新星出版社是中国最好的侦探小说出版机构，拥有强大而且专业的编辑团队，并且对阿加莎·克里斯蒂的作品极有热情，这使得他们成为我们最理想的合作伙伴。如今正是一个良机，可以将这些经典作品重新翻译为更现代、更权威的版本，带给她的中国书迷，让大家有理由重温这些备受喜爱的故事，同时也可以将它们介绍给新的读者。如果阿加莎·克里斯蒂知道她的小故事们（她这样称呼自己的这些作品）仍然能给世界上这么多人带来如此巨大的阅读享受，该有多么高兴啊！

我认为阿加莎·克里斯蒂的作品有两个非常重要的特征。首先它们是非常易于理解的。无论以哪种语言呈现，故事和情节都同样惊险刺激，呈现给读者的谜团都同样精彩，而书中人物的魅力也丝毫不受影响。我完全可以肯定，中国的读者能够像我们英国人一样充分享受赫尔克里·波洛和马普尔小姐带来的乐趣；中国读者也会和我们一样，读到二十世纪最伟大的侦探经典作品——比如《无人生还》——的时候，被震惊和恐惧牢牢钉在原地。

第二个特征是这些故事给我们展开了一幅英格兰的精彩画卷，特别是阿加莎·克里斯蒂那个年代的英国乡村。她的作品写于二十世纪二十年代至七十年代间，不过有时候很难说清楚每一本书是在她人生中的哪一段日子里写下的。她笔下的人物，以及他们的生活，多多少少都有些相似。如今，我们的生活瞬息万变，但"阿加莎·克里斯蒂的世界"依旧永恒。也许马普尔小姐的故事提供了最好的范例：《藏书室女尸之谜》与《复仇女神》看起来颇为相似，但实际上它们的创作年代竟然相差了三十年。

最后，我想提三本书，在我心目中（除了上面提过的几本之外）这几本最能说明克里斯蒂为什么能够一直受到大家的喜爱。首先是《东方快车谋杀案》，最著名，也是最机智巧妙、最有人性的一本。当你在中国乘火车长途旅行时，不妨拿出来读读吧！第二本是《谋杀启事》，一个马普尔小姐系列的故事，也是克里斯蒂的第五十本著作。这本书里的诡计是我个人最喜欢的。最后是《长夜》，一个关于邪恶如何影响三个年轻人生活的故事。这本书的写作时间正是我最了解她的时候。我能体会到她对年轻人以及他们生活的世界关心至深。

现在新星出版社重新将这些故事奉献给了读者。无论你最爱的是哪一本，我都希望你能感受到这份快乐。我相信这是出版界的一件盛事。

阿加莎·克里斯蒂外孙
阿加莎·克里斯蒂有限责任公司董事长
马修·普理查德
二〇一三年二月二十日

阿加莎·克里斯蒂侦探小说全集 51

神秘的奎因先生

The Mysterious Mr.Quin

Agatha Christie®

[英]阿加莎·克里斯蒂 著
党敏博 译

新 星 出 版 社 NEW STAR PRESS

目 录

1	奎因先生的到来
23	玻璃上的影子
49	旅店夜谈
71	空中的征兆
93	荷官的情感
115	海上来的男人
149	黑暗中的低吟
173	海伦的脸
197	死去的小丑
225	折翼之鸟
251	世界的尽头
277	小丑路

奎因先生的到来

新年前夜。

在罗伊斯顿举行的家庭聚会上,长辈们都聚集在大厅里。

让萨特思韦特先生高兴的是,年轻人都去睡觉了。他不喜欢成群的年轻人。他认为他们既乏味又粗鲁,不够细腻。随着年岁的增长,他越来越喜欢微妙的东西。

萨特思韦特先生六十二岁——一个有些驼背的干巴老头儿,一张脸古怪而淘气,总盯着人看,对别人的生活有一种过于强烈的兴趣。可以这么说,他一辈子都坐在剧场正厅前座,观看花样百出的人间戏剧在他面前上演。他一直扮演着旁观者的角色。而现如今,因为上了年纪,他发现自己对于送到眼前的戏剧越来越挑剔了。他需要一些不同寻常的东西。

毫无疑问,他有这方面的天赋。他凭直觉就能知道每出戏的每个情节将要发生的时间,就像一匹战马,他能闻到气味。自打今天下午到了罗伊斯顿,他的内心深处就有一种奇怪的感觉在拨动着,盼咐他做好准备——一些有趣的事正在或即将发生。

这次家庭聚会规模不大,参加的人有汤姆·伊夫夏姆,和蔼的好脾气的男主人,以及他那严肃的对政治感兴趣的妻子,她婚前是劳拉·基恩女勋爵。还有理查德·康韦爵士,既是军人,又是旅行家和运动员。另外有六七个萨特思韦特先生没记住名字的年轻人,以及就是波特尔夫妇。

正是波特尔夫妇引起了萨特思韦特先生的兴趣。

他之前从来没见过亚历克斯·波特尔,但对他了如指掌——认识他的父亲和祖父。亚历克斯·波特尔纯粹是其先祖的翻版。他年近四十,金发,像所有波特尔家族的人一样有双蓝眼睛,喜欢运动,擅长竞技,缺乏想象力。亚历克斯·波特尔没有什么不寻常之处,属于那种优良的纯英国血统。

而他妻子则不一样。据萨特韦斯特先生所知,她是个澳大利亚人。两年前波特尔先生曾经在澳大利亚待过,在那儿遇见了她,之后结了婚并把她带回家。婚前她从未到过英国。但是,她完全不像萨特思韦特先生之前见过的任何一个澳大利亚女人。

现在,他偷偷地观察她。有趣的女人——非常有趣。这么安静,又这么活力充沛。有活力!就是这样!不见得有多美——不,她算不上美丽,但她身上有一种毁灭性的魔力让你无法忽视——没有男人能忽视这一点。从男性角度,萨特思韦特先生是这么认为的,而从女性的角度(萨特思韦特先生也有很多女性的特质)来看,他对另外一个问题产生了同样的兴趣:波特尔太太为什么要染发?

其他人也许不知道她染了头发,但是萨特思韦特先生知道。他对这种事知道得清清楚楚。有一点让他觉得困惑:许多黑发的女人会把头发染成金色,但他从来没见过哪个女人把金发染成黑发。

关于她的一切都让萨特思韦特先生感到好奇。他有种奇怪的直觉,他确信她要么非常开心,要么非常不开心——但他不知道是哪一种情况,这让他很气恼。而且,她对她丈夫有一种奇特的影响力。

"他爱慕她,"萨特思韦特先生自言自语道,"但有时候他——对,害怕她!这很有意思,极其有意思。"

波特尔喝得太多了,这一点毋庸置疑。当妻子不看他的时候,他注视她的方式很古怪。

"神经质,"萨特思韦特先生心想,"这家伙神经兮兮的。她知道,但对此无动于衷。"

他对夫妇俩满是好奇,一些他无法看穿的事情正在进行着。

墙角大钟发出的庄严报时声打断了他的沉思。

"十二点,"伊夫夏姆说,"新年到了。祝大家新年快乐。实际上,这钟快了五分钟……我不懂孩子们为什么不能熬夜迎接新年的到来。"

"我根本不相信他们真的去睡觉了,"他妻子平静地说,"他们可能正往我们床上放梳子之类的东西呢。他们觉得这种事很好玩。我真不明白是为什么。在我们小时候绝对不允许这么做的。"

"时代不同了,风俗习惯也不同了。"① 康韦微笑着说。

他是个军人模样的高个子男人,和伊夫夏姆大体上是同一个类型的人——诚实、正直、善良,不会自命不凡。

"在我小的时候,大家会手拉着手围成一圈,唱《忆往昔》。"劳拉夫人接着说道,"'怎能忘记旧日朋友'——如此感人,我一直觉得歌词很感人。"

伊夫夏姆不安地动了动。

"哦!别说了,劳拉,"他喃喃道,"别在这儿说。"

他大步穿过他们坐着的大厅,又打开一盏灯。

"我太傻了,"劳拉夫人压低声音说道,"他肯定是想起了可怜的卡博尔先生。亲爱的,你觉得火太热了吗?"

---

①原文为法语。

5

埃莉诺·波特尔生硬地挪了挪。

"谢谢。我会把我的椅子往后移一点的。"

多么动人的声音啊——在记忆中低低回荡的喃喃细语声，萨特思韦特先生心想。她的脸庞被阴影所笼罩。真是可惜。

从她所处的那片阴影中再次传来了她的声音。

"卡博尔先生？"

"是的。这所房子原先的主人。他开枪自杀了，你知道——哦！好吧，亲爱的汤姆，我不说了，除非你想听。这对汤姆来说无疑是个沉重的打击，因为事发时他在场。你也在，对吗，理查德爵士？"

"是的，劳拉夫人。"

角落里那座老爷钟呻吟着，喘息着，气喘似的喷着鼻息，然后敲了十二下。

"新年快乐。"伊夫夏姆敷衍地嘟囔了一句。

劳拉夫人从容地收好了她的编织活计。

"好啦，我们迎接了新年，"她说，然后朝波特尔夫人看了看，补充道，"你在想什么，亲爱的？"

"当然是床。"她轻轻说道。

"她面色苍白，"萨特思韦特先生心里一边想着，一边站起身，忙着找烛台，"平时没这么苍白。"

他为她点亮了蜡烛，用一种有点滑稽过时的姿势朝她鞠了一躬。她接过烛台，说了句表示感谢的话，然后缓缓走上楼梯。

一种很古怪的冲动漫过萨特思韦特先生心头。他想跟过去——安慰她——他有种极其奇怪的感觉，她处于某种危险之中。但这种冲动慢慢消退后，他觉得难为情起来。他也变得神经质了。

她上楼的时候并没有看向她丈夫，但现在，她转过头，深深地探寻式地瞥了他一眼，目光中含有一种奇怪的热情。萨特思韦特先生莫名地被打动了。

他发现自己慌慌张张地跟女主人道了晚安。

"我确定，我希望这是个快乐的新年。"劳拉夫人说道，"但在我看来，政局十分动荡。"

"我相信是这样，"萨特思韦特先生恳切地说，"我想是这样。"

"我只希望，"劳拉夫人的语气没有丝毫的改变，她继续说道，"第一个跨过门口的是一个黝黑的男人。你知道那个迷信的习俗吧，萨特思韦特先生？不知道？这真让人惊讶。新年第一天第一个跨过门阶的必须是个黝黑的男人，才能给这座房子带来好运。天哪，我不希望在我的床上发现什么令人极不愉快的东西。我从不相信孩子们，他们的精力太充沛了。"

劳拉夫人怀着悲伤的预感摇了摇头，庄严地走上楼梯。

女人们离开之后，男人们把椅子拉近一些，围着正燃烧着木头的大平炉。

"酒斟够了请说一声。"伊夫夏姆热情地说道，同时举起了威士忌细颈酒瓶。

大家都说酒斟够了后，又谈起了之前有些忌讳的话题。

"你认识德里克·卡博尔，是吗，萨特思韦特先生？"康韦问。

"是的，知道一点点。"

"你呢，波特尔？"

"不，我从没见过他。"

他的语气中充满了戒备，使萨特思韦特先生不由得细细地看了看他。

"我总是很讨厌劳拉说起这个话题，"伊夫夏姆缓缓说道，

"悲剧发生之后,你知道,这个地方被卖给了一个大制造商。一年后,他搬走了——不适合他之类的原因。于是自然谣言四起,给这幢房子带来了坏名声。之后,劳拉说服我担任西凯德比的候选人,当然了,这意味着要住在这片区域,而找一所合适的房子并不容易。罗伊斯顿卖得很便宜,于是——哦,最后我买了下来。鬼魂什么的都是瞎扯,但尽管如此,没人愿意经常被提醒你住的房子是你一个朋友开枪自杀的地方。可怜的老德里克——我们永远不会知道他为什么那么做。"

"他不会是第一个,也不会是最后一个没有原因就开枪自杀的人。"亚历克斯·波特尔沉重地说道。

他站起身,又给自己倒了一杯酒,威士忌在酒杯里酒花四溅。

"他很有问题,"萨特思韦特先生自言自语道,"确实很有问题。我希望我知道是怎么回事。"

"老天,"康韦说,"听听这风声。今晚是个暴风雨之夜啊。"

"适合鬼魂出没的夜晚。"波特尔满不在乎地大笑着说,"今晚,地狱里所有的恶魔都要出来啦。"

"听劳拉夫人说,即便是他们中最黑暗的那个,也会给我们带来运气。"康韦笑着说,"听!"

又是一阵呼啸的狂风。当风声渐逝,上了锁的大门传来三声响亮的敲门声。

大家大吃一惊。

"晚上这个时间,究竟会是谁?"伊夫夏姆大喊。

大家面面相觑。

"我去开门。"伊夫夏姆说,"仆人们已经上床了。"

他大踏步地走向门口,在沉重的门闩上摸索了几下,终于猛地打开了。一阵冷风冲进大厅里。

门口出现一个男人的轮廓,高高瘦瘦的。根据萨特思韦特先生的观察,在门上面彩色玻璃的奇妙映衬下,他穿着五颜六色的衣服。然后,当他走上前来时,人们才看清他是个又瘦又黑的男人,穿着驾车服。

"对于此次打扰我很抱歉,"陌生人说道,声音悦耳动听,语气平稳,"我的车坏了。问题不大,司机正在修理,但是需要半小时左右的时间,而外面冷得要命——"

他打住了,伊夫夏姆立刻接过话头。

"我想是的。进来喝一杯吧。我们能帮上什么忙吗,对你的车?"

"不,谢谢啦。我的司机知道怎么做。顺便说一句,我叫奎因,哈利·奎因。"

"坐吧,奎因先生。"伊夫夏姆说,"这是理查德·康韦爵士,这是萨特思韦特先生。我叫伊夫夏姆。"

奎因先生逐一打过招呼,跌坐在伊夫夏姆热情拉过来的椅子里。他坐下之后,炉火光在他脸上投下了一道阴影,仿佛戴着面具的感觉。

伊夫夏姆往火里又扔了几块木头。

"来一杯?"

"谢谢。"

伊夫夏姆递给他一杯酒,然后问:

"所以您对这地方很熟,奎因先生?"

"几年前我曾路过这儿。"

"真的?"

"对。那时这房子属于一个叫卡博尔的人。"

"啊！没错。"伊夫夏姆说，"可怜的德里克·卡博尔。你认识他吗？"

"是的，我认识。"

伊夫夏姆的神态微微一变，对英国人性格没研究的人，几乎察觉不到这种变化。在此之前，众人还有微妙的保留，现在则全都搁置一边了。奎因先生认识德里克·卡博尔，他是一个朋友的朋友，正因为如此，他是值得信赖的，而且大家一致认可。

"真令人震惊，"他神秘地说，"我们刚刚正在谈论那件事。我可以告诉你，买这个地方违背了我的初衷。如果那时还有其他合适的……但就是没有。他自杀那晚我在这幢房子里，康韦也在。而且说真的，我一直期盼卡博尔的鬼魂出现。"

"一件令人十分费解的事。"奎因先生说，语气缓慢而刻意，并且停顿了一下，就像一个刚刚说出一条重要线索的演员一样。

"你可以说它费解，"康韦插嘴道，"这件事是个十足的谜团——一直都是。"

"我不知道，"奎因先生含混地说，"是的，理查德爵士，您在说话？"

"那件事真是令人震惊。一个正值壮年的男人，生活快乐，心情轻松，无忧无虑。有五六个老朋友跟他在一起。晚饭时他兴致很高，对未来充满了计划。之后他离开餐桌，径直上楼去了他的房间，从抽屉里拿了一把左轮手枪，饮弹自尽。为什么？没人知道。没有人能知道。"

"这种描述是不是太笼统了，理查德爵士？"奎因先生微笑着问道。

康韦盯着他。

"什么意思？我不明白。"

"这不一定是个无法解决的难题，它只是尚未破解。"

"哦！算了吧，老兄，如果那个时候没有结果，现在——十年之后——也不可能有结果。"

奎因先生温和地摇摇头。

"我不同意你的说法。历史的证据与你的观点相左。当代历史学家写出的历史绝对不如下一代历史学家写出来的真实。问题在于找到真实的角度，合情合理地看待问题。如果你愿意承认的话，这，是一个相对性的问题。"

亚历克斯·波特尔探身向前，他的脸痛苦地抽搐着。

"你是对的，奎因先生。"他大喊大叫道，"你是对的，时间不能解决问题——它只是把问题改头换面，重新呈现出来。"

伊夫夏姆克制地笑了笑。

"那么你的意思是说，奎因先生，如果今晚，比方说，我们开一个调查法庭，调查德里克·卡博尔的死亡情况，就有可能找到我们那个时候就应该发现的真相？"

"很有可能，伊夫夏姆先生。撇开大部分的人为误差，你将会记起事情的真相，里面不会掺杂你自己硬加进去的解释。"

伊夫夏姆怀疑地皱了皱眉头。

"必须有一个起点，当然了。"奎因先生的语调平静如水，"通常，一个起点就是一种推测。你们中的某个人肯定有自己的推测，我确定。你呢，理查德爵士？"

康韦沉思地皱着眉头。

"这个，当然，"他抱歉地说，"我们认为——当然，我们认为——这起事件中必定有个女人。通常不是女人就是钱，不是吗？肯定不是钱。没有这类麻烦。所以——还能有什么？"

萨特思韦特先生吃了一惊。他向前探了探身，想提出自己的一点意见。就在这个时候,他瞥见一个女人的身影,蹲靠在楼上走廊的栏杆处。她缩成一团靠在上面,只有从他坐着的那个位置才能看到她。显然,她正紧张地关注着下面发生的事。她动也不动,这让萨特思韦特先生几乎不敢相信自己的眼睛。

但他很容易地就认出了那衣服的图案——一种款式老旧的织锦。是埃莉诺·波特尔。

突然之间,今晚所有的事情都陷入一团迷雾——奎因先生的到来,不是一个意外,而是一个演员听到提示后的登台演出。今晚,罗伊斯顿的大厅正在上演一出戏剧——一出真正的戏剧,其中一个演员已经死了。哦,没错,德里克·卡博尔是这出戏的一部分。对此,萨特思韦特先生深信不疑。

接着,萨特思韦特先生再次灵光一现。这正是奎因先生所做的。是他导演了这场戏——给演员以提示。他处于这场神秘戏剧的中心位置,提着线,让木偶们动来动去。他知晓一切,甚至知道楼上蹲靠着木栏杆的那个女人的存在。是的,他知道。

萨特思韦特先生回到自己的椅子上坐好,稳稳当当地扮演着观众的角色,观看眼前的这出戏。奎因先生安静而自然地牵着线,让他的木偶们行动起来。

"一个女人——没错,"他若有所思地低声说道,"晚饭时,没提到过任何女人吗?"

"哦,当然了,"伊夫夏姆大声说道,"他宣布他订婚了。正是这一点才显得疯狂至极。他特别高兴,说目前还不能宣布——但暗示我们他正在竞争班尼迪克[①] 大奖。"

"我们当然都猜到了那位女士是谁,"康韦说,"马乔里·迪

---

① Benedick,莎士比亚的戏剧《无事生非》中的人物,曾宣称抱持独身主义,后与争论对手比贝特丽丝结婚。这里的班尼迪克大奖是指摆脱单身。

尔克。好女孩。"

似乎该奎因先生说话了,但他没说,他的沉默中似乎有一种古怪的挑衅,似乎在质疑最后那句表示陈述的话,其结果是康韦采取了防御的姿态。

"那还能是谁?伊夫夏姆,嗯?"

"我不知道,"汤姆·伊夫夏姆慢吞吞地说,"他究竟说了什么?竞争班尼迪克大奖这种话——除非她允许,否则他不会告诉我们这位女士的名字——目前还不能宣布。我记得他说,他是个幸运的家伙。"

"唯有一件事……"康韦欲言又止。

"你想说什么,迪克?"

"呃,我是说,如果是马乔里,那么订婚消息不能马上宣布这件事在某种程度上很奇怪。我是说,为什么保密?听上去更像是个已婚的女人——你知道,就是丈夫刚去世,或刚离婚的某个女人。"

"确实如此,"伊夫夏姆说,"如果是这样,那订婚消息当然不能立刻宣布。你知道,回想起来,我相信卡博尔跟马乔里往来并不频繁。全都是一年前的事了。我记得我当时觉得他们的关系好像变淡了。"

"奇怪。"奎因先生说道。

"没错——看上去似乎被第三者插足了。"

"另一个女人。"康韦若有所思地说。

"天哪,"伊夫夏姆说,"那天晚上德里克欢闹得都有些不得体了。他好像陶醉在幸福之中。然而……我说不清我的意思……他那个样子,有种反常的挑衅。"

"就像一个反抗命运的人。"亚历克斯·波特尔沉重地说道。

他是在说德里克·卡博尔，还是他自己？萨特思韦特先生看着他，倾向于后一个结论。没错，这就是亚历克斯·波特尔的表现——一个反抗命运的人。

萨特思韦特先生的想象力被酒精搞得昏昏沉沉，但很快，他就对这个暗示产生了反应，想起了他一直暗中关注的事。

萨特思韦特先生向楼梯看看，她还在那儿，观察着，聆听着，仍然一动也不动，仿佛凝固了——就像一个死了的女人。

"千真万确，"康韦说，"卡博尔兴奋不已——兴奋得奇怪。我会把他描述为：一个下了重注并且取得了压倒性胜利的人。"

"也许，他是鼓足了勇气，才下定决心去做这事的。"波特尔提示说。

似乎是被这些想法之间的关联打动了，他起身又为自己倒了一杯酒。

"根本不是，"伊夫夏姆尖锐地说道，"我几乎可以发誓，他脑子里根本没这些想法。康韦说得对，他是个成功的赌徒。他孤注一掷并赢得胜利，简直不敢相信自己的好运气。这就是他的心态。"

康韦做了个表示沮丧的手势。

"然而，"他说，"十分钟之后——"

他们默默地坐着，伊夫夏姆的手"砰"地砸在桌子上。

"那十分钟里一定发生了什么事，"他大声说道，"一定是！但，是什么？让我们仔细回忆一下。我们一直在聊天，其间，卡博尔突然站起身，离开了房间——"

"为什么？"奎因先生问道。

打岔似乎让伊夫夏姆很尴尬。

"您说什么？"

"我只是在问：为什么？"奎因先生说。

伊夫夏姆皱着眉头，努力回忆。

"似乎并不重要——那时候——哦！当然了，邮件！你们记得叮当的门铃声吗？而我们是有多激动啊。别忘了，我们已经被大雪困了三天了。多年以来最大的暴风雪。所有的道路都封闭了，没有报纸，没有信件。最后，卡博尔出去看看有没有什么东西送来，结果他抱回了一大摞报纸和信。他翻开报纸，看看有没有什么新闻，然后就拿着他的信上楼去了。三分钟之后，我们听到一声枪响……无法解释，绝对无法解释。"

"不难理解，"波特尔说，"那位老兄肯定是从信中知道了一些出乎意料的消息。我得说这很明显。"

"哦，别以为我们会忽略这么明显的事情。这是验尸官最先问的几个问题之一。但卡博尔一封信也没打开过。那摞信原封未动地就放在他的床头桌上。"

波特尔一副垂头丧气的样子。

"你确定他一封信没拆？也许他看完就毁掉了。"

"是的，我非常确定——当然了，那可能是常见的答案。不，一封信也没拆。没有任何东西被烧掉了——没有被撕碎的东西——房间里没火。"

波特尔摇摇头。

"令人惊奇。"

"总之，是件可怕的事。"伊夫夏姆低声说道，"康韦和我听见枪声就上了楼，然后就发现了他——我可以告诉你们，我大吃一惊。"

"我想，除了打电话给警察局，你们无能为力。"奎因先生说。

"那时候罗伊斯顿还没有电话。我买下这个地方之后才安装的。不过，很幸运，当时厨房里正好有一位当地的警员。这儿的一条狗——你记得可怜的老罗弗吗，康韦？——前一天走丢了。一位过路的车夫发现它困在雪堆里，于是把它带到警局。他们认出来是卡博尔的狗，还是他非常喜爱的一条狗，于是警察就把它带过来了。开枪前一分钟，他刚刚到达。这省去了我们一些麻烦。"

"嘿，真是场暴风雪，"康韦回忆着，"差不多就是一年里的这个时候，不是吗？一月初。"

"我想，是二月。我想想，没多久我们就出国了。"

"我很肯定是一月。我的猎犬内德，你记得内德吗？一月底瘸了。就在那件事之后。"

"那肯定就是一月底了。岁月流逝，连回忆日期都这么困难，真是滑稽可笑。"

"回忆是世界上最困难的事情之一，"奎因先生用聊天的语气说道，"除非你能在一些重大公共事件中——国王被刺杀，或一场重大谋杀案的审判——找到一个地标，加以联想。"

"哦，当然了，"康韦大声说道，"就发生在阿普尔顿案之前。"

"在那之后，不是吗？"

"不不，你不记得了吗，卡博尔认识阿普尔顿一家，去年春天还跟那位老先生住在一起，就在他死前一周。有一天，阿普尔顿先生谈到了他——一个脾气暴躁的老头儿，对阿普尔顿太太这么年轻貌美的女士而言，被捆绑在他身边一定是件可怕的事。"

"啊，你说得对，我记得在报上读过一段文章，说当局批准开棺验尸。应该是同一天——我用了一半的心思读这条消息，另一半心思则想着躺在楼上死了的可怜的德里克。"

"那是个既普通又奇怪的现象，"奎因先生评论说，"人处于重压之下时，头脑经常会集中在一些不太重要的事件上，而且很久之后仍然会精准地记得——可以说，是被那一刻的心理压力推进大脑中的。可能是一些相当无关紧要的细节，比如墙纸的图案，但永远都不会忘记。"

"你说的话非常特别，奎因先生，"康韦说，"就在您刚刚说话那会儿，我突然感觉自己回到了德里克·卡博尔的房间——死去的德里克躺在地上——我能清楚地看见窗外的那棵大树，还有它投在外面雪地上的阴影。没错，月光，雪，树影——现在，我又能看见它们了。老天，我相信我都能画出来，然而我从没发觉我当时正在看着它们。"

"走廊另一端那个大房间是他的吧？"奎因先生问。

"是的，那是一棵大山毛榉，就在车道的拐角。"

奎因先生点点头，似乎很满意。萨特思韦特先生非常好奇，激动不已。他深信，奎因先生说的每一个字，声音的每一处抑扬顿挫，都是有目的的。

萨特思韦特先生不知道他究竟意欲何为，但他很确定谁是高手。

一阵短暂的沉默，接着，伊夫夏姆又回到之前的话题上。

"那件阿普尔顿的案子，我现在记得清清楚楚。引起了多大的轰动啊。她离开了，对吗？美丽的女人，非常美丽——异常美丽。"

萨特思韦特先生的眼睛不由自主地搜寻着楼上那个蹲着的身影。也许是幻觉，也许是他真的看见，那个身影一下子缩了一点。他真切地看见一只手顺着桌布向上滑过去——然后停住了。

随即传来玻璃杯落地打碎的声音。亚历克斯·波特尔取威士忌时，不小心把酒瓶滑落在地。

"唉,先生,抱歉,我不知道自己是怎么了。"

伊夫夏姆打断了他的道歉。

"没关系,没关系,亲爱的伙计。奇怪——那一记打碎声提醒了我。她就是这么干的,不是吗?阿普尔顿太太?摔碎了波尔多葡萄酒的酒瓶?"

"是的。老阿普尔顿每晚都喝一杯波尔多葡萄酒——只一杯。他去世后第二天,一个仆人看见她拿出酒瓶,故意摔碎了。当然了,这让仆人们议论纷纷,他们都知道她跟老阿普尔顿过得非常不舒心。谣言越传越厉害,于是,最后,在几个月之后,他的几个亲戚申请开棺验尸。果然不出所料,老头儿是被毒死的。砒霜,对吗?"

"不,我想是士的宁。这并不重要。哦,当然了,事情就是这样。只有一个人有可能这么做。阿普尔顿太太受到了审判。但最终她被判无罪,与其说有确凿的证据能证明她清白,不如说是缺乏对她不利的证据。换言之,她运气好。没错,我认为毫无疑问就是她干的。之后她怎样了?"

"我想是去了加拿大。或者是澳大利亚?她有个叔叔之类的亲戚住在那儿,给她安排了一个住处。在那种情形下,这是她最明智的做法了。"

萨特思韦特先生的注意力被亚历克斯·波特尔握着玻璃杯的右手深深吸引住了。他握得可真紧啊。

"如果你不小心,很快就能弄碎。"萨特思韦特先生心想,"老天,所有这些真是有意思啊。"

伊夫夏姆站起身,给自己倒了一杯。

"好吧,对于可怜的德里克·卡博尔为什么开枪自杀,我们知道得并不太多,"他说,"法庭调查并未取得明显的进展,是吗，奎因先生？"

奎因先生大笑起来。

他的笑声很奇怪，带有嘲笑的意味——然而又有些悲伤。这令每个人都吃了一惊。

"你说什么？"他说，"你仍然生活在过去，伊夫夏姆先生，先入为主的观念羁绊着你。但是我，一个局外人，一个路过的陌生人，只看到了——事实！"

"事实？"

"没错，事实。"

"你是什么意思？"伊夫夏姆问道。

"我看到一系列清晰的事实，是你们自己概括出来的，但没有发现其意义。让我们回到十年前，看看我们所看到的——不要受到想法和情绪约束。"

奎因先生站了起来。他看上去很高大。在他身后，火光跳跃，忽明忽暗。他用一种低沉而令人信服的声音说了起来：

"你们在吃晚饭。德里克·卡博尔宣布了他订婚的消息。那时候，你们认为对象是马乔里·迪尔克，而现在，你们没那么确定。他激动、焦躁，一副成功地战胜了命运的神态，用你们的话说，他下了重注并取得了压倒性的胜利。然后，门铃响了，他走出去，拿回姗姗来迟的信件。他没有拆信，但是你们自己提到，他打开报纸，扫了一眼新闻。那是十年前——所以我们无法知道那天的新闻是什么——远处的一场地震，一场火烧眉毛的政治危机？关于报纸的内容，我们唯一知道的就是其中的一小段——内政部三天前同意挖出阿普尔顿先生尸体的一段声明。"

"什么？"

奎因先生接着说道：

"德里克·卡博尔上楼去了他的房间，在那儿，他看到了窗外的某些东西。理查德·康韦爵士告诉我们说，窗帘没拉上，而且从窗户那儿可以俯瞰车道。他看见了什么？他能看到什么，竟迫使他结束了自己的生命？"

"你这话是什么意思？他看见什么了？"

"我想，"奎因先生说，"他看见的是一个警察。一个为了一条狗而来的警察，但德里克·卡博尔并不知道这件事，他只是看见了……一个警察。"

一阵长时间的沉默——似乎接受这一推理需要时间。

"老天！"终于，伊夫夏姆悄悄地说，"你不会是那个意思吧？阿普尔顿？但阿普尔顿死的时候他不在那儿啊。老头儿跟他妻子单独在一块儿——"

"但一个星期之前他有可能在那儿。士的宁很难溶解，除非用盐酸盐的形式。把大量的士的宁放在波尔多葡萄酒中，预料它可能会在最后一杯的时候被喝掉，也许就在他离开后一周。"

波特尔向前跳起来，声音沙哑，眼睛血红。

"她为什么摔碎酒瓶？"他大叫，"她为什么摔碎酒瓶？告诉我！"

那天晚上，奎因先生第一次对萨特思韦特先生开了口。

"您的生活阅历十分丰富，萨特思韦特先生，也许您能告诉我们。"

萨特思韦特先生的声音有点颤抖。终于轮到他出场了。他要说出这场戏中最重要的台词。现在，他是位演员，而非旁观者。

"依我看，"他谦虚地喃喃道，"她——喜欢德里克·卡博尔。我想，她是个好女人，她控制住自己的情感，打发他回去了。她丈夫死后，她对死因产生了强烈怀疑，于是，为了救她爱的那个人，她试图毁灭对他不利的证据。我想，之后他说服了她，说她的怀疑没有事实依据，于是她同意嫁给他。但是即便如此，她仍在犹豫——我想，女人，往往有很强的直觉。"

萨特思韦特先生说完了他的台词。

空气中忽然弥漫着一声长长的、颤抖的叹息声。

"老天！"伊夫夏姆吃惊道，"什么声音？"

萨特思韦特先生原本可以告诉他这是二楼走廊里的埃莉诺·波特尔，但他沉浸在这艺术气息里，不想破坏气氛。

奎因先生微微一笑。

"现在，我的车应该修好了。谢谢你的款待，伊夫夏姆先生。希望我为我的朋友做了些事。"

他们迷茫而惊诧地盯着他。

"这件事没有打动你们吗？要知道，他爱这个女人，这份爱足以让他为了她而去实施谋杀。当他错误地认为报应降临时，他结束了自己的生命，但糊里糊涂地留下她独自承担后果。"

"她被无罪开释了。"伊夫夏姆咕哝道。

"因为对她的不利证据不成立。我想——这仅仅是猜测——她仍然在承担后果。"

波特尔跌坐进椅子，脸埋在双手中。

奎因先生转向萨特思韦特先生。

"再见，萨特思韦特先生，您对这出戏剧很有兴趣，是吗？"

萨特思韦特先生点点头——很惊讶。

"我推荐您关注一部以丑角为主的戏。[①]现如今它已销声匿迹，但我向您保证，它仍然值得关注。它的象征意义很难理解，

[①]哈利奎因是阿加莎·克里斯蒂特别喜欢的意大利假面喜剧中著名的丑角人物，在阿加莎的许多作品中出现过。

但你知道，不朽的总是会不朽。祝您晚安。"

他们看着他大步走入黑暗中，像之前一样，彩色玻璃的投射给他造成了一种小丑的感觉……

萨特思韦特先生上楼去了。空气充满寒意，他便去把窗户关上。奎因先生的身影在车道上移动，侧门闪出一个女人的身影，跑了过去。他们站在一起说了一阵话，然后她返回屋子里。她刚好从窗户下面经过，萨特思韦特先生再一次被她脸上的活力所触动。现在，她走起路来，就像一个做着幸福美梦的女人。

"埃莉诺！"

亚历克斯·波特尔拥她入怀。

"埃莉诺，原谅我……原谅我……你告诉了我真相，但，上帝原谅我，我不太相信……"

虽然萨特思韦特先生对别人的故事极其感兴趣，但他也是个绅士。他认识到他必须关上窗户，于是这么做了。

但他关得很慢。

他听见了她的声音，美妙至极，难以形容。

"我知道——我知道。你忍受着煎熬。我也曾经这样。然而，爱情中，怀疑和信任交替存在——消除人们的怀疑，又会恶意地让怀疑再生……我知道，亚历克斯，我知道……但还有一个更为可怕的地狱，我和你共同生活的地狱。我看出了你的怀疑——你对我的恐惧……这些都在毒害着我们的爱情。那个人，那个碰巧路过的人，拯救了我。我再也受不了了，你是知道的。今晚……今晚我本打算自杀……亚历克斯……亚历克斯……"

玻璃上的影子

1

"听听这个。"辛西娅·德雷奇夫人说。

她大声读着手上的那份报纸。

"昂克顿先生和太太这个星期在格林维斯举行派对,参加的客人有:辛西娅·德雷奇夫人,理查德·斯科特先生和太太,波特少校(他获得了金十字英勇勋章),斯塔夫顿太太,艾伦森上尉和萨特思韦特先生。"

"好倒是好,"辛西娅·德雷奇夫人一边说着,一边把报纸丢在一旁,"知道我们参加的是什么活动。但他们把事情搞砸了!"

她的同伴,客人名单上的最后一个,萨特思韦特先生,疑惑地看着她。据说,如果萨特思韦特先生出现在那些刚搬过来的富人家里,那就表示,要么这家的烹饪技术高超,要么会有一部人生戏剧将在那里上演。萨特思韦特先生对于同胞的喜剧和悲剧有着非同寻常的兴趣。

辛西娅夫人,一位中年女士,严厉的脸上涂满化妆品。她用她那把俏皮地放在她膝盖上的最新款女士阳伞轻巧地戳了萨特思韦特先生一下。

"不要假装没听懂我的话。你明白得很,而且我相信你是故意来看别人吵架的!"

萨特思韦特先生表示强烈抗议。他不明白她在说什么。

"我在说理查德·斯科特。你想假装从未听说过他吗?"

"不,当然不。他是个重要的大人物,不是吗?"

"是的,'巨熊和大老虎,等等',正如歌中所唱。当然了,如今他是个大受欢迎的人,昂克顿夫妇发了疯一样想拉拢他——还有那个新娘!一个迷人的孩子——哦,一个相当迷人的孩子——然而如此单纯,只有二十岁,你知道,他至少得有四十五岁。"

"斯科特太太看上去很迷人。"萨特思韦特先生静静地说道。

"没错,可怜的孩子。"

"为什么是可怜的孩子?"

辛西娅夫人责备地向他投去一瞥,然后继续自顾自地讨论那个有争议的问题。

"波特还好啦——虽然枯燥乏味——又一个非洲猎人,他们全都黑黢黢的,沉默寡言。他是理查德·斯科特的助手,两人是一辈子的朋友。一想到这点,我就相信那次旅行他们是在一起的。"

"哪次旅行?"

"那次。斯塔夫顿太太参加的那次旅行。接下来你会说你从未听说过斯塔夫顿太太。"

"我听说过斯塔夫顿太太。"萨特思韦特先生几乎不情愿地说道。

然后他和辛西娅夫人交换了个眼神。

"跟昂克顿夫妇太像了,"后者悲叹道,"他们完全无可救药——我是说,在社交方面。居然同时想要邀请那两个人。他们当然听说了斯塔夫顿太太是位女运动员、旅行家,诸如此类,还听说了她的书。像昂克顿夫妇这样的人甚至没有意识到这里头的猫腻!去年一年,我一直在给他们料理家务,而我所经历的没人知道。你必须时刻伺候在他们左右。'不能那么做!不能这么做！'谢天谢地，现在我可挺过来了。不是因为我们吵过架——哦，不，我从没吵过架，而是因为别人能接手这项工作。正如我一直说的，我可以忍受粗俗，但无法忍受卑鄙！"

说完这一通晦涩难懂的话之后，辛西娅夫人沉默片刻，反复思索着昂克顿夫妇向她展示出来的刻薄。

"如果我还在管理他们的家务，"没过多久她继续说道，"我会坚定而明白地说：'你们不能同时邀请斯塔夫顿太太和理查德·斯科特夫妇。她和他曾经——'"

她意味深长地打住了话头。

"他们曾经是？"萨特思韦特先生问道。

"亲爱的老兄！人人都知道。那次去内陆地区的旅行。我很惊讶那个女人还有脸接受邀请。"

"也许她不知道那人会来。"萨特思韦特先生提醒道。

"也许她知道。这很有可能。"

"你觉得——"

"她就是我所说的那种危险的女人——什么都做得出来的那种女人。这个周末我可不想处在理查德·斯科特那个位置。"

"而你觉得他妻子毫不知情？"

"我确定。但我觉得某个好心的朋友迟早会跟她挑明这一点。吉米·艾伦森就会。多好的一个年轻人啊。去年冬天在埃及，他救了我一命——你知道，那时我烦闷极了。哈喽，吉米！快过来。"

艾伦森上尉照做了，然后跌坐在她旁边的草坪上。他是个三十岁左右的英俊小伙子，牙齿雪白，笑容很有感染力。

"很高兴有人需要我，"他说，"斯科特夫妇在表演你侬我侬的绝技，需要两个人而不是三个。波特在拼命地读着《田野》。

而我一直处于被女主人热情款待的致命危险之中。"

他大笑起来。辛西娅夫人也跟着笑了起来。萨特思韦特先生是个有点守旧的人,以至于他很少取笑他的男主人和女主人,直到离开房子,仍是一脸庄重。

"可怜的吉米。"辛西娅夫人说。

"二话不说,溜之大吉。我侥幸避开了听那个家族的鬼故事。"

"一个昂克顿幽灵,"辛西娅夫人说,"真恐怖。"

"不是昂克顿幽灵,"萨特思韦特先生说,"是一个格林维斯幽灵。他们连同房子一起买下来的。"

"当然了,"辛西娅夫人说,"这会儿我想起来了。但它没发出锁链的当啷声,对吧?只是跟一扇窗户有关。"

吉米·艾伦森飞快地朝上面看了看。

"一扇窗户?"

但是这一刻萨特思韦特先生没有作答。他越过吉米的头,看着从房子那儿走过来的三个身影——两个男人中间夹着一个苗条的女孩。这两个男人表面上很相似,高高的,黑黑的,古铜色的脸,目光敏锐。但是再仔细一看,这种相似就不见了。理查德·斯科特,猎人、探险家,性格活泼,魅力四射。约翰·波特,理查德的朋友,打猎的同伴,长了一张面无表情、木头般的方脸和一双若有所思的灰色眼睛。他是个安静的人,乐于给他的朋友当助手。

两个男人中间走着的是莫伊拉·斯科特,三个月前,她还是莫伊拉·奥康奈尔。她身材修长,一双褐色的大眼睛充满渴望。金红色的头发像圣徒的光环那样围绕着她小巧的脸庞。

"那孩子不可以受到伤害,"萨特思韦特先生自言自语道,"如果伤害这样的孩子,那真是可恶至极。"

辛西娅夫人挥了挥那把最新式的阳伞，招呼新来的客人们。

"坐下，别插嘴，"她说，"萨特思韦特先生正给我们讲鬼故事。"

"我喜欢鬼故事。"莫伊拉·斯科特说。她在草地上坐下来。

"格林维斯家的幽灵？"理查德·斯科特问。

"是的。你知道这件事吗？"

斯科特点点头。

"从前，我经常来这儿，"他解释说，"在艾利奥特夫妇被迫变卖之前。是'监视中的保皇党人'，对吗？"

"'监视中的保皇党人'，"他妻子轻柔地说道，"我喜欢。听上去很有意思。请继续。"

但萨特思韦特先生似乎有点不太愿意讲了。他向她保证，这故事一点意思也没有。

"现在你已经讲了，萨特思韦特，"理查德讽刺地说，"你的不愿意更加吊人胃口。"

在众人的要求下，萨特思韦特先生不得不讲了起来。

"真的很无趣。"他抱歉地说，"我想，最初的故事主要是围绕艾利奥特家的一位保皇党人祖先而展开。他妻子有一个圆颅党[①]情人，把丈夫杀死在楼上的房间里之后，这对犯了罪的情人逃跑了。但在逃走的时候，他们回头望了一眼这幢房子，看见死去的丈夫的脸出现在窗口，正看着他们。这就是那个传说，但这个鬼故事只是跟那个特定房间里的一块玻璃有关系。这块玻璃上有一处不规则的污痕，近在咫尺都几乎察觉不到，但从远处看去，的确像一张向外张望的男人的脸。"

[①] 英国内战期间（1642—1651）国会中一知名党派。因成员没有卷发，头颅相较之下显得十分圆而得名。

"是哪一扇窗户?"斯科特太太问道,向上看了看那房子。

"从这儿你是看不到的,"萨特思韦特先生说,"是在另外一边,但几年前被人从里面用木板钉上了——我想,准确地说,是四十年前。"

"他们为什么要那么做?我想你说过鬼魂是不能走动的。"

"确实如此,"萨特思韦特先生向她保证,"我猜——呃,我猜是人们对此慢慢产生了一种迷信的感觉,就是这样。"

接着,他巧妙地转移了话题。吉米·艾伦森已经准备好要滔滔不绝地讲述埃及沙漠占卜者了。

"他们大部分都是骗子,随时准备告诉你一些模模糊糊的过往,但从不对未来承担责任。"

"我还以为通常是反过来的。"约翰·波特评论说。

"在这个国家预言未来是违法的,不是吗?"理查德说道,"莫伊拉说服过一个吉卜赛人给她占卜,但那个女人把钱还给了她,还说这样不行之类的话。"

"也许她看到了什么可怕的事情,所以不愿意告诉我。"莫伊拉说道。

"别夸大其辞,斯科特太太,"艾伦森轻声说道,"比方说,我就不相信不幸的命运正在笼罩着你。"

"我怀疑,"萨特思韦特先生心想,"我怀疑……"

接着,他突然抬头看了看。两个女人从房子里走了出来。其中一个身材矮胖,黑色头发,一身翠绿色的衣服显得并不合身。另一个女人身材修长,穿着米白色的衣服。第一个是女主人昂克顿太太;第二个女人,他经常听说,但素未谋面。

"这是斯塔夫顿太太,"昂克顿大声宣布,语气中透着相当的满意,"我想,所有的朋友都在这儿啦。"

"这些人在讲述最可怕的故事方面,都有着不可思议的天赋。"辛西娅夫人咕哝道,但萨特思韦特先生并没有听她说话,他正在观察斯塔夫顿太太。

非常从容,非常自然。她漫不经心地说:"你好,理查德,好久不见啦。没能参加你的婚礼真是抱歉。这是你妻子吗?对于会见你丈夫所有这些饱经风霜的老朋友,你肯定很厌倦。"

莫伊拉的反应很恰当,十分害羞。接着,斯塔夫顿太太那敏锐而赞扬的目光又轻轻地落在了另外一个老朋友身上。

"你好啊,约翰!"声调是一样的从容,但其中又有一点微妙的差异——有一种之前所没有的温暖。

然后她忽然笑了。这让她起了变化。辛西娅夫人说得非常正确。一个危险的女人!非常美丽——深蓝色的双眼——不是那种传统意义上的诱人的颜色——即使在静止时,那张脸也带着野性。她的声音缓慢拖曳,笑容让人目眩。

爱丽丝·斯塔夫顿坐了下来。自然,她不可避免地成为众人的焦点,而且让人感觉会一直如此。

波特少校建议去散步的声音让萨特思韦特先生从沉思中回到现实。通常而言,萨特思韦特先生不太喜欢散步,但他默许了。两个人一起溜达着穿过草地。

"你刚才讲的故事很有意思。"少校说。

"我带你去看一下那扇窗户。"萨特思韦特先生说。

他在前面带路,绕到房子的西面。这里是一个格局整齐的小花园——秘密花园。人们向来如此称呼它,而叫这个名字是有些原因的:它四周围绕着高大的冬青篱笆,就连入口处的之字形小道四周也满是同样高大的多刺篱笆。

一旦身处其中,你就会被它古香古色的魅力所迷住,整齐的花床，石板小径，低低的石凳，雕刻精美。当他们到达花园的中心时，萨特思韦特先生转过身，向上指了指那幢房子。格林维斯是东西走向的长形房屋，在这面狭窄的西墙上只有一扇在一楼的窗户，上面几乎爬满了常青藤，透过积满污垢的窗格，你能看到它从里面用木板钉上了。

"就是这儿。"萨特思韦特先生说。

波特伸了伸脖子，向上看去。

"嗯，我能看见其中一块窗格玻璃上有块污迹，没有别的了。"

"我们离得太近了，"萨特思韦特先生说，"树林里面有一块位置较高的空地，在那儿你能看得很清楚。"

他领路，出了秘密花园，向左急转弯，冲进树林。他心中充满了一种表演的热情，几乎没有注意到身边的那个人心不在焉、漫不经心。

"当然了，他们钉死这扇窗之后，又开了另外一扇，"他解释说，"新窗户朝南，俯瞰着我们刚才坐过的那片草地。因为斯科特夫妇睡在那个有问题的房间里，所以我不想继续那个话题。如果意识到自己正睡在那个'闹鬼'的房间里，斯科特太太可能会感到紧张的。"

"没错。我明白了。"波特说道。

萨特思韦特先生敏锐地看了看他，意识到对方一个字也没听进去。

"非常有意思，"波特用手杖抽打着高大的毛地黄，皱着眉头说，"她不应该过来。她永远都不应该过来。"

人们经常这么跟萨特思韦特先生说话。他看上去不怎么介意，性格温和，是一个很棒的听众。

"没错，"波特说，"她永远都不应该过来。"

萨特思韦特先生本能地意识到他说的不是斯科特太太。

"你觉得不应该？"他问。

波特摇摇头，似乎有种不祥的预感。

"那次旅行我也参加了，"他突然说道，"我们三个人去的。斯科特、我和爱丽丝。她是个很棒的女人，还是个厉害的神枪手。"他顿了顿，"他们为什么要邀请她？"

萨特思韦特先生耸了耸肩。

"不知道。"他说。

"会有麻烦的，"对方说道，"我们必须随时待命，尽我们所能。"

"但斯塔夫顿太太肯定——"

"我说的是斯科特太太，"他顿了顿，"你知道——还要考虑到斯科特太太。"

萨特思韦特先生一直在担心斯科特太太，但认为没有必要说出来，因为波特已经把她忘得一干二净，直到这一刻才想起来。

"斯科特是怎么遇到他妻子的？"他问。

"去年冬天，在开罗。发展迅速。三星期后他们就订婚了，六个星期之后结婚了。"

"她看上去非常迷人。"

"是的，毋庸置疑。他仰慕她——但是这没什么奇怪的。"接着，波特少校自己又重复着那个对他而言只意味着一个人的代词："该死，她不应该过来……"

这时，他们走上房子不远处一个高高的草丘。带着一种自己是个善于表演的人的自豪感，萨特思韦特先生伸出胳膊。

"看。"他说。

天色快速暗了下来，但仍然能清楚地望见窗户。紧紧贴在其中一块窗格玻璃上的显然是一张男人的脸,他戴着一顶插有羽毛的保皇党人的帽子。

"很奇特,"波特说道,"真的很奇特。如果有一天那玻璃被打碎了,会发生什么呢?"

萨特思韦特先生微微一笑。

"这就是这个故事最有意思的地方之一。就我所知,那块玻璃至少被更换过十一次,也许更多。最后一次是十二年前,房子的主人决定摧毁这个神话。但结果依旧。污痕再现——不是马上,而是逐渐扩散,慢慢变色。一般来说,需要一两个月的时间。"

波特第一次表露出了真正的兴趣。突然,他猛地一激灵。

"这事太诡异了,无法解释。把这个房间从里面钉上的真正原因是什么?"

"这个嘛,一个说法是那个房间——不吉利。伊夫夏姆夫妇离婚前就住在那儿。然后是斯坦利,他跟那个舞蹈演员私奔时,他和他妻子就住在那个房间。"

波特扬了扬眉毛。

"我明白了。危险的不是生命,而是道德。"

"而现在,"萨特思韦特先生自言自语地说,"斯科特夫妇住在……我不知道……"

他们默默地原路返回,无声无息地走在柔软的草皮上,各自沉浸在自己的思绪中,无意中成了窃听者。

走到冬青篱笆的拐角时,他们听到爱丽丝·斯塔夫顿愤怒而清晰的声音从秘密花园深处传了过来。

"你会后悔的……对此感到后悔的!"

斯科特的声音低沉而模糊,所以难以听清他说的话。接着又传来女人的声音,她的话他们后来记得很清楚。

"妒忌,使人心生魔鬼——它就是魔鬼!它能让人变成邪恶的杀人凶手。小心点,理查德,看在上帝的分儿上,小心点!"

说完,她便从他们前面的秘密花园里跑了出来,向房子的一角走去。她没看见他们,走得很快,几乎是在跑,好像被梦魇缠绕,被追赶着一样。

萨特思韦特先生又想起了辛西娅夫人的话。一个危险的女人。他第一次产生了一种不祥的预感,其来势汹汹,无法抗拒,不容否认。

然而那天晚上他又为自己的恐惧感到羞愧。一切看起来如常,令人愉快。斯塔夫顿太太从容、无忧无虑,一点紧张的迹象也没有。莫伊拉·斯科特仍然迷人而真挚。两个女人看上去相处得非常愉快。理查德一副情绪高涨的样子。

似乎最烦恼的人是矮胖的昂克顿太太。她向萨特思韦特先生袒露了所有的心事。

"随便你认为愚蠢或者什么,但有件事让我毛骨悚然。坦白说,我要请一个装玻璃的工人过来,不能惊动奈德。"

"装玻璃的工人?"

"给那扇窗户装一块新的玻璃。那块玻璃好倒是好,奈德为此感到自豪——说它为这房子增添了一种色调。但我不喜欢它。我告诉你,我们要换一块漂亮的、朴素的、时髦的玻璃,背后没有什么令人厌恶的故事。"

"你忘了,"萨特思韦特先生说,"或者也许你不知道。污迹会重新出现。"

"也许是这样,"昂克顿太太说,"我只能这么说,如果是这样,那就是违背自然规律的!"

萨特思韦特先生扬了扬眉毛，但是没有回答。

"如果是的话，那又怎样？"昂克顿太太又挑衅地说，"奈德和我还不至于无力支付每个月一块新玻璃的钱；或者，如果需要的话，一个星期一块也可以。"

萨特思韦特先生没有迎战。他见过太多的东西在金钱的力量下一蹶不振、不堪一击。他认为就算是个保皇党的鬼魂也不能赢得战斗。即便如此，昂克顿太太那明显的不安仍然引起了他的兴趣。甚至她也没能避开这紧张的气氛，只是将此归咎于一个已经褪色的鬼故事，而不是客人们的性格分歧。

命中注定一般，萨特思韦特先生又听到了另外一个对话的片段，这使得形势更加明朗起来。当时他正走在宽阔的楼梯上，准备去睡觉，约翰·波特和斯塔夫顿太太一起坐在大厅的壁凹里。她正在说话，铿锵的声音中有一丝恼怒。

"我根本不知道斯科特夫妇也会来这儿。如果我知道的话，就不会来了。但我向你保证，亲爱的约翰，现在我在这儿，我不会逃跑的——"

萨特思韦特先生继续在楼梯上走着，渐渐地听不到什么了。他心想："我怀疑现在的情况有多少是真的。她知道吗？我不知道会发生什么事情。"

他摇摇头。

在清晨明亮的光线中，他觉得自己昨天晚上的臆想也许有一点夸张。一时的紧张，没错，肯定是。在这种情况下是不可避免的，但，仅此而已。人们会自我调节。他那大祸临头的想法只是因为紧张，纯粹是紧张，也许是兴奋。没错，就是这样，兴奋。在接下来的两个星期，他应该在卡尔斯巴德度过。

从自己的角度出发，那天晚上天色渐暗的时候，萨特思韦特先生建议去散散步。他对波特少校建议说他们应该去那个空地,看看昂克顿太太是不是正如她自己所说,装了一块新玻璃。他心想:"运动,这就是我需要的。运动。"

两个男人边走边聊。波特像往常一样少言寡语。

"我忍不住在想,"萨特思韦特先生唠叨着,"我们昨天想象出来的东西有点蠢。预料——呃,会有麻烦,你知道。毕竟,人们得守规矩,压抑他们的情绪之类的。"

"也许吧。"波特说,过了一会儿他补充道,"文明人。"

"你是说?"

"在文明之外生活太久的人有时候会回头,恢复原状。随便你怎么说。"

他们来到了草丘。萨特思韦特先生呼吸急促。他向来就不喜欢爬山。

他朝窗户看了看,那张脸仍然在那儿,比之前更加逼真。

"我明白了,我们的女主人后悔了。"

波特只是匆匆地扫了它一眼。

"我猜是昂克顿发火了,"他漠不关心地说,"他是那种为另一个家族的鬼魂感到自豪的人,也不愿意冒险赶走它,还要为此破费。"

他沉默片刻,盯着他们周围茂密的灌木丛——而不是那所房子。

"你是否曾经被这句话触动过,"他说,"文明是非常危险的?"

"危险?"这么离经叛道的话语让萨特思韦特先生内心大为震动。

"是的。感情无法宣泄,你明白。"

突然，他转过身。他们沿着来时的小径走了下去。

"我真的搞不懂你，"萨特思韦特先生一边说着，一边迈着灵活的步伐嗒嗒地跑起来，以便跟得上大步行走的波特，"理性的人——"

波特大笑起来，笑声短促而不安，然后他看了看身边这个端庄的小个子绅士。

"你认为我是在乱说，萨特思韦特先生？但是有一些人，你知道，他们能告诉你暴风雨何时会降临。他们能预先感知。还有一些人能预言灾难。现在，灾难要降临了，萨特思韦特先生，大灾难。它随时会降临。它可能——"

他突然停了下来，一把抓住萨特思韦特先生的胳膊。就在那个紧张的寂静时刻，传来了两声枪响，随之而来的是一声喊叫——一个女人的哭喊声。

"天哪！"波特大喊，"它来了！"

他冲下小径，萨特思韦特先生气喘吁吁地跟在后面。片刻之后，他们来到紧挨着秘密花园篱笆的草地上。与此同时，理查德·斯科特和昂克顿先生从房子的另一角走了过来。双方停下来，面面相觑，站在秘密花园入口的左右两边。

"是……是从那儿传过来的。"昂克顿说着，无力地指了指。

"我们得去看看。"波特说。他带头走进那块用篱笆围起来的地方。当绕过冬青篱笆的最后一个弯之后，他猛然停住了。萨特思韦特先生越过他的肩膀仔细凝视着。理查德·斯科特大喊一声。

秘密花园中有三个人。两个人躺在石凳旁边的草地上——一个男人和一个女人。第三个人是斯塔夫顿太太。她站在冬青篱笆旁边，离他们很近，瞪着惊恐的双眼，右手握着什么东西。

"爱丽丝,"波特大喊,"爱丽丝!看在上帝的分儿上,你手里拿着什么?"

于是她往下看了看——带着一种惊讶的、难以置信的冷漠。

"是支手枪。"她诧异地说,然后,似乎过了一段无休无止的时间——但实际上只有几秒钟,"我……我捡起来的。"

萨特思韦特先生朝昂克顿和斯科特跪着的草皮走过去。

"医生,"后者喃喃地说道,"我们必须找个医生。"

但是找医生已经来不及了。抱怨过那些占卜者对未来语焉不详的吉米·艾伦森,还有被吉卜赛人退回一先令的莫伊拉·斯科特,都一动不动地躺在那里。

理查德·斯科特简单地做了个检查。男人刚强的精神在这种关键时刻显现出来。在第一声极度痛苦的喊叫之后,他就镇定了下来。

他轻轻放下妻子。

"是从后面射中的,"他简短地说,"子弹直接穿透了她的身体。"

接着,他检查了吉米·艾伦森。伤口是在胸部,子弹打进了身体里。

约翰·波特朝他们走了过来。

"什么也别动,"他严肃地说道,"警察必须看到原封不动的现场。"

"警察。"理查德·斯科特说。看到站在冬青篱笆旁边的那个女人时,他突然眼睛一亮,好像要冒出火焰来。他朝那个方向走了一步,但与此同时,约翰·波特也移动了一步,拦着他。一时之间,看上去似乎是两个朋友在进行眼神的决斗。

波特非常平静地摇了摇头。

"不，理查德，"他说，"看起来像，但你错了。"

斯科特舔了舔干燥的嘴唇，艰难地说道：

"那么为什么……她手里拿着枪？"

爱丽丝·斯塔夫顿太太再次用她那种死气沉沉的语调说道："我……捡起来的。"

"警察，"昂克顿提高声音，"我们必须派人去找警察，立刻。也许你能打个电话，斯科特？应该有人留在这儿，没错，我确定应该有人留在这儿。"

萨特思韦特先生极其绅士地提出留下来，男主人接受了这一请求，明显地放松下来。

"女士们，"他解释道，"我必须委婉地把这个坏消息告诉女士们，辛西娅夫人和我亲爱的妻子。"

萨特思韦特先生留在秘密花园里，看着莫伊拉的尸体。

"可怜的孩子，"他自言自语道，"可怜的孩子……"

他暗暗地引用了一句名言：邪恶的男人生活在他们四周。理查德·斯科特难道不应该为他死去的无辜妻子负责吗？他们会吊死爱丽丝·斯塔夫顿，他心想，不是他愿意这么认为，但这个男人至少也要负一部分责任啊。那个男人做的恶事——而那个女孩，那个无辜的女孩，付出了代价。

他带着深深的遗憾低头看着她，苍白的小脸，对生活充满留恋，一抹微笑仍然留在唇边。金色的卷发，精致的耳朵，耳垂上有一丝血迹。出于一个侦探似的感觉，萨特思韦特先生推断在她倒下的时候，一只耳环被扯掉了。他向前伸了伸脖子，没错，他是对的，她另一只耳朵上垂着一只小小的珍珠坠子。

2

"注意了,先生们。"温克菲尔德警督说道。

大家都在书房里。警督,一个精明而强势的人,四十来岁,正在对他的调查做总结。他询问了大部分的客人,到目前为止,对于这起案件,他心里已经拿定了主意。他正在听取波特少校和萨特思韦特先生的讲述。昂克顿先生沉重地坐在一把椅子里,眼睛瞪得大大的,盯着对面的墙。

"先生们,我的理解是,"警督说道,"你们去散步了,然后顺着人们称之为秘密花园的左侧的那条小路折回房子的,对吗?"

"完全正确,警督。"

"你们听到了两声枪响,还有一个女人的尖叫声?"

"是的。"

"你们以最快的速度从树林中间跑了出去,跑向秘密花园的入口。如果有人要离开那个花园,他只能从这个入口出去。那些冬青灌木无法通行。如果有人从花园里跑出来,拐向右边,他肯定会遇到昂克顿先生和斯科特先生。如果他左拐,那你们不可能看不到他,对吗?"

"是这样的。"波特少校说。他的脸色很苍白。

"看来事情解决了。"警督说,"昂克顿先生和太太还有辛西娅夫人坐在草地上,斯科特先生在面对着那片草坪的台球室里。六点十分,斯塔夫顿太太走出房子,跟坐在草地上的那几个人说了一两句话,然后绕过房子的一角,向秘密花园走去。两分钟之后,人们听到了枪声。斯科特先生冲出房子,跟昂克顿先生一起跑向秘密花园。与此同时,你跟……呃……萨特思韦特先生从相反的方向也到了。斯塔夫顿太太手里拿着那把射出了两发子弹的枪。依我看，她先从后面射中了正坐在凳子上的那位女士，接着，艾伦森上校跳起来扑向她，当他靠近的时候她又射中了他的胸部。我听说她和理查德·斯科特先生之间曾经有过……呃……一段感情。"

"全都是该死的谎话。"波特大吼道，声音沙哑，充满挑衅。警督什么都没说，只是摇了摇头。

"她自己的说法是什么？"萨特思韦特先生问道。

"她说她走进秘密花园想静一会儿，就在绕过最后一道篱笆之前，听见了枪声。她转过拐角，看见脚下躺着一把手枪，于是捡了起来。她旁边没人经过，也没看见有人在花园里，除了两名受害者。"警督意味深长地做了个停顿，"这就是她所说的，虽然我警告过，但她依然坚持这一说辞。"

"如果她是这么说的，"波特少校说，他的脸仍然是死一样的苍白，"那么就是事实。我了解爱丽丝·斯塔夫顿。"

"好了，先生，"警督说，"稍后，我们会有充足的时间来调查所有这些。在这期间，我还有公务在身。"

波特猛地向萨特思韦特先生转过身。

"您！您不能帮忙吗？您不能做些什么吗？"

萨特思韦特先生不禁极为受宠若惊。他，男人中最不起眼的一个，居然受到了约翰·波特这样的人的恳求。他正打算赶紧说句表示歉意的话，就在这时，男管家汤普森走了进来，抱歉地咳嗽了一声，金属托盘上放着一张给主人的名片。昂克顿先生仍然在椅子里缩成一团，没有参加会议。

"我告诉这位先生也许您无法接见他，先生，"汤普森说，"但他坚持说跟您约好了，而且事情非常紧急。"

昂克顿接过名片。

"哈利·奎因先生。"他念道,"我想起来了。他来见我是关于一幅画。我确实跟他预约过,但照现在的情形看——"

但萨特思韦特先生已经跳了起来。

"你说的是哈利·奎因先生?"他大声说道,"多不可思议啊。简直太不可思议了。波特少校,你问我是否能帮助你,我想我能。这位奎因先生是一个朋友——或者应该说,跟我略有交情。他是个最最了不起的人。"

"一个业余侦探之类的吧,我猜。"警督轻蔑地说道。

"不,"萨特思韦特先生说,"他根本不是那种人。但他有种力量——一种几乎是难以解释的力量,能向你展示你亲眼看见的事情,让你明白你亲耳听到的东西。总之,让我们跟他说说大概的案情吧,再听一听他是怎么说的。"

昂克顿先生扫了警督一眼,后者只是哼了一声,看着天花板。于是,昂克顿简单地向汤普森点了点头,男管家离开房间,带回一个高大修长的陌生人。

"昂克顿先生?"陌生人跟他握了握手,"很抱歉在这种时候打扰您。我们必须把关于那幅画的交流放在下一次了。啊,我的朋友,萨特思韦特先生,您还是像以前那样喜欢戏剧吗?"

说到最后几个字的时候,一丝微笑浮现在陌生人的嘴边。

"奎因先生,"萨特思韦特先生感激地说道,"这儿刚好一出戏,我们是其中一员。我,还有我的朋友波特少校,都想听听你的意见。"

奎因先生坐下来。红色的灯影在他格子大衣上投下一道宽宽的彩色光。他那张被阴影笼罩的脸,就像戴了面具一样。

萨特思韦特先生简要地叙述了这场悲剧的主要情节,然后他停了下来,屏住呼吸,等待着神谕般的指示。

但是奎因先生只是摇了摇头。

"一个悲惨的故事,"他说,"一个非常悲惨又令人震惊的悲剧。动机的缺乏使得它更加引人入胜。"

昂克顿注视着他。

"你不懂,"他说,"有人听见斯塔夫顿太太威胁过理查德·斯科特。她极其嫉妒他妻子。嫉妒——"

"我同意,"奎因先生说,"嫉妒或着了魔地占有,是一样的。但是你误解我了。我指的不是杀死斯科特太太的凶手,而是杀死艾伦森上尉的。"

"你说得对,"波特大喊道,向前一跃,"这里有个漏洞。如果爱丽丝曾经打算开枪打死斯科特太太,她会带她单独去某个地方。不,我们的方向错了。我认为我找到了另外一种解答。只有这三个人走进了秘密花园,这是无可争辩的,而我也不打算否认。但是,让我从不同的角度重新描述下这场悲剧。假设是吉米·艾伦森先对斯科特太太开了枪,然后自杀。这是有可能的,不是吗?他倒下的时候扔了手枪——斯塔夫顿太太在地上发现了它,然后捡了起来,正如她所说。怎么样?"

警督摇摇头。

"站不住脚,波特少校。如果艾伦森上尉是近距离开的枪,那他的衣服上肯定有烧焦的痕迹。"

"他可能是在一臂远的距离开的枪。"

"他为什么要那样做?没有道理。再说了,也没有动机。"

"也许他突然失去了理智。"波特喃喃地说,但并不肯定。他再次陷入了沉默。忽然,他站起身,挑衅地说:"怎么样,奎因先生?"

后者摇摇头。

"我不是魔术师，甚至不是犯罪学家。但是我要告诉你一件事——我相信观感的价值。在任何关键时刻，总有一个瞬间会从其他时刻中脱颖而出，当其他画面已经模糊，总有一个画面会保留下来。我认为，萨特思韦特先生是在场人员中最没有偏见的观察者。萨特思韦特先生，你能否回忆一下，然后告诉我们你印象最深刻的那个时刻。是你听到枪响的一瞬间吗？是你第一眼看到死者的时候吗？是第一眼看见手枪在斯塔夫顿太太手里的时候吗？清除脑海中那些先入为主的判断标准，然后告诉我们。"

萨特思韦特先生盯着奎因先生的脸，就像一个小学生要背诵一篇自己没有多少把握的课文一样。

"不，"他缓缓说道，"都不是。我将永远记得的那一刻是，当我独自站在两具尸体旁边——后来——朝下看了看斯科特太太。她侧躺着，头发凌乱。在她的小耳垂上有一丝血迹。"

他一说完，就意识到自己说了一件了不起的、具有重大意义的事情。

"她耳朵上的血？没错，我记得。"昂克顿慢吞吞地说道。

"她倒下去的时候，耳环肯定被扯掉了。"萨特思韦特先生解释说。

但是他说的话听上去有一点不太可能。

"她侧躺在地，"波特说，"我想，是左耳？"

"不，"萨特思韦特先生飞快地说，"是她的右耳。"

警督咳嗽了一声。

"我在草丛里找到了这个。"他给予了肯定，举起一个金丝环。

"但是，上帝啊，"波特大喊，"如果只是摔一下，不可能裂成碎片。它更像是被一颗子弹打飞了。"

"是的，"萨特思韦特先生大声说，"是一颗子弹。肯定是。"

"只有两声枪响,"警督说,"一枪不可能既擦过她的耳朵,又射中她的背部。而如果有人打掉了她的耳环,那么打死她的第二枪,不可能也射中了艾伦森上尉,除非他站在她面前很贴近的位置,非常近……非常近地面对她。哦不,即使这样也不行,除非——"

"你想说,除非她在他怀里,"奎因先生说道,面带一丝古怪的微笑,"嗯,为什么不行?"

大家面面相觑。这个想法对他们来说太奇怪了,艾伦森和斯科特太太?昂克顿先生说出了大家共同的怀疑。

"但他们都不怎么认识对方。"他说。

"我不知道。"萨特思韦特先生沉思着说,"也许他们比我们想象的要熟。辛西娅夫人说过,去年冬天在埃及,艾伦森曾经帮她从烦恼中解脱出来。还有你——"他转向波特,"你告诉过我,理查德·斯科特先生去年冬天在埃及遇见了他妻子。也许他们两人在那儿的时候就已经很熟了……"

"他们好像不常在一块儿。"昂克顿说道。

"没错,他们确实在回避对方。这几乎不太正常,现在我开始觉得——"

他们全都看向奎因先生,好像对得出的出乎意料的结论有点吃惊。

奎因先生站起身。

"你们瞧,"他说,"萨特思韦特先生的印象帮了我们。"他转向昂克顿,"现在,该你了。"

"呃?我不明白你的意思。"

"我走进这个房间的时候,你一副沉思的样子。我想知道究竟是什么念头让你心神不宁。不用在意这看起来是不是有点……

迷信——"昂克顿先生有一点点吃惊，"告诉我们。"

"我不介意告诉你们，"昂克顿说，"虽然它跟这起案件没有关系，而且你们还有可能会笑话我。我希望我老婆没多事，并且没有换掉那扇闹鬼窗户的玻璃。我感觉那么做可能会给我们带来诅咒。"

他无法理解为什么对面的两个男人这么瞪着他。

"但她还没更换玻璃呢。"最后，萨特思韦特先生说道。

"不，她换了。那是仆人今天早上做的第一件事。"

"老天！"波特说，"我开始明白了。那个房间，是用镶板装潢的，而不是用壁纸糊的墙？"

"没错，但那——"但是波特已经跌跌撞撞跑出房间。其他人跟在他身后。他径直上楼去了斯科特的卧室。这是一间精致的房间，镶板是奶油色，有两扇朝南的窗户。波特双手摸着西墙上的镶板。

"这儿某个地方有个弹簧——肯定是！啊！"咔嗒一声，一块镶板翘了起来。那扇闹鬼的窗户上污迹斑斑的玻璃出现在眼前。但其中一块玻璃是新的，很干净。波特飞快地弯下腰，捡起一样东西，把它摊开在手掌上。是一片鸵鸟羽毛。然后，他看了看奎因先生，后者点点头。

他走向卧室的帽柜，里面有很多顶帽子——那个女死者的帽子。他拿出一顶宽檐、带有卷羽毛的帽子——一顶精致的阿斯科特帽。

奎因先生温和而沉吟地说起话来。

"我们来假设一下，"奎因先生说，"一个男人天生就有很强的嫉妒心，过去，他在这里住过，知道镶板上弹簧的秘密。为了打发时间，一天，他打开镶板，朝外面的秘密花园看过去。在那儿，他看见了他妻子和另外一个男人，尽管他们两人认为那儿是安全的，不会被人看见。之前对于两人的关系他心里没有过丝毫的怀疑。他气得要疯掉了。他会怎么做？他想到一个办法。他走向壁橱，戴上那顶宽边的羽毛帽子。天色渐暗，他想起了关于玻璃上的污迹的故事。任何人往上看窗户，都会觉得自己看到的是'监视中的保皇党人'。因此，他就这么安全地看着他们，在他们紧紧相拥的那一刻，开枪射击。他是神枪手——枪法很准。当他们倒下去的时候，他又开了一枪，那一枪打掉了耳环。他把枪扔出窗户，丢进秘密花园里，冲下楼，穿过台球室跑了出去。"

波特朝他走了一步。

"但他让爱丽丝受到了指控！"他大喊，"他袖手旁观，却让她蒙受不白之冤。为什么？为什么？"

"我想我知道为什么，"奎因先生说，"我猜——仅仅是我的猜测——听我说，那位理查德·斯科特曾经疯狂地爱着爱丽丝·斯塔夫顿，如此疯狂以至于几年之后遇见她，他的嫉妒仍能死灰复燃。我得说，爱丽丝曾经以为自己爱他，所以跟他还有另外一个男人去打猎——但回来之后她爱上了更优秀的那个男人。"

"更优秀的男人？"波特喃喃地说，迷惑不解，"你是说——？"

"是的，"奎因先生说，带着淡淡的微笑，"我说的是你。"他顿了顿，又说："如果我是你——我现在就去找她。"

"我会的。"波特说道。

他转身离开了房间。

旅店夜谈

萨特思韦特先生很烦。总之，这是倒霉的一天。他们出发就晚了，轮胎上还扎了两个洞，最后他们转错了弯，在索尔兹伯里平原的荒野中迷了路。

现在快八点了，而他们距离目的地马斯维克庄园仍然有大约四十英里。第三个扎破的洞让问题变得更加棘手。萨特思韦特先生就像一只因受惊而竖起全身羽毛的小鸟，在乡村修车厂前面来来回回地走着，而他的司机正在用沙哑的声音跟当地的专家小声交谈。

"至少得半小时。"他肯定地判断道。

"那算走运的。"司机马斯特斯补充说，"依我看，得四十五分钟。"

"不管怎样吧，这个地方——叫什么名字？"萨特思韦特先生焦躁地问。作为一位能体谅别人感受的小个子绅士，他把最先溜到嘴边的"该死的破地儿"换成了"地方"这个词。

"柯灵顿·马利特。"

萨特思韦特先生不怎么知道这个名字，但似乎又有点耳熟。他轻蔑地看了看四周。柯灵顿·马利特看上去是由一条弯弯曲曲的街道组成，一边是修车厂和邮局，另一边相对应的是三个若隐若现的商店。顺着街道再往远处走，萨特思韦特先生察觉到风中有什么东西摇摆着吱嘎作响。他的情绪稍微高涨了一点。

"我知道了,这里有家小旅馆。"他说。

"'铃铛和小丑'。"修车厂的人说,"那边就是。"

"先生,我可否提个建议,"马斯特斯说,"为什么不试试呢?他们能给你提供一顿饭之类的,毫无疑问——当然了,不是您习惯的味道。"他抱歉地顿了顿,因为萨特思韦特先生习惯了大陆厨师的拿手菜,而他自己就以极为丰厚的薪水聘请了一位蓝带厨师①。

"四十五分钟之内我们没法起程,先生。我很确定。而现在已经八点多了,您可以去旅店给乔治·福斯特爵士打个电话,告诉他我们延误的原因。"

"你好像觉得自己能安排一切,马斯特斯。"萨特思韦特先生没好气地说。

马斯特斯心里就是这么想的,但他仍然恭恭敬敬地保持沉默。

萨特思韦特先生急切地想反对别人可能向他提出的任何建议——现在他就是这个心情——尽管如此,他还是看了看街道远处那个吱嘎作响的旅店招牌,心中默许了。他的胃口只有小鸟一般大,是个美食家,但即便这样,也是会饿的。

"'铃铛和小丑',"他沉思地说,"作为一个旅店,这名字真奇怪。我从来都没听说过。"

"不管怎么说,总是有奇怪的人来这儿。"那个当地人说道。

他对着车轮弯下腰,声音变得含混、模糊。

"奇怪的人?"萨特思韦特先生问道,"你这么说是什么意思?"

---

① 原文为法语 cordonbleu。法国蓝带厨艺学院是世界最富盛名的烹饪学校之一,用以代表厨艺的最高水平。

对方似乎不太明白他的意思。

"来来去去的人。就是那种嘛。"他含糊不清地说。

萨特思韦特先生意识到来旅馆的人几乎都是那些"来来去去"的人。这个定义对他而言似乎不够准确。尽管如此,他的好奇心还是被激发了起来。无论如何他都得停留三刻钟。"铃铛和小丑"旅店会跟其他地方一样好的。

他一如既往地迈着小碎步,沿着马路走了下去。远处传来隆隆的雷声。技工抬头看了看,对马斯特斯说:

"风暴要来了。我能在空气中感觉到。"

"哎呀!"马斯特斯说道,"我们还要走四十英里。"

"哎,"另一个说,"没必要这么着急赶路。你们不会是不等风暴过去就上路吧。你那位小个子老板看上去不像喜欢在雷电交加的时候外出。"

"希望那个地方的人能把他招待好,"司机嘀咕道,"现在我要去那儿吃点东西。"

"比利·琼斯人不错,"修理厂的那个人说,"能提供一桌好饭菜。"

威廉姆·琼斯先生高大魁梧,五十岁左右,是"铃铛和小丑"旅店的老板。此刻,他正满面笑容地讨好小个子萨特思韦特先生。

"可以给您提供一份非常美味的牛排,先生——炸土豆,还有任何绅士都想要的上好的奶酪。这边请,先生,咖啡屋。目前还没有客满,钓鱼的那些先生刚刚走光。稍后,打猎的先生们到了就客满了。目前只有一位先生,叫奎因——"

萨特思韦特先生愣住了。

"奎因?"他激动地说,"你是说奎因?"

"就是这个名字,先生。也许是您的朋友?"

"没错,确实是!哦,是的,那还用说。"萨特思韦特先生激动得全身直哆嗦,几乎没有意识到世界上会有不止一个人叫这个名字。他压根儿就没有怀疑。奇怪的是,这个信息正好应了修车厂那个人的话。"来来去去的人……"这对奎因先生是个非常恰当的描述。而且这个旅店的名字也似乎特别契合、贴切。

"天哪,天哪,"萨特思韦特先生说,"多么奇妙的事情啊!我们竟然如此相遇!哈利·奎因先生,不是吗?"

"正是,先生。这是咖啡屋,先生。啊哈!这就是那位绅士!"

奎因先生那熟悉的身影——高大、黝黑——微笑着从他所坐的桌子旁站了起来。萨特思韦特先生清楚地记得他的声音:

"啊!萨特思韦特先生,我们又见面了。真是一次令人意想不到的会面啊!"

萨特思韦特先生热情地跟奎因先生握手。

"真令人高兴。真高兴啊,毫无疑问。多么幸运的一次故障啊。我是说我的车。你住在这儿吗?住多久?"

"只一个晚上。"

"那我确实很幸运。"

萨特思韦特先生在他朋友的对面坐了下来,满意地轻轻叹了口气,愉快而期待地注视着对面那张黝黑的、微笑着的脸。

对方温和地摇摇头。

"我保证,"他说,"我的衣服袖子里可变不出来一碗金鱼或者一只兔子。"

"太可惜了,"萨特思韦特先生有点吃惊地大声说道,"没错,我得承认——我的确是这么认为的。你是一个有魔法的人。哈哈，我就是这么认为的。一个神奇的人。"

"然而，"奎因先生说，"变戏法的人是你，不是我。"

"啊！"萨特思韦特先生热切地说，"但是没有你我变不了。我缺乏——是否可以这么说——灵感？"

奎因先生微笑地摇了摇头。

"这个词太夸张了。我说出提示词，仅此而已。"

这时，店主拿着面包和一块厚厚的黄油走了进来。就在他把东西放到桌子上时，一道耀眼的闪电划过天空，雷声几乎就在头顶上炸开了。

"一个暴风雨之夜，先生们。"

"在这样一个夜晚——"萨特思韦特先生开了个头又打住了。

"真是奇怪，"店主并未意识到这个问题，"这正是我要说的话。就是在这样一个夜晚，哈韦尔上尉把他的新娘带回了家，第二天他就永远地消失了。"

"哦！"萨特思韦特先生突然大喊，"当然了！"

他找到头绪了。现在他明白柯灵顿·马利特这个名字为什么这么耳熟了。三个月前，他事无巨细地阅读了理查德·哈韦尔上尉离奇失踪的报道。跟英国其他的报纸读者一样，对于失踪的细节他很迷惑，而且，像其他英国人一样，他有自己的一套猜测。

"当然了，"他重复道，"就发生在柯灵顿·马利特。"

"去年冬天他狩猎的时候就住在这个房子里，"店主说，"哦，我跟他很熟。一位年轻而英俊的绅士，不是你们以为的那种把什么事都憋在心里的人。我认为他被人干掉了。我经常看见他们一起骑马回来——他和勒库德小姐。全村的人都说他们会结婚——事实果然如此。她年轻而美丽，深受大家喜爱，尽管她是个加拿大人，还是个陌生人。其中有些秘密，我们永远不会知道真相。

这让她心碎，确实伤透了她的心。你也听说了，她卖掉了那个地方然后出国了，受不了待在这里被人们在背后指指点点——尽管她自己没有丝毫的错。可怜的人儿啊！一个黑暗的谜团，就是这样。"

他摇摇头，然后突然想起了自己的职责，匆匆离开了房间。

"一个黑暗的谜团。"奎因先生温和地说。

奎因先生的声音在萨特思韦特先生听来有种煽动的意味。

"你是在声称我们能解开这个伦敦警局没能解决的谜题吗？"他尖锐地问。

对方做了个特别的手势。

"为什么不行？已经过去了三个月，人们的看法会因此而改变。"

"你这个观点真奇特，"萨特思韦特先生慢条斯理地说，"认为事发之后人们会比当时看得更清楚。"

"时间越久，越能理顺头绪。人们会看清楚他们之间真正的关系。"

几分钟的沉默。

"我不确定，"萨特思韦特先生迟疑道，"现在我是否还能清楚地记得那些事。"

"我认为你记得。"奎因先生平静地说。

这就是萨特思韦特先生需要的所有鼓励。通常，他在生活中扮演的角色是倾听者和旁观者，只有跟奎因先生在一起的时候这种位置才会颠倒。奎因先生是个懂得欣赏的听众，而萨特思韦特先生则占据了舞台的中心位置。

"就在一年多前，"他说，"阿什利庄园成为埃莉诺·勒库德小姐的财产。那是一幢美丽的老房子，但多年来疏于打理，一直空着。再也没有比勒库德小姐更好的女主人了。她是一位法裔加拿大人，祖先是法国大革命时期的移民，传给她一批价值连城的法国文物和古董。她是个买家，也是收藏家，品位高雅，很有鉴赏力，以至于那场悲剧发生后，当她决定要卖掉阿什利庄园和园中一切东西时，塞勒斯·G.布拉德伯恩先生，那位美国百万富翁，毫不犹豫地用六万英镑买下了这座庄园。"

萨特思韦特先生顿了顿。

"我说起这些事情，"他抱歉地说，"不是因为它们与此事有关——严格说来，并没有关系——我是为了营造一种氛围，属于年轻的哈韦尔太太的氛围。"

奎因先生点点头。

"氛围总是很有价值。"他一本正经地说。

"所以我们知道了这个女孩的一些情况，"萨特思韦特先生继续说道，"二十三岁，黑发，美丽，有学识，有教养，背景清白。而且有钱——我们必须记住这一点。她是个孤儿。圣·克莱尔太太，一位教养很高、社会地位无可指摘的女士，和她住在一起，当保姆。但是埃莉诺·勒库德完全掌控了自己的财产。追求有钱女子的男人到处都是，无论在何种场合，打猎、舞厅，不管她去哪儿，总有一打身无分文的年轻人在她身边晃来晃去。年轻的莱克坎恩少爷，全村最合适的结婚对象，据说向她求过婚，但她不为所动，直到理查德·哈韦尔上尉出现。

"哈韦尔上尉是因为狩猎才住到当地旅店的。他是个英姿勃发的骑手，英俊、快乐、胆大。你记得那句老话吗，奎因先生，'精诚所至，金石为开'，这句谚语至少部分被应验了。两个月之后，理查德·哈韦尔和埃莉诺·勒库德订了婚。

"又过了三个月，他们结婚了。这幸福的一对儿去国外度了两个星期的蜜月,然后返回,在阿什利庄园安顿下来。店主刚刚告诉我们,在一个像今天这样的暴风雨之夜,他们回到了家。我猜这是个预兆?谁知道呢?不管怎样,第二天很早的时候,大约七点半,其中一个园丁约翰·马赛厄斯看见哈韦尔上尉在花园散步。他没戴帽子,吹着口哨。看起来他心情愉快,幸福得一塌糊涂。然而从那一刻起,就我们所知,没有人再见过理查德·哈韦尔上尉。"

萨特思韦特先生顿了顿,愉快地感受着戏剧性的时刻。奎因先生赞赏的目光给了他所需要的奖励,他继续说了下去。

"失踪不同寻常——不可思议。直到第二天,那位惊慌失措的妻子报了警。正如你所知,警方并没有成功地解开这个谜团。"

"我想,警方有些推论?"奎因先生问。

"哦,推论,是的,你说得没错。推论一:哈韦尔上尉被谋杀了。但如果是这样,尸体在哪儿?它不可能神秘地消失。另外,动机是什么?就我所知,哈韦尔上尉根本就没仇人。"

突然,他打住了,好像不太确定。奎因先生探身向前。

"你在想,"他轻轻地说,"年轻的斯蒂芬·格兰特。"

"是的。"萨特思韦特先生承认道,"如果我没记错的话,斯蒂芬·格兰特曾经负责管理哈韦尔上尉的马,因为一些微不足道的错误被他的主人解雇了。就在夫妻俩回来的第二天早上,非常早的时候,有人看见斯蒂芬·格兰特在阿什利庄园附近徘徊。对此,他不能给出合理的解释。他曾因与哈韦尔上尉失踪有关联而被警方扣留,但是没有任何可以指控他的证据,最终他被释放了。确实,人们会认为哈韦尔上尉立马解雇他的事让他怀恨在心,但这个动机无疑不足为信。我想警方认为他们必须做些什么。你知道,正如我刚才所说,哈韦尔上尉根本没有仇人。"

"就目前所知。"奎因先生沉思道。

萨特思韦特先生点点头表示赞同。

"我们就要说到这个了。人们究竟对哈韦尔上尉有多了解？警察开始调查他的过往时，发现资料少得可怜。理查德·哈韦尔是谁？他从哪里来？他似乎是从天而降。他是个了不起的骑手，而且显然很富有。科灵顿·马利特的人懒得再多问。勒库德小姐没有父母或监护人去调查她未婚夫的前程和地位。她的一切都是自己做主。在这一点上，警方的看法非常明确：一个富家女和一个厚颜无耻的骗子。老一套！

"但事情不全是这样。是的，勒库德小姐没有父母或监护人，但她在伦敦有一个优秀的律师事务所做她的代理人。他们提供的证据让事情更加扑朔迷离。埃莉诺·勒库德曾希望把一笔钱直接转给她丈夫，但他拒绝了。他号称自己很富裕。最后也证明，哈韦尔从来没用过他妻子一分钱。她的财产完好无损。

"因此，他不是个普通的骗子，而是对自己的目标进行了掩饰？他是否打算在将来的某一天，埃莉诺·哈韦尔打算嫁给别人时进行敲诈？我承认我曾以为这是最有可能的解释——直到今晚。"

奎因先生身体前倾，鼓励他说下去。

"今晚？"

"是的。我不满足于此。他是如何做到消失得这么突然、彻底的——在早上的那个时间？那正是工人们忙着干活的时候。而且他还没戴帽子。"

"关于后者毋庸置疑——既然园丁看见了他？"

"是的，园丁，约翰·马赛厄斯。有什么问题吗？"

"警方不会忽略他的。"奎因先生说。

"他们详细盘问了他。他从未改过口。他妻子为他做证。七点钟他离开小屋去温室干活儿,七点四十回来。七点一刻左右,房子里的仆人们听见前门砰地关上了。这跟哈韦尔上尉离开房子的时间吻合。啊,是的,我知道你在想什么。"

"是吗?"奎因先生问。

"我想是这样。马赛厄斯有充足的时间干掉他的主人。但是,为什么?为什么呢?如果是这样的话,他把尸体藏哪儿了?"

店主端着一个托盘走了进来。

"抱歉,让你们久等了,先生们。"

他把一大块牛排放在桌子上,旁边是满满一盘子棕色油炸土豆。盘子里飘出的香味让萨特思韦特先生的鼻子享受极了。他觉得很舒服。

"看起来真不错,"他说,"棒极了。我们一直在讨论哈韦尔上尉的失踪。那个园丁,马赛厄斯,后来怎么样了?"

"在埃塞克斯找了个工作。我想他是不想在这一带待下去了。有些人总是用怀疑的眼光看他——你懂的,并不是说我曾经相信他与此事有关。"

萨特思韦特先生吃了一些牛排。奎因先生也吃了点儿。店主似乎愿意留下来聊会儿天,萨特思韦特先生自然没有反对。

"这个马赛厄斯,"他问,"是个什么样的人?"

"是个中年人,曾经很强壮,但因为风湿病,背驼了,腿瘸了。他这个病很严重,好几次都卧床不起,什么工作也做不了。依我看,埃莉诺小姐纯粹是出于好心才留下他。他已经做不了园丁的工作了,虽然有他妻子在庄园里尽量帮忙。她是个厨子,总是喜欢帮助别人。"

"她是个什么样的女人?"萨特思韦特先生飞快地问。

店主的回答让他失望了。

"相貌普通的中年人，神情忧郁，还是个聋子。这并不是说我很了解他们。事发前一个月他们才搬来这儿。他们说他年轻时是个少见的好园丁，埃莉诺小姐收到的推荐信对其交口称赞。"

"她对园艺有兴趣？"奎因先生温和地问道。

"不，先生，我得说她不感兴趣，不像这儿的女人，高薪聘请园丁，而且几乎所有的时间都在花园里跪着锄地。我觉得这很愚蠢。要知道，除了冬天打猎的时候，勒库德小姐并不怎么待在这儿。其余的时候她都住在伦敦，或者去国外的海边。他们说那些地方的小姐们害怕弄坏自己的衣服，甚至连个脚趾头也不伸进水里去。我听说是这样。"

萨特思韦特先生微微一笑。

"没有……呃……哈韦尔上尉跟什么女人有过交往吗？"他问。

尽管第一个推论被驳倒了，但他仍然坚持自己的看法。

威廉·琼斯先生摇了摇头。

"根本没那回事。从来没有任何流言蜚语。一个黑色之谜，就是这样。"

"那你的推论呢？你自己怎么想？"萨特思韦特先生坚持道。

"我怎么想？"

"是的。"

"不知道怎么想。我认为他是被谋杀的，但我说不出来是谁干的。我去给先生们拿些奶酪。"

他拿着空盘子，脚步笨重地走出房间。势头减弱的暴风雨突然卷土重来，气势更胜从前。一道闪电跟着一阵响雷，这让萨特思韦特先生惊跳起来，最后几声雷渐渐消逝的时候，一个女孩端着奶酪走进了房间。

她高高的个子，皮肤黝黑，美貌之中带着一种特有的忧郁。她和"铃铛和小丑"旅店店主长相的相似显然足以说明两人的父女关系。

"晚上好，玛丽。"奎因先生说，"一个暴风雨之夜。"

她点了点头。

"我讨厌这种暴风雨之夜。"她嘀咕道。

"也许，你是害怕打雷？"萨特思韦特先生和气地说。

"害怕打雷？这可不是我！我害怕的东西少之又少。但是暴风雨打开了人们的话匣子，聊啊聊，同样的事情说了一遍又一遍，就像许许多多的鹦鹉。爸爸一张嘴就说：'这让我想起了那个夜晚，可怜的哈韦尔上尉……'诸如此类。"她转向奎因先生，"您听过他是怎么说的了。这有什么意义呢？人们为什么就不让事情就这么过去呢？"

"一件事只有结束了，才能变成过去。"

"难道还没完吗？假如他就是想消失呢？绅士们有时候就会这么做。"

"你觉得是他自己想消失的？"

"为什么不行？这比认为好心肠的斯蒂芬·格兰格谋杀了他更合理。我想知道，他为什么要杀他？有一天，斯蒂芬喝多了，对他讲话无礼了些，就被解雇了。但是这有什么关系呢？他找到了另一份同样好的工作。难道这就是冷血地杀死一个人的原因？"

"但毫无疑问，"萨特思韦特先生说，"警方确定他无罪。"

"警方！跟警方有什么关系？每当晚上斯蒂芬走进酒吧，每个人都怪怪地看着他。他们不太相信是斯蒂芬杀了哈韦尔，但又不确定，于是就斜着眼睛在一旁觑着他。看见人们都绕着你走，好像你跟其他人不一样似的，这日子过的！为什么爸爸不同意我和斯蒂芬的婚姻？'你可以选个更好的，我的女儿。我不反感斯蒂芬，但——我们也不知道，明白吗？'"

她停了下来，胸腔因为愤怒而剧烈起伏着。

"就是残酷，残酷，就是这样，"她大声喊道，"斯蒂芬，连一只苍蝇也不会伤害！在他的一生中，人们都会认为是他干的。这会让他变得古怪、痛苦。对此我毫不怀疑。他越这样，人们越觉得其中必定有鬼。"

她再一次停了下来。她盯着奎因先生的脸，好像那上面有什么东西正在把她满腔的怒火引出来。

"无能为力？"萨特思韦特先生说。

他真的很苦恼。他看得出来事情不可避免。对斯蒂芬不利的证据非常模糊、也不充分，但让他很难反驳这一指控。

女孩忽然转向他。

"只有真相可以帮他！"她大声喊叫说，"如果哈韦尔上尉被人发现了，如果他回来。如果能够知道事情的真相——"

她打住了，似乎在啜泣着，然后急急忙忙离开了房间。

"一个好姑娘，"萨特思韦特先生说，"总之是个悲伤的案件。我希望——我非常希望能为此做点什么。"

他那颗善良的心感到不安。

"我们正在做我们能做的事，"奎因先生说，"在你的汽车修理好之前，还有差不多半个小时的时间。"

萨特思韦特先生盯着他。

"你觉得我们仅仅靠这样的谈论，就能让事情水落石出？"

"你见多识广，"奎因先生说，"比大部分人见识的都多。"

"我从未受到过生活的眷顾。"萨特思韦特先生苦涩地说道。

"但即便如此,你的观察力依然很敏锐,别人视而不见的地方你却都能看到。"

"这倒是真的,"萨特思韦特先生说,"我是个很棒的观察者。"

他为自己而自豪了一把。那一刻,痛苦消失了。

"我是这么看的,"一两分钟之后,他说,"要查出事情的原因,我们必须研究结果。"

"很好。"奎因先生赞成道。

"这个案子的结果是,勒库德小姐——我是说,哈韦尔太太,她是个妻子,然而又不是个妻子。她并不自由——她不能再婚。从这件事我们可以看出,理查德·哈韦尔是个阴险的人,来历不明且有着神秘的过去。"

"我同意,"奎因先生说,"你看到了所有应该被看见以及不容忽视的东西。哈韦尔上尉处于舞台的中央,一个可疑的人。"

萨特思韦特先生困惑地看着他。这些话似乎表明他们想的情形不太一样。

"我们已经研究了后果,"他说,"或者说是结果。我们现在可以——"

奎因先生打断了他的话。

"你并没有触及严格意义上的实际结果。"

"你是对的,"萨特思韦特先生思索片刻后说道,"一个人做事应该有头有尾。那么我们说,这场悲剧的结果是哈韦尔太太是妻子又不是妻子,不能改嫁;塞勒斯·布拉德恩伯先生能够用六万英镑买下阿什利庄园及其所有东西,不是吗?——而且埃塞克斯郡的某人可以给约翰·马赛厄斯弄到一份园丁的工作!尽管如此,我们毫不怀疑'埃塞克斯某人'或者塞勒斯·布拉德伯恩设计策划了哈韦尔上尉的失踪。"

"你在挖苦讽刺。"奎因先生说。

萨特思韦特先生犀利地看着他。

"但是你肯定同意——?"

"哦,我同意,"奎因先生说,"这个想法很荒谬。然后呢?"

"让我们试着想象一下,回到发生悲剧的那一天。比方说,失踪就发生在今天早上。"

"不,不,"奎因先生微笑着说,"既然在我们的想象中我们有穿越的能力,那就让我们反过来。比如哈韦尔上尉的失踪发生在一百年前,而我们正在二〇二五年回忆这件事。"

"你是个奇怪的人,"萨特思韦特先生慢吞吞地说,"你相信过去而不是现在。为什么?"

"不久前你用了'氛围'这个词。现在的时空里没有氛围。"

"也许真是这样,"萨特思韦特先生若有所思地说,"没错,是真的。'现在'容易导致思想狭隘。"

"说得好。"奎因先生说。

萨特思韦特先生微微一鞠躬。

"你人真好。"他说。

"就让我们说成是——不是今年,这很困难,而是——去年,"奎因先生继续道,"你替我总结一下吧,你有语言简洁的天赋。"

萨特思韦特先生思考了片刻,他很珍惜自己的名声。

"一百年以前,我们处于火药和朝廷弄臣的时代。"他说,"是否可以说一九二四年是填字游戏和屋顶飞贼的时代呢?"

"非常好,"奎因先生赞同道,"我猜你说的是全国而非全世界?"

"关于填字游戏,我必须承认我不了解,"萨特思韦特先生说,"但是从屋顶潜入的飞贼曾经在欧洲大陆活动频繁。你记得那一系列著名的法国庄园盗窃案吗?据推测,单独一个人是无法作案的,要进入那个庄园是一件不可思议的事。有种说法是跟一群杂技演员有关系——克罗恩迪尼斯一家。我看过他们的表演——技艺精湛。一位母亲,一个儿子和一个女儿,他们以一种非常神秘的方式消失于舞台。但是,我们跑题了。"

"不太偏,"奎因先生说,"只是横渡海峡。"

"用我们可敬的店主的话来说,在那儿的法国女士们连个脚趾头也不肯沾湿。"萨特思韦特先生大笑着说。

谈话停顿了一下,这似乎很重要。

"他为什么消失了?"萨特思韦特先生大声说,"为什么?为什么?难以置信,就像是变戏法。"

"对,"奎因先生说,"一个戏法。这描述很精确。你瞧,又是氛围。这个戏法的本质是什么?"

"手的敏捷欺骗了眼睛。"萨特思韦特先生流利地引用道。

"这才是关键,不是吗?为了欺骗眼睛?有时候是通过敏捷的手,有时候是通过其他手段。有很多手段,比如神枪手挥舞着一块红手帕,一些表面重要实际并非如此的东西。眼睛偏离了那些重要的东西,而被惹人注目却毫无意义的动作吸引住了。"

萨特思韦特先生探身向前,眼睛闪闪发亮。

"有点道理。想法不错。"

他继续温和地说:"神枪手。在我们所讨论的戏法中,神枪手是什么?让人拥有想象力的精彩一刻是什么?"

他猛吸一口气。

"失踪。"萨特思韦特先生喘息地说,"抛开这一点,再就没有任何意义了。"

"什么都没有？假设没有那个戏剧性的动作，事情照样发展呢？"

"你是说——假设勒库德小姐仍然卖掉阿什利庄园并且离开——无缘无故地？"

"对。"

"哦，为什么不呢？我猜，这会引起人们的谈论，房子里那些东西的价值会引起极大的兴趣——啊，等一下！"

他沉默了一分钟，然后脱口而出：

"你是对的，有太多的注意力，太多的注意力都集中在了哈韦尔上尉身上。正因为这一点，勒库德小姐便一直处在暗处。勒库德小姐！每个人都在问：'哈韦尔上尉是谁？他从哪里来？'但，因为她是受害人，没人对她产生怀疑。她真是个法裔加拿大人吗？那些精美的传家之宝真的是祖先传给她的吗？你刚才说我们并没有太跑题是对的——只是横渡海峡。那些所谓的传家之宝是从法国庄园偷的，绝大部分都价值连城，因此很难出手。她买了这幢房子——也许非常廉价。在那里安顿下来，向一位无可指摘的英国女人支付了一大笔钱，让她陪伴自己。然后他就来了。故事情节都是事先安排好的。结婚，失踪，轰动一时。一个心碎的女人想要卖掉一切令她回忆起过去幸福的东西，多么自然的事情啊！那个美国人是个鉴定家，那些东西保真又精致，其中一些还是无价之宝。他提了个价钱，她接受了。她以一个悲伤的悲剧人物形象离开了四邻八舍。一个伟大的妙计成功了。公众的眼睛被手法的敏捷和戏法的壮观场景欺骗了。"

萨特思韦特先生顿了顿，因成功而满脸泛红。

"但如果不是你，我永远都不会弄明白。"突然，他谦逊地说,"你对我有着最为奇特的影响力。一个人往往不明白事情的真正含义就大谈特谈,而你有让人茅塞顿开的本领。但我还是不太明白。哈韦尔这么失踪是非常困难的,毕竟,全英格兰的警察都在找他。"

"藏在庄园里是最简单的了,"萨特思韦特先生沉思着说,"如果能做到的话。"

"我想,他就在庄园附近。"奎因先生说。

萨特思韦特先生没有忽略他意味深长的表情。

"马赛厄斯的小屋?"他惊呼,"但警察肯定搜过了啊?"

"我能想象,反复搜过了。"奎因先生说。

"马赛厄斯。"萨特思韦特先生皱着眉头说。

"还有马赛厄斯太太。"奎因先生说。

萨特思韦特先生紧紧地盯着他。

"如果那伙人真是克罗恩迪尼斯一家,"他出神地说,"他们就有三个人。两个年轻的是哈韦尔和爱丽诺·勒库德,那母亲……是马赛厄斯太太吗?但如果是那样……"

"马赛厄斯有风湿病,不是吗?"奎因先生一派天真状。

"哦!"萨特思韦特先生大喊,"我懂了!但是这能行吗?我相信是可能的。听着:马赛厄斯在那儿待了一个月。在这段时间里,哈韦尔和爱丽诺出去花了两周时间度蜜月。婚礼前的两个星期,据说他们在镇子里。一个聪明的男人可以同时扮演哈韦尔和马赛厄斯这两个角色。当哈韦尔在柯灵顿·马利特的时候,马赛厄斯则顺利地因风湿病躺在床上,由马赛厄斯太太证实这个谎言。她的角色非常必要。没有她,就会有人怀疑真相。就像你说的,哈韦尔藏在马赛厄斯的小屋里。他就是马赛厄斯。最终,计划成功了,而阿什利庄园也被卖掉了,他和他'妻子'就放出口风说他们在埃塞克斯郡找到了一份工作。于是，约翰·马赛厄斯和他'妻子'就永远地淡出人们的视线了。"

咖啡屋响起了敲门声，马特斯特走了进来。

"汽车在门口，先生。"他说。

萨特思韦特先生站起身。奎因先生也站起来，走到窗边拉开窗帘。一束月光洒进房间里。

"暴风雨停了。"他说。

萨特思韦特先生正在戴手套。

"下星期警察局局长要跟我一起吃饭，"他自负地说，"我要把我的意见……哈……告诉他。"

"证明或否认都很容易，"奎因先生说，"把阿什利庄园的东西跟法国警方提供的清单做个对比——"

"正是。"萨特思韦特先生说，"布拉德伯恩先生的运气太坏了，但是……这个——"

"我相信，他能够承担这些损失。"奎因先生说。

萨特思韦特先生伸出手。

"再见，"他说，"我无法告诉您，对于这次意外的见面我是多么感激。我记得你说过，明天离开这里？"

"也许是今晚。我在这儿的事情处理完了……我来了又去，你知道。"

萨特思韦特先生想起了晚上早些时候听到过同样的话。真神奇。

他朝着汽车和正在等待的马斯特斯走过去。酒吧大门口飘来了店主深沉、满意的声音。

"一个难解之谜，"他说，"一个难解之谜。就是这样。"

但他没用"黑色"这个词。"难解"一词代表了一种完全不同的颜色。威廉·琼斯先生是个有眼力的人,能为他的客人找到合适的形容词。旅店里的客人也喜欢他们的谈话充满趣味。

萨特思韦特先生慵懒地坐在舒适的豪华轿车里。他的胸膛里充满了胜利的骄傲。他看见玛丽跑出来,站在吱嘎作响的旅店招牌下。

"她根本不知道,"萨特思韦特先生自言自语地说,"她根本不知道我要做什么!"

"铃铛和小丑"的招牌在风中轻轻摇摆。

空中的征兆

法官即将结束他对陪审团的指示。

"现在，先生们，我想对你们说的快要说完了。有证据可供你们考虑对这个男人的指控是否属实，以便你们裁决他谋杀薇薇安·巴纳比的罪名是否成立。你们有仆人们关于开枪时间的证据，他们的说法是一致的。薇薇安·巴纳比在事发当天，九月十三日星期五上午写给被告人的信，是你们拥有的物证。而被告并不打算否认这封信。此外还有证据：犯人起初否认去过迪灵山庄，后来，当警方拿出证据之后，他承认去过。你们会从他的否认中得出自己的结论。这是一个没有直接证据的案件。在动机方面——手段、时机——你们只能自己做出推断。被告方争辩说，在被告离开音乐室之后，某个陌生人走进去开枪打死了薇薇安·巴纳比，所使用的手枪正是被告因为疏忽大意而落下的那把。你们已经听到，被告解释他花了半个小时才回到家的原因。如果你们怀疑被告的说法，并且确定及毫无疑问地认定被告确实在九月十三日星期五，在距离薇薇安·巴纳比的脑袋极近的情况下蓄意枪杀了她，那么，先生们，你们的结论肯定是'有罪'。然而从另一方面来说，如果有任何合理的怀疑，那么你们就有责任无罪释放犯人。我将要求你们退席并仔细考虑，得出结论后告诉我。"

陪审团离开还不到半个小时，就提交了似乎对每个人而言都是必然的结论：判定"有罪"。

听完判决之后，萨特思韦特先生沉思地皱着眉头，离开了法庭。

像这种只涉及谋杀的审判并不能引起萨特思韦特先生的兴趣。他太挑剔了，不会在普通罪案的肮脏细节中寻找兴趣。但怀尔德一案有所不同。年轻的马丁·怀尔德被称为一位绅士，而被害人，乔治·巴纳比爵士的年轻妻子，是萨特思韦特先生这位老绅士的熟人。

他一边思索着一边朝霍尔本走去，然后突然拐进一个多条简陋街道交织在一起的、通向苏活区的地方。其中一条街上有一家小饭馆，只有少数几个人知道这里，萨特思韦特先生就是其中一个。它不便宜，相反，还很贵，专门迎合那些味觉疲劳的美食家。它很安静，禁止任何爵士乐打扰宁静的气氛——幽暗里，侍者们脚步轻盈地出现在微光中，端着银色的盘子，一副参加神圣仪式的神态。饭馆的名字叫阿莱基诺[①]。

萨特思韦特先生还是那副沉思的样子，他拐进阿莱基诺，向隐藏在角落里的他特别喜爱的那张桌子走去。由于前面提及的昏暗光线，直到很靠近的时候他才发现桌子旁边坐着一个高个子的黝黑男人。他的脸笼照在阴影中，彩色玻璃窗反射的光投在他身上，让他那朴素的外套变得缤纷而斑斓。

萨特思韦特先生本应转身离开，但就在这时，陌生人微微动了动，萨特思韦特先生认出了他。

"上帝保佑，"萨特思韦特先生说，他用的是旧式的表达方式，"啊，奎因先生！"

[①] Arlecchino，此处为音译，指威尼斯嘉年华中一种扮相，有一点笨拙，十分活泼，总是用一种小丑的方式蹦蹦跳跳，使演员有一种滑稽的效果。

他之前见过奎因先生三次,每次见面都会发生一些不太寻常的事。这位奎因先生是个奇怪的人,他有本事从一个完全不同的角度把你一直都知道的事情展现给你看。

萨特思韦特先生立马激动起来——愉悦而激动。他扮演的是旁观者的角色,他也知道这一点,然而有时候跟奎因先生在一起,他会产生一种错觉——他是个演员,而且是主角。

"真高兴。"他说,干瘪的小脸笑容满面,"真的非常高兴。我想,你不反对我与你同桌吧?"

"非常乐意。"奎因先生说,"如你所见,我还没开始吃。"

一个恭敬的侍者领班从阴暗处走了出来。萨特思韦特先生像个经验丰富的美食鉴赏家一样专心致志地挑选着食物。几分钟之后,侍者领班唇边带着一丝赞许的微笑退了下去,一个年轻的侍者开始了服务工作。萨特思韦特先生转向奎因先生。

"我刚刚从老贝利过来,"他说了起来,"我认为那是一件惨案。"

"他被判有罪?"奎因先生问道。

"是的,陪审团只离开了半个小时。"

奎恩先生点点头。

"必然的结果——根据证据来看。"他说。

"然而——"萨特思韦特先生欲言又止。

奎因先生说了他没说完的话。

"然而你同情被告?这是你要说的话吗?"

"我想是的。马丁·怀尔德是个年轻英俊的小伙子,很难相信他就是凶手。当然,最近很多年轻英俊的小伙子实际上是特别冷血、令人厌恶的杀人凶手。"

"太多了。"奎因先生平静地说。

"您说什么？"萨特思韦特先生有点吃惊地问道。

"对马丁·怀尔德来说太多了。从一开始大家就认为这只不过是一系列同类型谋杀案中的一件——一个男人为了跟另外一个女人结婚而试图摆脱某个女人。"

"这个，"萨特思韦特先生迟疑地说，"根据证据——"

"啊！"奎因先生飞快地说道，"恐怕我没有按照证据去思考。"

萨特思韦特先生的自信心猛地回到了身上。他感受到一种突如其来的力量。他故意想显得戏剧性一点。

"我来告诉你吧。我见过巴纳比夫妇，你知道。我了解特殊的细节。跟我来，你会来到幕后，从内部看清情况。"

奎因先生鼓励地微笑着，探身向前。

"如果有人能向我展示这些，那这人就是萨特思韦特先生了。"他低声说道。

萨特思韦特先生两只手抓着桌子，精神振奋，不能自已。这一刻，他是个简单而纯粹的艺术家——一位以语言为媒介的艺术家。

寥寥数笔他便迅速勾勒出一幅迪灵山庄的生活景象。乔治·巴纳比爵士，上了年纪，身材肥胖，财大气粗，总是把时间花在生活琐事上，每星期五下午给他的表上发条，每个星期二上午支付家务开销，每天晚上都要看看前门是否上锁。一个小心谨慎的男人。

然后，他从乔治爵士说到了巴纳比夫人。这会儿，他语调柔和，但仍然肯定。他只见过她一次，但是对她的印象却清晰而持久：朝气蓬勃，目中无人——年幼无知。一个被困住的孩子——他就是这么形容她的。

"她恨他,你明白吗?她嫁给他的时候并不知道自己在做什么。而现在——"

她不顾一切——他这么描述道。兜兜转转。她自己没有钱,完全依靠上了年纪的丈夫。但她仍然陷入了困境之中——仍然不确定自己的力量——拥有华而不实的美貌,并且很贪婪。萨特思韦特先生对此确凿无疑。反叛与贪婪并存——紧紧抓住生活。

"我从来没见过马丁·怀尔德,"萨特思韦特先生继续说着,"但我听说过他。他住在不到一英里的地方。耕作,这是他感兴趣的行业。而她对农业有兴趣——或者假装如此。依我看,就是假装的。我认为她把他看成是唯一的逃避途径——于是她抓紧他,很贪婪,像个孩子似的。这样就只有一个结局。我们知道结局是什么,因为当庭已经读过那些信件了。他保留了她的信,而她没有,但从她写的内容当中我们可以看出他正在冷静下来。他承认是这样。另外还有一个女孩,她也住在迪灵谷的那个村子里,她父亲是那儿的医生。可能你在法庭上见过她?不,我想起来了,你说你没在那儿。我应该向你描述一下她。一个漂亮的女孩——非常漂亮,温柔。也许——没错,也许有点傻乎乎的。但非常安静,而且忠诚。最重要的是,忠贞不二。"

他看了看奎因先生以寻求鼓励,而奎因先生给了他表示赞赏的微微一笑。萨特思韦特先生继续说了下去。

"你听说了最后宣读的那封信了吧——我是说你肯定在报纸上看到过,写于九月十三日星期五上午的那封信,充斥着绝望的指责和含混的威胁,结尾处乞求马丁·怀尔德先生当天晚上六点去迪灵山庄。'我给你开着侧门,这样就没人知道你来过这儿。我会在音乐室里。'信件是派人递送的。"

萨特思韦特先生停顿片刻。

"你记得吧，马丁刚刚被捕的时候，他否认那天晚上去过那幢房子。他声称他拿着枪去树林里打猎了。但是警方出示证据之后，供词不攻自破。别忘了，警方在木头侧门和音乐室桌上两只鸡尾酒杯中的一只上面都发现了他的指纹。后来，他承认他去见了巴纳比夫人，他们进行了一番激烈的争执，但最后他安抚好了她。他发誓说他把枪靠在了门外的墙上，而他离开的时候，巴纳比夫人还好好地活着，时间是六点十六或十七分。他说他直接回了家。但是证据表明他六点四十五分才到家，而正如我刚才所说，两个地方距离不到一英里，根本不需要半个小时。他宣称完全忘记了自己的枪。这个陈述不太可信，然而——"

"然而？"奎因先生问。

"这个嘛，"萨特思韦特先生慢条斯理地说道，"也有可能，不是吗？当然，辩护律师嘲笑了这个假设，但我觉得他错了。要知道，我认识很多年轻人，这些感情上的事会让他们特别难过，尤其是马丁·怀尔德这类人——忧郁而神经质。而现在的女人们往往能承受这种场景，而且事后会觉得好很多。她们会用全部的聪明才智应付这种事，就像是有个安全阀门在稳定自己的神经。但我能明白马丁·怀尔德是在头昏脑涨、有气无力、痛苦难过的情况下离开的，因此完全没想起他靠在墙上的枪。"

他沉默了几分钟，接着说道：

"这不重要。因为接下来的事再清楚不过了，非常不幸。听见枪声的时候正好是六点二十分。所有的仆人都听见了，厨师、帮厨女工、管家、女仆，还有巴纳比夫人自己的女仆。他们跑进音乐室，看到她躺在椅子扶手旁边，缩成一团。因为是紧贴着她的后脑勺开的枪，所以子弹没机会散开，至少有两颗子弹射入了大脑。"

他再次停了下来,奎因先生随意地问道:

"我猜,仆人们做证了吧?"

萨特思韦特先生点点头。

"是的。管家比其他人早一两秒钟到达那儿,但他们的证词几乎完全一样。"

"所以他们都做证了,"奎因先生思忖道,"没有例外?"

"这会儿我想起来了,"萨特思韦特先生说,"那个贴身女仆仅仅是在审讯的时候被传召过。她后来去了加拿大。"

"我明白了。"奎因先生说。

一阵沉默。不知怎么的,一种不安的气氛笼罩了小饭馆。萨特思韦特先生忽然觉得自己似乎处于防守状态。

"她为什么不应该呢?"他突然问道。

"她为什么应该呢?"奎因先生耸了耸肩。

不知怎的,这个问题让萨特思韦特先生有点气恼。他想绕开它,回到自己熟悉的领域。

"是谁开的枪这个问题没什么可怀疑的。实际上,仆人们似乎有点失去了理智。房子里没有人管事了,几分钟之后才有人想起来给警察打电话。而当他们想报警的时候,发现电话出了故障。"

"哦!"奎因先生说,"电话坏了。"

"是的。"萨特思韦特先生说,突然感觉自己说了一件至关重要的事情。"当然了,有可能是被故意弄坏的。"他慢吞吞地说道,"但这看上去没什么意义啊。死亡就在一瞬间。"

奎因先生没说话,萨特思韦特先生感觉他的解释不能令人满意。

"除了年轻的怀尔德,没有人可疑。"他继续说道,"甚至,根据他自己的说辞，枪响的时候他刚刚离开房子三分钟。而其他人谁会开枪呢？乔治爵士在隔着几栋房子的地方打桥牌，他六点半离开那儿，在大门外刚巧碰上了给他捎信的仆人。六点半整，最后一局结束——这一点毋庸置疑。接着就是乔治爵士的秘书，亨利·汤普森。那天他在伦敦，枪响时他正参加一个商务会议。最后是西尔维娅·戴尔，她有很好的动机，但事实上她跟此事不可能有半点关系。她在迪灵谷车站给一个朋友送行，是六点二十八分的火车。这样她也被排除在外。然后是仆人们。他们中的某个人究竟有何动机？除了他们几乎同时到达事发地点。不，一定是马丁·怀尔德。"

但他说话的底气并不足。

他们继续吃午饭。奎因先生并不健谈，而萨特思韦特先生说了所有他应该说的话。但沉默不是毫无益处的，其中充斥着萨特思韦特先生越来越多的不满，因另一个人的全然沉默而以一种奇特的方式得到加强、孕育。

突然，萨特思韦特先生哐当一声放下了刀叉。

"假设那个年轻人真的是无辜的，"他说，"他要被绞死了。"

他的样子非常震惊、苦恼。而奎因先生仍然没说话。

"似乎不是——"萨特思韦特先生欲言又止，"那个女人为什么不应该去加拿大？"他没头没脑地结束了自己的话。

奎因先生摇摇头。

"我甚至不知道她去了加拿大的哪里。"萨特思韦特先生急躁地继续说道。

"你能找到吗？"对方问道。

"我想我可以。那个管家，他知道。也许汤普森，那个秘书，也知道。"

他又顿了顿。当他重新开口的时候，语气几近恳求。

"这件事好像跟我没什么关系吧？"

"一个年轻人三个多星期之后会被绞死？"

"哦，是的，如果你这么理解，我想是的。没错，我懂你的意思。生与死。那个可怜的姑娘也是。我可不是头脑顽固——但是，毕竟——但是有什么好处？整件事情都非常不可思议，不是吗？就算我找出那个女人去了加拿大的哪个地方——唔，这也许意味着我应该亲自到那里去。"

萨特思韦特先生的样子非常苦恼。

"我正考虑下星期去里维埃拉。"他可怜兮兮地说道。

他瞥了一眼奎因先生，眼神尽可能明白地告诉他："饶了我吧，好不好？"

"你从来没去过加拿大？"

"从未去过。"

"一个非常有趣的国家。"

萨特思韦特先生犹豫不决地看着他。

"你觉得我应该去？"

奎因先生往椅子上一靠，点了一支烟。透过层层烟雾，他不慌不忙地说了起来。

"我相信你是个有钱人，萨特思韦特先生。虽不是百万富翁，但能够放纵自己的爱好而不需要考虑费用。你一直在观看其他人的戏剧，难道你从未想过要参与其中，扮演一个角色？难道你从未把自己看成是他人命运的仲裁者——站在舞台中央，手握生死大权？"

萨特思韦特先生探身向前，先前的热情又翻涌上来。

"你是说——如果我去加拿大进行徒劳无功的搜索？"

奎因先生微微一笑。

"哦,去加拿大是你的建议,不是我的。"他轻轻地说。

"你不能这么敷衍我。"萨特思韦特先生急切地说,"每当我遇到你——"他停了下来。

"怎么了?"

"你身上有某种东西我无法理解,也许我永远都不会明白。上次遇见你——"

"仲夏的某个夜晚。"

萨特思韦特先生吃了一惊,似乎这话里隐含着他不太明白的暗示。

"是仲夏夜吗?"他困惑地问。

"是的。不过我们不必深究这个问题。这不重要,不是吗?"

"既然你这么说,"萨特思韦特先生谦恭有礼地说道,他感觉那条难以捉摸的暗示从指缝间溜走了,"我从加拿大回来的时候,"他尴尬地顿了顿,"我……我……非常希望能再见到你。"

"恐怕我一时半会儿没有固定的地址。"奎因先生遗憾地说,"但我经常到这个地方来,如果你也经常过来,我们肯定用不了多久就会见面的。"

他们愉快地分了手。

萨特思韦特先生非常激动。他急忙回到库克,查询了一下船次。然后他打电话给迪灵山庄,接电话的是男管家,声音文雅而恭敬。

"我叫萨特思韦特。我这里是——呃,一家律师事务所。我想就最近在府上做用人的一个年轻女子的情况做些调查。"

"是路易莎吗,先生?路易莎·布拉德?"

"是这个名字。"萨特思韦特先生说,非常高兴获知这一信息。

"很抱歉她不在国内,先生,六个月前她去了加拿大。"

"你能否告诉我她现在的地址?"

管家说恐怕不行。她去的那个地方在山区——一个苏格兰名字——啊,班芙①,就是这个地名。房子里其他一些年轻女人曾希望能收到她的来信,但她从未给她们写过信或告诉她们任何地址。

萨特思韦特先生向他表示感谢,然后挂了电话。他依然不屈不挠。他胸腔中的冒险精神极为高涨。他要去班芙。如果这个路易莎·布拉德在那里,他会想方设法找到她。

让他吃惊的是,他非常享受这次旅行。他已经有很多年不曾远航了。里维埃拉、勒图凯、多维尔和苏格兰是他经常去的地方。即将执行一个不可能完成的任务,这种感觉为他的旅程增添了一种神秘的热情。如果那些旅伴知道他旅行的目的,他们一定会认为他是个十足的笨蛋。不过,他们并不认识奎因先生。

在班芙,萨特思韦特先生发现他的目的很容易就达到了。路易莎·布拉德受雇于那里的一家大饭店,在到达二十个小时之后,他就和她面对面站着了。

她是个大约三十五岁的女人,表情毫无生气,但有一副健壮的体格。她有一头浅褐色、略卷的头发,有一双褐色的诚实的眼睛。他觉得她有些傻乎乎的,但是值得信任。

他宣称自己受人所托,搜集一些关于迪灵山庄惨案的进一步的信息,她很快就相信了。

"我在报纸上看到马丁·怀尔德先生被判有罪,先生,太悲

---

① 加拿大阿尔伯达省卡加利西面的一个小镇,是联合国教科文组织认定的世界自然与文化遗产所在地。

惨了。"

然而，她似乎认定他有罪。

"一个非常好的年轻绅士走错了路，但是，虽然我不想说死者的坏话，但确实是夫人让他走上这条路的。她不肯放过他，就是不放手。于是，他们都受到了惩罚。我小时候，墙上曾经写着一句名言，'神是轻慢不得的'。这话太对了。那天晚上我就知道有事要发生——果然发生了。"

"怎么回事？"萨特思韦特先生问道。

"我正在我的房间里换衣服，先生，刚好朝窗外瞥了一眼。碰巧有一列火车经过，冒出的白烟在空中升腾，形成一只巨大的手，如果你相信我的话。一只巨大的白色的手顶着深红色的天空。手指像钩子一样，好像伸出来要抓什么东西。可把我吓了一跳。'你知道吗，'我自言自语地说，'这是要发生什么事的预兆。'而且果不其然，我就在那一刻听见了枪声。'发生了。'我对自己说。我冲下楼，跟卡莉和大厅里的其他人一起走进音乐室。她就在那儿，被打穿了脑袋——还有一摊血，太可怕了！我告诉了乔治爵士我之前见过的征兆，但他看上去并不在意。那天一大早我就深深地感受到了不祥，星期五，十三号——你能期望什么呢？"

她絮絮叨叨地说着。萨特思韦特先生很有耐心，一次又一次地带她回到案件当中，仔细地询问她。最后，他不得不承认自己失败了。路易莎·布拉德说出了自己所知道的一切，但她的故事太简单、太直截了当。

然而他的确发现了一个重要的事实。这份工作是乔治爵士的秘书汤普森先生介绍给她的。薪水高得足以令她心动，于是她接受了这份工作，尽管这需要她非常匆忙地离开英格兰。一位叫登曼的先生安排好了加拿大这边的一切事务，并且警告她不要给英格兰那些伙伴写信，因为可能会"让移民局注意到她"。她盲目地相信了这番说辞。

她随意提起的薪水的数目确实很高，这让萨特思韦特先生吃了一惊。他迟疑了一会儿之后，打定主意去找这位登曼先生。

他发现诱导登曼先生说出他知道的一切有些困难。后者在伦敦见过汤普森，而汤普森帮过他一个忙。九月份的时候，秘书给他写过一封信，说由于私人原因，乔治爵士着急让这个女孩离开英格兰，问他能否给她找份工作。同时寄过来一大笔钱用以提高这个女孩的工资。

"常见的麻烦，我想。"登曼先生漠不关心地靠在椅背上说道，"看上去是个不错的姑娘，很安静。"

萨特思韦特先生不认为这是件常见的麻烦事。他确定路易莎·布拉德不是被乔治·巴纳比抛弃的情妇。而是出于某种重要的原因把她弄出英格兰的。但是为什么呢？谁是这件事的幕后主使？是乔治爵士假借汤普森之手吗？还是后者出于自己的目的，借由他雇主的名头？

思索着这些问题，萨特思韦特先生踏上了归程。他十分沮丧，心灰意冷。这次旅行徒劳无功。

挫败感让萨特思韦特先生感到难受，回来的第二天他便去了阿莱基诺饭馆。他没指望第一次就成功，但令他满意的是那个熟悉的身影就坐在隐蔽处的那张桌子旁边，哈利·奎因先生黝黑的脸上带着欢迎的微笑。

"唉，"萨特思韦特先生一边说着一边吃了块奶油，"你派我做了一件徒劳无功的事。"

奎因先生扬了扬眉毛。

"我派你？"他反对道，"这全是你自己的主意。"

"不管是谁的主意，反正没成功。路易莎·布拉德没什么可说的。"

接着，萨特思韦特先生叙述了他和女仆谈话的细节，以及跟登曼先生的见面。奎因先生默默地听着。

"从某种意义上来说，我找到了根据。"萨特思韦特先生继续说道，"她是被人故意摆脱掉的。但是为什么呢？我不明白。"

"不明白？"奎因先生说道，声音一如既往地含有挑衅的意味。

萨特思韦特先生脸红了。

"我猜你认为我本来可以提问得更巧妙一些。我向你保证我一次又一次地把她带回案件中。没有得到我们想要的东西并不是我的错。"

"那你确定，"奎因先生说，"你没有得到你想要的？"

萨特思韦特先生吃惊地抬头看了看他，迎上了他熟悉的悲哀、嘲弄的目光。

小个子萨特思韦特先生摇摇头，有点困惑。

一阵沉默，之后奎因先生说话了，态度完全变了样：

"前几天，你向我描述了一幅案件相关人等的精彩画面。简言之，你把他们刻画得非常清晰。我希望你能以同样的方式说说那个地方——你遗漏了这一点。"

萨特思韦特先生受宠若惊。

"那个地方？迪灵山庄？这个嘛，它是那种现如今最为普通的房子，红砖、凸窗。外表非常丑陋，但里面很舒适。房子不是很大，占地约两英亩。那些靠近高尔夫球场的房子都一个样，是为有钱人建造的。房子的内部会让人想起旅馆——卧室就像酒店套房。所有卧室都有冷热淋浴和浴缸,以及大量的镀金电灯设备。一切都那么舒适,但不怎么具有乡村风格。要知道,迪灵谷距离伦敦只有十九英里。"

奎因先生专心地听着。

"我听说火车上的服务很糟。"他评论道。

"哦!我不知道这事。"萨特思韦特先生说,对他的话题起了兴趣,"去年夏天我在那儿住过一小段时间。我觉得到城里去很方便。当然了,火车一小时才一趟,每个整点的四十八分从滑铁卢开过来——一直到十点四十八分。"

"那么,到迪灵谷要多长时间?"

"差不多三刻钟。每个整点过二十八分钟到迪灵谷。"

"当然,"奎因先生恼火地说道,"我原本该记得的。那天晚上戴尔小姐送某人去坐六点二十八分的火车,不是吗?"

萨特思韦特先生没有马上回答。他的思绪闪回到他没有解决的问题上。片刻之后他说:

"希望你能告诉我,你刚才问我是否确定我没有得到我想要的,是什么意思。"

这话听着很难懂,但奎因先生并没有假装听不懂。

"我刚刚在想,你对自己的要求太严格了。毕竟,你查到了路易莎·布拉德是被人故意安排出国的。这么做一定有原因,而这个原因肯定藏在她对你说的话语中。"

"啧啧,"萨特思韦特先生争辩说,"她说什么了?她已经出庭做过证了,她还能说些什么?"

"也许她告诉过你她看见的东西。"奎因先生说。

"她看见了什么?"

"空中的征兆。"

萨特思韦特先生瞪着他。

"你觉得那是胡言乱语吗?是上帝之手的迷信观念?"

"也许吧,"奎因先生说,"你我都知道,它也许会是上帝之手。"

对方显然被他庄重的态度弄糊涂了。

"胡扯,"他说,"她亲口说那是火车冒的烟。"

"我想知道是上行列车还是下行列车。"奎因先生嘀咕道。

"不太可能是上行列车,它们的开车时间是整点差十分。一定是下行列车——六点二十八分——不,不对。她说随即就是枪声,而我们知道开枪的时间是六点二十分。火车不可能提前十分钟开走。"

"在那条线上,不太可能。"奎因先生表示同意。

萨特思韦特先生凝视着前方。

"也许是列货车,"他咕哝道,"但毫无疑问,如果是这样——"

"那就没必要把她送出英格兰了。我同意。"奎因先生说。

萨特思韦特先生痴痴地看着他。

"六点二十八分那趟。"他缓缓说道,"但如果是这样,如果就是那个时候开的枪,为什么每个人说的时间都更提前?"

"显然,"奎因先生说,"一定是表出问题了。"

"所有的表吗?"萨特思韦特先生怀疑地说,"要知道,这也太巧了。"

"我不觉得这是个巧合,"奎因先生说,"我在想,那是个星期五。"

"星期五?"萨特思韦特先生问道。

"你知道,你的确跟我说过,乔治爵士总是在星期五下午给表上发条。"奎因先生抱歉地说。

"他把表拨慢了十分钟,"萨特思韦特先生用几近耳语的声音说道,自己的这个发现让他感到惊惧,"然后他出去打桥牌。我想那天上午他一定是拆阅了妻子写给马丁·怀尔德的那封信——没错,显然,他拆开了。六点半他离开桥牌聚会,发现马丁的枪立在侧门旁边,于是他走进去,从后面冲她开了枪。接着他又走了出去,把枪扔进灌木丛——后来就是在那儿发现枪的——看上去好像刚刚从邻居家门口出来,就在这时遇到了跑来找他的人。但是电话——电话是怎么回事?啊,没错,我明白了!他弄断了电话线,这样就无法通知警察了,警察也许会因此注意到他们接到电话的时间。所以,怀尔德案件有结果了。实际上马丁离开的时间是六点二十五分,慢慢走回去的话,他就会在大约六点四十五分到家。是的,我全都明白了。路易莎是唯一的威胁,她无休无止地谈论着她那迷信的幻觉。也许会有人意识到火车的重要性,那么,他那绝佳的不在场证明就完蛋了。"

"太精彩了。"奎因先生评论道。

萨特思韦特先生转向他,得意扬扬。

"唯一一件事是——接下来怎么办?"

"我想推荐西尔维娅·戴尔。"奎因先生说。

萨特思韦特先生一脸不解。

"我跟你提过的,"他说,"我觉得她似乎有点……呃……傻。"

"她有父亲和兄弟们,他们会采取必要行动。"

"这倒是真的。"萨特思韦特先生宽慰地说。

之后不一会儿,他已经坐在女孩旁边告诉她整个来龙去脉了。她聚精会神地听着,什么也没问,但他讲完之后,她站起身。

"我必须叫辆出租车——立刻。"

"亲爱的孩子,你要去哪儿?"

"我要去找乔治·巴纳比爵士。"

"不可能。这绝对是个错误的程序。请允许我——"

他在她身边喋喋不休,但没起任何作用。西尔维娅·戴尔坚持自己的打算。她同意他跟她一起乘坐出租车,但对他所有的劝阻一概充耳不闻。她把他留在出租车里,自己则去了乔治爵士的办公室。

半个小时之后她走了出来,一副精疲力竭的样子,美丽的脸庞就像缺水的花朵那样枯萎。萨特思韦特先生关心地迎了上去。

"我赢了。"她喃喃地说,半闭着眼睛向后靠过去。

"什么?"他吃了一惊,"你做了什么?说了什么?"

她稍稍坐直。

"我告诉他路易莎·布拉德找过警察了,并说出了自己知道的事情。我告诉他,警方已经调查过了,有人看见他走进自己的庭院,又在六点半过几分钟的时候走了出来。我告诉他游戏玩完了。他——他崩溃了。我告诉他,他还有时间逃跑,一个小时之内警察不会过来逮捕他。我告诉他如果他签署一份谋杀薇薇安的供认书,我就什么都不做;但如果他不签,我就会大喊大叫,告诉整栋楼的人事情的真相。他惶恐至极,不知道自己在做什么,糊里糊涂地就签了这份声明。"

她把它扔进他手里。

"拿着它——拿着。你知道应该做什么,这样他们就会放了马丁。"

"他真的签了!"萨特思韦特先生吃惊地大声说道。

"你知道,他有点傻乎乎的,"西尔维娅·戴尔说,"我也是。"想了想,她又补充说:"这就是我知道人们的行为有多傻的原因。我们慌乱,你知道,于是我们做错事,事后又会后悔。"

她颤抖起来,萨特思韦特先生拍拍她的手。

"你需要吃些东西让自己振作,"他说,"来吧,附近有一处我最喜欢且经常去的地方——阿莱基诺饭馆。你去过那儿吗?"

她摇摇头。

萨特思韦特先生叫了辆出租车,带女孩走进小饭馆。他朝着隐蔽处的那张桌子走过去,他的心充满期待地怦怦直跳。但桌子是空的。

西尔维娅·戴尔看出了他脸上的失望。

"怎么了?"她问。

"没事。"萨特思韦特先生说,"我还以为会在这儿遇到我的一个老朋友。没关系。某一天,我希望我能再见到他……"

荷官的情感

萨特思韦特先生正在蒙特卡洛的阳台上享受阳光。

每年一月的第二个星期日，萨特思韦特先生照例会离开英格兰去往里维埃拉。他比任何一只燕子都要准时得多。四月的时候他回到英格兰，五月和六月在伦敦度过，而且从没听说他会错过阿斯科特赛马会①。伊顿和哈罗的比赛结束后，他离开城镇，在去往多维尔或勒图凯之前会拜访几座乡村别墅。九月、十月，他大部分时间都在狩猎。通常，他会在伦敦住上两个月，作为这一年的结束。他认识每个人，可以有把握地说，每个人都认识他。

今天上午，他眉头紧锁。蓝色的大海赏心悦目，公园也像往常那般令人开心，但人们让他失望了——他认为他们是穿着不体面的劣质人群。当然，有一些是赌徒，是注定要交厄运的人。萨特思韦特先生容忍了那些人。他们是必要的背景。但他想念跟他同一阶层的精英人物，他自己那个圈子的人。

"风水轮流转，"萨特思韦特先生忧郁地说道，"以前根本支付不起游玩费用的各色人等现在都来了。当然，我老了……所有年轻人——后浪推前浪嘛——都去瑞士这些地方。"

但他怀念其他一些人：衣着光鲜的各个国家的男爵、伯爵、大公和王子殿下们。迄今为止他见过的唯一一位王子是一家不知

---

① Royal Ascot，由安妮公主设立于一七一一年，保有"全球最奢华赛马会"的盛名。赛马会期间，女士们会戴各种夸张的帽子出席。

名旅店的电梯操作员。他还怀念那些美丽而高贵的女士。这里还能见到几位，不过不像以前那么多了。

萨特思韦特先生是人生这出戏剧里的一名认真的学生，但他喜欢五彩斑斓的素材。他感到失望掠过心头。价值观正在发生变化——而他，太老了，无法改变。

就在这时，他看到恰尔诺瓦伯爵夫人向他走了过来。

多年来，萨特思韦特先生在蒙特卡洛见过这位伯爵夫人好多次了。第一次见到她的时候她跟一位大公在一起。第二次她则跟一位澳大利亚男爵在一起。一连好几年，她的男伴都是希伯来血统的男人：面色萎黄，鹰钩鼻，戴着极为绚丽的珠宝。最近一两年，人们常看见她和非常年轻的小伙子——几乎还是孩子——在一起。

这会儿她正跟一个很年轻的小伙子在一起走着。萨特思韦特先生刚巧认识他，他觉得很遗憾。富兰克林·拉奇是个年轻的美国人，典型的美国中西部人，给人的印象是热情、粗鲁但惹人喜爱，是天生机敏和理想主义的奇怪组合。他跟一群年轻的美国人一同住在蒙特卡洛，这群人男女都有，基本都是一个类型。这是他们第一次见识到欧洲旧世界，无论批判还是赞赏他们都直言不讳。

总体而言，他们不喜欢旅馆里的英国人，而英国人也不喜欢他们。以世界公民自居的萨特思韦特先生非常喜欢他们。他们的坦率和活力吸引了他，尽管他们偶尔失礼的举止让他不寒而栗。

他突然觉得对年轻的富兰克林·拉奇而言，恰尔诺瓦伯爵夫人最不适合做他的朋友。

当两人从他身边走过时，他礼貌地脱帽致意。伯爵夫人妩媚地微笑着还礼。

她身材颀长匀称。她的头发是黑色的，眼睛也是。她的睫毛和眉毛黑得超过了任何自然的造化。

萨特思韦特先生了解到的女性秘密比任何男人知道的都多。她的化妆艺术让他肃然起敬。她那乳白色的面容看上去完美无瑕。

让人印象最深的是，她眼睛周围涂着淡淡的茶褐色眼影。她的嘴唇既不是深红也不是猩红，而是一种柔和的酒红色。她穿着一件设计大胆的黑白双色衣服，打着一把粉红色的遮阳伞，非常巧妙地衬托出了她的肤色。

富兰克林·拉奇一脸的幸福和骄傲。

"走过去了一个年轻的傻瓜。"萨特思韦特先生自言自语道，"不过这跟我没关系，不管怎样他也不会听我的。咳咳，我的经验也是自己付出代价才得到的。"

但是他仍然觉得很担心，因为在那群人里有一个非常引人注目的美国小女孩，而且他确定她压根儿就不喜欢富兰克林·拉奇和伯爵夫人交朋友。

他正打算转身原路返回的时候，瞥见上面说到的那个女孩正向他走过来。她穿着一套做工精细、量身定做的"套装"，上身穿着一件白色的平纹薄棉布衬衫，脚蹬一双做工上乘、行动便捷的休闲鞋，拿着一本旅游指南。有些美国人去过巴黎之后，会穿着示巴女王[①]样式的衣服出现在人们面前，但伊丽莎白·马丁不是这类人。她秉持着一种坚定、一丝不苟的精神"在欧洲旅行"。她对文化和艺术有着高深的见解，急于用有限的积蓄获得尽可能多的东西。

[①]在传说中，她是古代萨巴王国的女王。

也不知萨特思韦特先生觉得她是有教养还是有艺术天赋，对他而言，年轻就是美好。

"早上好，萨特思韦特先生，"伊丽莎白·马丁说，"您看见富兰克林……拉奇先生……在哪儿没？"

"几分钟前我刚看见过他。"

"我猜是跟他的朋友，伯爵夫人。"女孩尖刻地说道。

"呃，是跟伯爵夫人，没错。"萨特思韦特先生承认道。

"他的那位伯爵夫人迷惑不了我，"女孩高声说道，声音尖厉，"富兰克林迷上她了，我不明白为什么。"

"我想是她的行为举止很有魅力。"萨特思韦特先生谨慎地说。

"你认识她吗？"

"点头之交。"

"我一直很担心富兰克林，"马丁小姐说道，"一般来说，他都非常理智，你绝不会想到他会爱上这种妖女，而且根本不听劝，要是有人想要跟他说点什么，他比大黄蜂还要疯狂。不管怎样，告诉我，她真是一位伯爵夫人吗？"

"我不太清楚，"萨特思韦特先生说，"也许是。"

"这就是地道的糊弄式的英国态度。"伊丽莎白一脸不悦，"我只想说，在萨尔贡斯普林斯——那是我们的家乡，萨特思韦特先生——那位伯爵夫人看起来就像一只妖里妖气的大鸟。"

萨特思韦特先生觉得有这种可能。他强忍着没指出他们不是在萨尔贡斯普林斯而是在摩纳哥公国。在这儿，相比于马丁小姐，伯爵夫人跟周围的环境协调多了。

他没有应答，伊丽莎白则朝赌场走去。萨特思韦特先生坐在阳光下，没多久，富兰克林·拉奇就加入了进来。

拉奇精神抖擞。

"我玩得很愉快,"他带着天真的热情宣布道,"是的,先生,这就是我所谓的见世面,跟我们在美国的生活全然不同。"

年长的萨特思韦特先生转过头,沉思着看着他。

"哪里的生活都很相似,"他有些厌倦地说道,"披着不同的外衣——仅此而已。"

富兰克林·拉奇盯着他。

"我没明白您的话。"

"没错,"萨特思韦特先生说,"因为你还有很长的路要走。但是很抱歉,年纪大的人不应该允许自己养成说教的习惯。"

"哦!没什么。"拉奇大笑,露出了漂亮的牙齿,跟他的同胞一样,"听着,我不是说我对赌场不失望,我之前认为赌博有所不同——某种更为狂热的东西。现在它让我觉得无聊、肮脏。"

"对赌徒而言,赌博关乎生死,但它并没有什么辉煌的价值。"萨特思韦特先生说,"读点这方面的书要比亲自参与更加令人兴奋。"

年轻人点点头表示同意。

"您在社交界算得上是大人物了,不是吗?"他问得既羞怯又坦率,让人无法见怪,"我是说,您认识所有公爵夫人和伯爵还有伯爵夫人这一类的人物。"

"他们中的许多人,"萨特思韦特先生说,"还有犹太人、葡萄牙人、希腊人和阿根廷人。"

"嗯?"拉奇先生说。

"我只是在解释,"萨特思韦特先生说,"我在英语社会中活动。"

富兰克林·拉奇沉思片刻。

"您认识恰尔诺瓦伯爵夫人,不是吗?"他终于问道。

"点头之交。"萨特思韦特先生说,跟他回答伊丽莎白的一样。

"现在有一位女士,跟她见面是件非常有趣的事情。人们倾向于认为欧洲贵族已经颓废没落了。对男人而言也许是真的,但女士们不同。遇见恰尔诺瓦伯爵夫人这样优雅高贵的人难道不是一件令人愉快的事情吗?她风趣、迷人、睿智,承载了几代文明的积淀,是个完完全全的贵族!"

"是吗?"萨特思韦特先生问。

"哦,不是吗?你了解她的家庭吗?"

"不,"萨特思韦特先生说,"恐怕我对她知之甚少。"

"她姓拉辛斯基,"富兰克林·拉奇解释说,"匈牙利最古老的家族之一。她有最为离奇的生活经历。你知道她戴的那一大串珍珠吗?"

萨特思韦特先生点了点头。

"那是波斯尼亚国王送给她的。她为他把一些机密文件偷偷带出国去。"

"我听说了,"萨特思韦特先生说,"那些珍珠是波斯尼亚国王送给她的。"

这确实是大家都知道的流言蜚语。据说这位夫人是国王陛下昔日的亲密女友①。

"现在,我会向你多透露一些事。"

萨特思韦特先生听着,而听得越多就越佩服恰尔诺瓦伯爵夫人那丰富的想象力。她绝非普通的"妖女"(就像伊丽莎白·马

---

① 原文为法语。

丁说的那样)。那个年轻人在那方面非常精明,生活严谨且理想化。不,伯爵夫人一丝不苟地穿行于外交阴谋的迷宫中。她有敌人,诋毁者——这是自然的!她让这个年轻的美国人觉得自己在一睹古老王国的生活,而伯爵夫人正是中心人物,冷漠而高贵,是参赞和王子们的朋友,一个激发浪漫的忠诚之人。

"而她要跟很多人抗衡,"最后,这个年轻人热切地说道,"这很不寻常,但她从来没能找到一个真正的女性朋友,在她一生中,女人总是跟她作对。"

"可能吧。"萨特思韦特先生说。

"你不觉得这很不像话吗?"拉奇愤怒地问道。

"没——错,"萨特思韦特先生若有所思地说,"我都没想到我会这么认为。要知道,女人有她们自己的标准,我们插手她们的事没什么好处,她们的事自己说了算。"

"我不同意你的说法,"拉奇一本正经地说,"现如今世界上最糟糕的事情之一就是女人对女人不友好。你知道伊丽莎白·马丁吗?现在她完全认同我的观点。我们常在一起讨论这个问题。她还是个孩子,但她的想法不错。可一旦到了实践检验的时候——哼,她跟其他人一样糟糕。她根本不了解伯爵夫人,还讨厌她,当我试着跟她说一些伯爵夫人的事的时候,她根本不听。这大错特错,萨特思韦特先生。我相信民主,而且,为什么男人之间不能像兄弟,女人之间不能像姐妹呢?"

他认真地顿了顿。萨特思韦特先生试着想象出一幅伯爵夫人和伊丽莎白·马丁如姐妹般相处的场景,但失败了。

"而另一方面,伯爵夫人,"拉奇继续说道,"非常欣赏伊丽莎白,认为她各方面都很迷人。这说明什么?"

"这说明,"萨特思韦特先生干巴巴地说,"伯爵夫人历经的岁月比马丁小姐长很多。"

富兰克林·拉奇出人意料地转移了话题。

"你知道她多大吗？她跟我说了。她特别坦率。我原本猜测她二十九岁，但她主动告诉我她三十五岁了。她可不像，对吗？"萨特思韦特先生只是挑了挑眉毛，暗自里估计这位女士的年龄在四十五岁到四十九岁之间。

"我应该提醒你，在蒙特卡洛不要完全相信别人跟你说的话。"他嘀咕道。

他的经验足以让他认识到跟这个小伙子争辩是没用的。富兰克林·拉奇正处于白热化的骑士精神的高峰，在这个时候他不会相信没有权威证据支持的任何言语。

"伯爵夫人过来了。"小伙子说着，站起身。

她带着一种契合自己气质的慵懒的优雅向他们走来。不一会儿，他们三个已经坐在了一起。萨特思韦特先生觉得她非常迷人，但态度冷淡。她非常尊重他，询问他的意见，把他当作里维埃拉的权威人士。

整个局面被夫人巧妙地掌控着。几分钟之后，富兰克林·拉奇就被得体而明确地支走了，只剩下伯爵夫人和萨特思韦特先生面对面。

她放下遮阳伞，开始拿着它在土地上画来画去。

"你对那个美国好小伙儿感兴趣，是吗，萨特思韦特先生？"她声音低沉，声调亲切。

"他是个不错的年轻人。"萨特思韦特先生含糊地说。

"没错，我发现他很有同情心，"伯爵夫人沉吟道，"我跟他说过很多关于我的事。"

"确实。"萨特思韦特先生说道。

"都是我跟其他几个人说过的一些事，"她神情恍惚地说，"我有过一段不同寻常的生活，萨特思韦特先生，很少有人能相信发生在我身上的那些奇事。"

萨特思韦特先生非常精明，一下子就看穿了她的意思。毕竟，她告诉富兰克林·拉奇的那些事也许是真的。虽然这极其不可能，绝对不可能……但没人能肯定地说："并不是这样的——"

他没有作答，而伯爵夫人继续神情恍惚地望着那边的海湾。

突然，萨特思韦特先生对她产生了一种奇怪的新感觉。他不再把她看作是鸟身女妖，而是一个走投无路的绝望之人，在拼命地战斗。他偷偷地从侧面扫了她一眼。遮阳伞放了下来，他能看到她眼角些许憔悴的皱纹，一侧太阳穴的脉搏跳动着。

那种愈加强烈的确定性一次又一次地流过他的全身。她是个绝望的、不顾一切的人。她会冷酷无情地对待他或者其他挡在她和富兰克林·拉奇中间的那些人。但他仍然十分迷惑。显然她有很多钱，她总是穿得漂漂亮亮的，她的珠宝令人惊叹。不可能是这一类的紧急需求。是爱情吗？他深知她那个年龄的女人确实容易爱上年轻小伙儿。也许是这样。他确信情况有些不同寻常。

他意识到她跟他私底下的谈话乃是一种挑战。她挑选他作为自己主要的敌人。他确信她是在驱使他能对富兰克林·拉奇多少谈一谈她。萨特思韦特先生暗自笑了。对此他足够老到。他知道什么时候保持沉默是明智的。

那天晚上在赌场，她在俄罗斯轮盘赌中碰运气的时候，他仔细观察了她一番。

她反复下注，只见她的赌金血本无归。在输钱方面她的承受力不错，表现出一副熟客的淡泊和冷静。有一两次她全都押在一处，把最大的赌注押在红方，其间某一局她赢了一点点，然后又输了。最后，她在某个数字上下了六次注①，而每次都输。然后，她优雅地微微一耸肩，转身离开了。

她身穿一件绿底的金色薄纱衣，看上去非常引人注目。那串著名的波斯尼亚珍珠环绕在她的脖子上，长长的珍珠耳环挂在耳朵上。

萨特思韦特先生听见身旁的两个男人在品评她。

"恰尔诺瓦，"一个人说，"她很会穿衣，不是吗？那串波斯尼亚皇家珠宝戴在她身上很美。"

另外一个小个子、长得像犹太人的男人，满是惊奇的目光追随着她的背影。

"所以，那就是波斯尼亚珍珠了，是吗？"他问，"的确，太神奇了。"

他独自轻声笑了起来。

萨特思韦特先生并没有听到更多，因为这时他转过头，欣喜若狂地认出了一个老朋友。

"亲爱的奎因先生，"他热情地跟他握手，"真没想到能在这里见到你。"

奎因先生微笑着，魅力十足的黝黑面孔变得明朗了。

"你不应该惊讶，"他说，"现在是狂欢节，这个时候我经常在这里。"

"真的？这真是令人高兴。你想待在房间里吗？我觉得屋里太闷了。"

"外面会更舒服点，"奎因先生表示同意，"我们去花园走走吧。"

---

①原文为法语，指的是轮盘赌中对数字1至18下的赌注。

外面的空气有些凉，但算不上寒冷。两人都深吸一口气。

"这样好多了。"萨特思韦特先生说。

"好多了，"奎因先生赞同道，"我们可以自由地交谈了。我确信你有很多话想跟我说。"

"的确如此。"

萨特思韦特先生急切地诉说着，吐露自己的困惑，一如既往地为自己讲述故事的能力而自豪。伯爵夫人，年轻的富兰克林，不肯妥协的伊丽莎白——他将所有这些人刻画得活灵活现。

"从我认识你开始，你就变了。"萨特思韦特先生结束描述之后，奎因先生面带微笑地说。

"哪方面？"

"那时候你乐于在一旁观看生活展示给你的戏剧，而现在，你想参与其中，去表演。"

"没错，"萨特思韦特先生承认道，"但是在这件事上我不知道应该做什么。非常错综复杂。也许——"他迟疑了，"也许你会帮我？"

"乐意为您效劳。"奎因先生说，"我们来看看可以做些什么。"

萨特思韦特先生感到一种莫名的宽慰和信心。

第二天他把富兰克林·拉奇和伊丽莎白·马丁交给了他的朋友哈利·奎因先生。他很高兴看到他们相处得不错。没人提起伯爵夫人，但午餐时他听到的一则新闻引起了他的注意。

"米拉贝尔今晚抵达蒙特卡洛。"他兴奋地向奎因先生透露了这个消息。

"那个巴黎舞台上最受欢迎的人？"

"是的，我敢说你知道——这是众所周知的——她是波斯尼亚国王的新宠。我相信他给了她很多珠宝,人们都说她是巴黎最难讨好、最奢侈的女人。"

"看她今晚跟伯爵夫人见面会是件很有意思的事。"

"我也是这么想的。"

米拉贝尔身材高挑、苗条,一头染成金色的秀发,面色呈浅粉色,橘红色的嘴唇,美得惊人。她穿的衣服让她看上去就像天堂里光芒四射的小鸟。她裸露的背部垂挂着好几条珠宝首饰,左脚踝上戴着一只沉甸甸的镶着一颗大钻石的脚环。

她在赌场一现身,立刻引起了一阵轰动。

"你的朋友伯爵夫人很难超越她了。"奎因先生在萨特思韦特先生耳边咕哝道。

后者点点头。他很好奇伯爵夫人会采取什么行动。

她来晚了,当她漫不经心地走向中间的一张轮盘赌桌时,周围响起了一片窃窃私语。

她穿了一件白色的马罗坎平纹绉直身裙,就像社交新人穿的那样,亮白色的脖子和手臂上没有任何装饰。她一件珠宝也没戴。

"聪明,"萨特思韦特先生立刻赞赏道,"她不屑于竞争,转而占了对手的上风。"

他走了过去,站在桌子旁边。时不时地他会下一把赌注自娱自乐,赢少输多。

最后几局非常刺激,三十一和三十四两个号交替出现。赌注都堆在桌布的下面。

萨特思韦特先生面带微笑地下了今天晚上的最后一次赌注,把最大的数目押在了五号上面。

轮到伯爵夫人的时候,她倾身向前,把最大数目押在六号上。

"游戏开始了!"荷官沙哑地喊道,"不准反悔,买定离手!"

球快速旋转着,发出愉快的嗡嗡声。萨特思韦特先生心想:"对我们每一个人来说,它都意味着不同的东西。希望和失望的挣扎,无聊,懒散的消遣,生与死。"

咔嗒!

荷官探过身子看了看。

"五号,红方,单数赢。"

萨特思韦特先生赢了!

荷官拢起其他人的赌注,推到萨特思韦特先生面前。萨特思韦特先生伸手去拿。伯爵夫人也做了相同的动作。荷官看看这个又看看那个。

"是夫人的。"他粗鲁地说道。

伯爵夫人拿起了钱。萨特思韦特先生缩回了手。他维持着绅士的风度。伯爵夫人直视着他的脸,而他迎上了她的目光。周围一两个人指出荷官搞错了,但那人不耐烦地摇摇头,再次沙哑地喊道:

"游戏开始了,女士们先生们!"

萨特思韦特先生来到奎因先生身边。在完美无瑕的风范背后,他感到极度愤怒。奎因先生同情地倾听着。

"太糟糕了,"他说,"但就是发生了。"

"稍后我们会去见你的朋友富兰克林。我要举行一个小小的晚餐派对。"

午夜时分三个人见面了,奎因先生解释了他的计划。

"这是个叫作'篱笆和公路'的派对,"他解释说,"我们选择见面地点,然后每个人走出去,在道义上必须邀请他见到的第一个人。"

富兰克林·拉奇被这个游戏逗乐了。

"如果说,他们不接受邀请怎么办?"

"你必须尽最大努力去说服。"

"很好。那见面地点在哪儿?"

"一个波西米亚风格的咖啡馆。那里专门招待奇特的客人。名叫'小酒窖'。"

他指明位置,然后三个人就分开了。萨特思韦特先生很幸运,他一出门就碰到了伊丽莎白·马丁,高兴地把她领了回来。他们来到小酒窖,下楼走进一个类似地窖的地方,那儿有一张餐桌,烛台上点着老式的蜡烛。

"我们最先到了,"萨特思韦特先生说,"啊!富兰克林来了——"

他猛地打住了。跟富兰克林在一起的是伯爵夫人。令人尴尬的时刻。伊丽莎白表现得不怎么有礼貌,而她原本可以做得更好一些。伯爵夫人,作为一个精通世故的女人,则保持着风度。

最后一个到来的是奎因先生。跟他一起的是个瘦小、黝黑的男人,衣装整洁,萨特思韦特先生觉得他似曾相识。过了一会儿他认出来了。他就是之前犯下拙劣错误的那个荷官。

"我来介绍下,皮埃尔·沃谢先生。"奎因先生说。

小个子男人一脸困惑。奎因先生轻松而清楚地做了介绍。晚餐上来了——一顿丰盛大餐。酒上来了——口味极佳。气氛有些冷淡。伯爵夫人少言寡语,伊丽莎白也是。富兰克林·拉奇变得很健谈。他讲了各种各样的故事——不是幽默故事,而是严肃故事。奎因先生则安静而殷勤地给大家递酒。

"我跟你们说——这是个真实的故事,一个成功男人的故事。"富兰克林·拉奇声情并茂地说道。

作为一个来自禁酒国度的人，他对于香槟的欣赏表现得不输他人。

他讲了他的故事——可能没必要讲那么久。跟很多真实的故事一样，远远比不上小说。

当他说完最后一个字时，他对面的皮埃尔·沃谢似乎醒了过来。他也在尽情享受着香槟，朝桌子探了探身。

"我也有个故事讲给你们听，"他声音嘶哑，"但我要讲的是一个不成功的男人。这是一个走下坡路而非上坡路的男人的故事。并且，跟你的一样，也是个真实的故事。"

"请讲给我们听吧，先生。"萨特思韦特先生礼貌地说道。

皮埃尔·沃谢靠回椅子上，看着天花板。

"故事发生在巴黎，那儿有个男人，是个珠宝匠。他年轻，无忧无虑，工作勤勉。人都说他前途光明。一桩好亲事已经定下了，新娘不太丑，陪嫁也非常令人满意。接着，你们猜怎么了？一天早上，他看见一个姑娘，可怜而瘦小的一个女孩，先生。漂亮吗？是的，也许吧，如果她不是饿得半死的话。但不管怎么说，在这个年轻人看来，她有一种令他无法抗拒的魔力。她一直在努力找工作，她品行端正——或者至少她是这么告诉他的。我不知道这是不是真的。"

昏暗中忽然传来了伯爵夫人的声音。

"为什么不会是真的？有很多这样的事。"

"好吧，就像我说的，年轻人相信了她，娶了她——愚蠢的行为！他的家人激烈反对，和他断绝了往来。但他还是结婚了——我称她为珍妮。这是件好事，他这么告诉她。他觉得她应该非常感激他。为了她，他牺牲了很多。"

"这对一个穷女孩来说是个吸引人的开头。"伯爵夫人挖苦地说。

"他爱她,没错,但一开始她就让他发疯。她喜怒无常——乱发脾气——今天对他冷若冰霜,明天又热情如火。最后,他知道了真相。她从未爱过他,嫁给他只是为了维持生活。这个真相伤害了他,极大地伤害了他,但他尽量表现出一副若无其事的样子。他仍然觉得她应该对他感恩,服从他的意愿。他们吵架。她指责他。上帝啊,她责备他什么?

"你们都知道接下来的事了,对吗?注定会发生的事。她离开了他。两年了,他独自一人,在他的小店里工作,没有她的任何消息。他有个朋友——苦艾酒。店里的生意也大不如前。

"后来有一天,他走进店里发现她正坐在那儿。她穿得光鲜亮丽,手上戴着戒指。他站着,揣摩着她,心跳不已——只是心跳!他不知所措。他想打她一顿,拥她入怀,把她推倒在地践踏,再跪倒在她的脚下。但他什么也没做。他拿起钳子继续工作。'夫人,需要点什么?'他一本正经地问。

"这让她沮丧。这不是她想要的。'皮埃尔,'她说,'我回来了。'他放下钳子看着她。'你想获得原谅?'他说,'你想让我请你回来?你是真心悔改吗?''你想让我回来吗?'她喃喃地说。哦,她说得多温柔啊!

"他知道这是个圈套。他渴望拥她入怀,但他很聪明,并没有这么做。他假装很冷漠。

"'我是个基督徒,'他说,'我会尽力照上帝的指示去做。''啊,'他心想,'我会让她低声下气,跪在我脚下。'

"然而珍妮,我这么称呼她,抬头挺胸,放声大笑,笑声邪恶。'我在嘲笑你,小皮埃尔,'她说,'看看这些华丽的衣服,

这些戒指和手镯。我是来向你炫耀的。我想我会让你把我搂进怀里，而你这么做的时候，我就啐你一脸，告诉你我有多恨你！'

"说着她走出了商店。你们相信吗，先生们，一个女人居然这么恶毒——回来只是为了报复我？"

"不，"伯爵夫人说，"我不相信，而任何一个男人，只要不是傻子，也不会相信的。但所有的男人都又瞎又傻。"

皮埃尔·沃谢没有理会，继续说道：

"于是，我跟你们讲的那个年轻人越发消沉，喝的苦艾酒越来越多。那个小店在他不知情的情况下就被卖掉了。他变成了社会底层的渣滓。后来，战争爆发了，啊，战争，挺好的。这让他离开了贫民区，教会他不再做畜生。战争磨炼着他，也让他清醒。他忍受着寒冷、痛楚和对死亡的恐惧——但他没死，战争结束时他又是个男人了。

"就在那个时候，先生们，他来到南部。他的肺被毒气感染了，他们说他必须得在南部找工作。我不再说他的事来烦大家了，只消说他最后成了一个荷官就够了。之后……之后的一个晚上，他在赌场又看见了她——那个毁掉他生活的女人。她没认出他来，但他认出她来了。她看上去很有钱，什么都不缺——但先生们，荷官的眼睛是雪亮的。有天晚上她把最后的赌本都押上了。不要问我怎么知道——我就是知道——一个人能感觉到某些东西。别人也许不相信。她仍然有名贵的衣服——为什么不当掉呢？但如果这么做，你马上就会名誉尽失。她的珠宝？啊，不！我年轻时不是个珠宝匠吗？很久之前那些真正的珠宝就没有了。国王送给她的珍珠被一颗颗卖掉了，换成了赝品。而与此同时，一个人还得吃饭、付旅馆账单。没错，有钱的男人——他们注意她很多年啦。呸！他们说，她年过五十。在我看来，她还算年轻。"

伯爵夫人背靠的窗户那儿传来一声颤抖的长叹。

"是的,这是个美妙的时刻。我已经观察她有两晚了。输,输,还是输。最后的时刻到了。她全押在了一个号码上。她旁边,有位英国绅士也押了最高数目——相邻的那个号码。球转动着……那个时刻到来了,她输了……

"她跟我四目相交。我该怎么做?我冒着丢工作的风险,抢劫了那位英国绅士。'是夫人的。'我说着,把钱推了过去。"

"啊!"

"砰"的一声,伯爵夫人匆匆站起身时倚着桌子打翻了她的杯子。

"为什么?"她大声说道,"那就是我想知道的,你为什么那么做?"

长时间的停顿,似乎是永无止境的停顿。两个人依旧隔着桌子面对面地看着……似乎是一场决斗。

一抹不易察觉的微笑爬上了皮埃尔·沃谢的脸。他抬起手。

"夫人,"他说,"有一种东西叫作同情……"

"啊!"

她跌坐在位子上。

"我明白了。"

她又变成原来那个样子,平静、面带微笑。

"一个有趣的故事,沃谢先生,不是吗?请允许我给您点一支烟吧。"

她熟练地卷了个纸捻,在蜡烛上点燃,然后递向他。他向前探了探身子,让火焰点燃他双唇间的香烟。

接着,她出人意料地站起身。

"现在,我得走了。请——我不需要任何人护送我。"

人们还没反应过来,她便已经走了。萨特思韦特先生本应该紧随其后,但那个法国人吃惊的大喊声让他停下了脚步。

"晴天霹雳!"

他瞪着伯爵夫人扔在桌子上那个烧了一半的纸捻,把它展开。

"我的天哪!"他喃喃地说,"一万五千法郎的支票。你们明白吗?这是她今晚赢的钱。她在这个世界上的全部家当,被她用来给我点烟了!因为她太骄傲,不肯接受……同情。啊!骄傲,她总是骄傲得像个魔鬼。她独一无二……不可思议。"

他从椅子上跳了起来,冲了出去。萨特思韦特先生和奎因先生也站起身。侍者走近富兰克林·拉奇。

"结账,先生。"他面无表情地说。

奎因先生把账单从他手中一把夺了过来。

"我感觉有些孤独,伊丽莎白,"富兰克林·拉奇说,"这些外国人,他们太急躁了!我不理解他们。不管怎样,这一切都意味着什么?"

他看向她。

"哎呀,以你这种百分百的美国人的角度看,还是挺不错的。"他的声音中带有孩子般的忧伤,"这些外国人太古怪了。"

他们谢过奎因先生,然后一起走进夜色中。奎因先生收起找回的零钱,冲正像一只心满意足的小鸟一样自鸣得意的萨特思韦特先生微微一笑。

"好吧,"后者说,"一切都圆满结束了。我们相爱的小鸟们现在都没事啦。"

"哪些小鸟?"奎因先生问道。

"哦,"萨特思韦特先生大吃一惊,说,"哦,没错,我想你是对的,考虑到拉丁式的观点和所有的——"

他一脸犹疑。

奎因先生微微一笑,他身后的一块彩色玻璃刹那间给他披上了一件色彩斑斓的小丑外套。

海上来的男人 ————

萨特思韦特先生感觉自己老了。这也许不令人吃惊，因为很多人都觉得他老了。粗心大意的年轻人会对他们的同伴说："老萨特思韦特？他肯定有一百岁了——或者至少八十岁了。"甚至最好心的姑娘也宽容地说："哦，萨特思韦特，没错，他很老了。他一定有六十岁了。"这还不算太糟，因为他六十九岁了。

尽管如此，按照他自己的看法，他不老。六十九岁是一个有意思的年龄——一个有无限可能的年龄——一个一辈子的经验终于开始奏效的年龄。但是感觉老了——那就不一样了，心态上感到疲劳、灰心丧气，倾向于问自己一些令人沮丧的问题。他究竟是个怎样的人？一个上了年纪的干瘪小老头，无妻无子，无亲无故，只有一批眼下看上去没什么价值的艺术藏品。没人关心他的死活……

这时，他的思绪戛然而止。他刚才思索的东西既病态又毫无益处。他很清楚，如果他有个妻子，那么她可能会恨他，或者他会恨她，孩子们则可能会不断地给他增添麻烦，让他担心，家庭需要付出时间和情感，这会让他相当烦恼。

"平安舒服最重要。"萨特思韦特先生坚定地说——这才是重要的。

最后一个想法让他想起了今早收到的一封信。他从口袋中掏出信，又读了一遍，愉快地品味着信的内容。首先，这是一位公爵夫人写给他的，萨特思韦特先生喜欢收到公爵夫人的来信。事实上，这封信一开头就要求他为慈善机构捐赠一大笔钱，不然她根本不会写这封信，但措辞很礼貌，所以萨特思韦特先生能够淡化第一个事实。

所以您丢弃了里维埃拉，公爵夫人写道。您的这座岛是什么样子的呢？便宜？今年，卡诺提可耻地提高了价格，而我不会再去里维埃拉了。如果您的答复令人愉快，我也许会尝试下您的那座岛，虽然我讨厌在船上待五天。不过您推荐的地方一定非常舒适——就是这样。您会变成一位一心只关心自己舒适而无所事事的人。只有一件事可以拯救您，萨特思韦特先生，就是您对他人之事的极度兴趣……

萨特思韦特先生把信折好，眼前生动地浮现出公爵夫人的容貌来：她的吝啬，她的出人意料，惊人的仁慈，尖刻的言语，百折不挠的精气神。

精气神！每个人都需要精气神。他拿出另外一封贴着德国邮票的信件——是他喜欢的年轻歌唱家写的，是一封表示感谢、深情满满的信。

我该怎么感谢您呢，亲爱的萨特思韦特先生？太奇妙了，很难想到几天后我会演唱伊索尔德[①]这个角色……

很遗憾她第一次就要演伊索尔德这个角色。奥尔加是个迷

[①] Isolde，瓦格纳的歌剧《特里斯坦与伊索尔德》中的女主角。

人、勤勉的孩子,嗓音动听,但气质欠佳。他自顾自地哼唱着:"不要命令他,请多加理解。我,伊索尔德,请求你。"不,那个孩子没理解——那种精神——那种不屈不挠的意志——全都在最后那句"唉,伊索尔德"中表现出来了。

嗯,无论如何,他已经为某些人做了一些事。这座岛让他沮丧——为什么?哦!他为什么不去里维埃拉,那个他如此熟悉的地方,在那里他也被人所熟知。这儿没人对他感兴趣。似乎没人意识到这就是萨特思韦特先生——公爵夫人们、伯爵夫人们、歌唱家们和作家们的朋友。岛上的人没一个具有重要的社会地位或者高深的艺术修养。大部分人连续七年、十四年或二十一年去那里,自以为自己身份不一般。

萨特思韦特先生深深地叹了口气,继续从饭店走向下面弯弯曲曲的小港口。这条路两边种满了九重葛——一大片招摇的猩红色,这让他觉得比从前更加苍老、阴沉。

"我变老了,"他嘀咕道,"变得年迈而疲倦。"

他走过九重葛,朝着尽头就是蓝色海洋的白色大街走下去时,开心起来。一条脏兮兮的狗站在路中间,打着哈欠,在阳光下伸着懒腰,极其忘我地伸展了四肢后,坐下来尽情地挠了一通痒痒。接着,它站起来,抖了抖身子,四处寻找生活提供给它的好东西。

路的旁边有一个垃圾桶,它抱着愉快的期待跑去嗅了嗅。没错,它的鼻子没有欺骗它!腐烂的气味如此浓烈,甚至远超它的预期!它兴致越发高涨地嗅着,突然,它放纵地躺在地上,极其激动地在那个美味的垃圾堆上打了个滚。显然,今天早上的世界是狗的天堂。

最后,它疲倦了,站了起来,再次溜达到路中间。接着,没有任何警告，一辆破破烂烂的小汽车从拐角处鲁莽地疾驰过来，碾过它整个身体，然后扬长而去。

狗站了起来，端详了萨特思韦特先生一分钟，眼里是茫然无声的责备，随即一头倒在地上。萨特思韦特先生走过去，弯下腰察看。狗死了。他继续走路，惊叹生活的悲伤和残酷。那条狗眼中无声的责备多么奇怪啊！"哦，世界，"它似乎在说，"我所信任的美好的世界，你为什么这么对待我？"

萨特思韦特先生继续往前走着，经过了一些棕榈树和零散的白房子；经过黑色的熔岩海滩，浪花拍岸，声声如雷，在那个地方，很久以前，一个著名的英国游泳者被海水冲走，淹死了；经过岩石水池，孩子们和老太太们浮上浮下的，美其名曰游泳；沿着陡峭的险路，曲折而上来到悬崖顶。在悬崖边有幢房子，名叫拉巴斯，很恰当①。这是一幢白房子，湖滨绿的百叶窗紧紧关闭着，有一座枝蔓缠绕的美丽花园，还有一条两边都种满了柏树、通往悬崖尽头的高原的人行道，在那里你可以俯瞰下面深蓝色的大海。

萨特思韦特先生所在的就是这个地点。他深爱着拉巴斯的那个花园。他从未走进那幢别墅，它似乎总是空无一人。曼纽尔，那个西班牙园丁挥着手向人们问候早安，殷勤地献给女士一束鲜花，而把一朵鲜花别在男士的扣眼上。他黑黢黢的面孔满是笑容。

有的时候，萨特思韦特先生会在脑子里编织关于别墅主人的故事。他最喜欢的一种是：一个西班牙舞蹈家，因美貌而闻名世界，她藏身于此，这样全世界就不知道她美貌不再了。

---

① 拉巴斯（La Paz），南美洲国家玻利维亚的实际首都，也是世界上海拔最高的首都。建在悬崖顶端的这幢房子也叫拉巴斯，所以说名字取得很恰当。

他想象着她黄昏时分走出房子，穿过花园。有时候他忍不住想向曼纽尔打听一下实际情况，但他抵制住了这种诱惑。他更喜欢自己的想象。

萨特思韦特先生跟曼纽尔交谈了几句，优雅地接过一朵橘色的玫瑰花蕾，继续在那条通往大海的柏树小路上走着。坐在那儿感觉非常美妙——在空荡荡的边缘地带——下面就是巨大的悬崖峭壁。这让他想起了特里斯坦与伊索尔德，想起了第三幕开头的特里斯坦和库维纳尔——那孤独的等待，还有从海上飞奔而来的伊索尔德，而特里斯坦死在了她怀里。（不，小奥加永远都演不好伊索尔德。康沃尔的伊索尔德，那个高贵的仇恨者和高贵的爱人……）他哆嗦了一下。他感觉到衰老、寒冷、孤独……他从生活中得到了什么？一无所有——一无所有。跟街上那条狗差不多……

一个意外的声音把他从幻想中唤醒了。他没听见沿着柏树路走过来的脚步声，让他意识到有人过来的，是英语的一个单音节词"该死"。

他四下看看，发现一个年轻人正带着明显的惊讶和失望盯着他。萨特思韦特先生立马认出了这个昨天到达的人，这让他产生了或多或少的兴趣。萨特思韦特先生称他为年轻人，是因为相对于饭店中的大多数顽固派，他是个年轻人，但他当然不止四十岁，很可能接近五十岁了。尽管如此，"年轻人"这个名词仍然适合他——萨特思韦特先生对这种事的看法一般都是对的——他给人一种不成熟的印象。很多成年狗还会带有幼年时期的特性，这个陌生人就是这种感觉。

萨特思韦特先生心想："这家伙真是从来没长大过，没有正常地长大过。"

然而他身上没有彼得·潘式的特性。他皮肤光滑——几近饱满，他给人的感觉是他在物质生活方面非常舒适，从不让自己不快乐或者不满足。他有一双棕色的眼睛——非常圆，开始发灰的金发，有一点小胡子，面色非常红润。

让萨特思韦特先生困惑的是，是什么把他带到这座岛上。他能想象得出他射击、打猎、打马球、打高尔夫球和网球，跟美女做爱。但是在岛上，没有什么东西可用以打猎或射击，除了高尔夫和槌球也没什么运动项目，而最接近美女标准的是上了年纪的芭芭·金德斯利小姐。当然了，还有被优美的风景所吸引的艺术家们，但萨特思韦特先生非常确定这位年轻人不是艺术家。显然，他是个门外汉。

他正在思索这些时，对方开了口，又有点迟缓地意识到他单方面的搭腔可能会招致责备。

"请原谅，"他有点尴尬地说，"实际上，我被——哦，吓了一跳。我没想到有人会在这里。"

他的微笑让人消除了戒心。他的微笑迷人、友好，富有感染力。

"这是个偏僻的地方。"萨特思韦特先生同意地说，礼貌地往长凳里面挪了挪。对方接受了无言的邀请，坐了下来。

"我不知道是否偏僻，"他说，"似乎总是有人在这里。"

他的声音中带有一丝潜在的不满。萨特思韦特先生不明白是为什么。他认为对方心地友好。为什么坚持孤独一人？也许是个约会地点？不，不是这样的。他再次仔细地暗自观察了一下他的同伴。最近他在哪儿见过这种特别的表情？无声的、困惑的怨气。

"这么说你之前来过这里？"萨特思韦特先生没话找话地

问道。

"昨晚我来过这儿——晚饭之后。"

"真的吗?我以为大门一直是锁着的。"

片刻的停顿之后,这个年轻人几近阴沉地说:

"我翻墙过去的。"

现在,萨特思韦特先生认认真真地打量起他来。他有种侦探一样的惯性思维,知道他的这位同伴昨天下午刚刚抵达这里。他没时间在白天欣赏这座别墅的美丽,至今也没跟任何人说过话,然而天黑之后,他直接来到了拉巴斯。为什么?萨特思韦特先生几乎是不由自主地转过头看了看那座有绿色百叶窗的别墅,但跟平时一样,它宁静、死气沉沉、门窗紧闭。不,谜题的答案不在那儿。

"那你真的发现过这里有人?"

对方点点头。

"是的。一定来自另外一个饭店。他穿着奇装异服。"

"奇装异服?"

"是的。一副小丑装扮。"

"什么?"

萨特思韦特先生大喊着问道。他的同伴扭过头吃惊地瞪着他。

"我猜,饭店里经常举行化装舞会?"

"哦,当然,"萨特思韦特先生说,"当然,当然,当然。"

他气喘吁吁地顿了顿,接着补充道:

"请务必原谅我的激动。你知道催化作用吗?"

年轻人盯着他。

"从来没听过。是什么?"

萨特思韦特先生一本正经地引用道:"一种化学反应,其成功与否取决于某种自身保持不变的物质的出现。"

"哦。"年轻人不确定地说。

"我有一个朋友,他叫奎因先生,关于他最恰当的描述就是'催化作用'这个词。他的出现预示着有事要发生,只要他在场,神奇的内幕就会真相大白,就会有所发现。然而,他自己并不参与整个过程。我有种感觉,你昨晚在这里遇见的那个人就是我的朋友。"

"那么,他就是那个出人意料的人。他吓了我一大跳。这一分钟他还没在那儿,下一分钟他就在那儿了!简直就像是从海里冒出来的一样。"

萨特思韦特先生往小高原望过去,然后低头看看下面的悬崖峭壁。

"当然了,那是无稽之谈,"对方说道,"但这就是他给我的感觉。当然了,说真的,那里连个苍蝇落脚的地方都没有。"他从悬崖边上看过去,"一个垂直的寸草不生的峭壁。如果你走过去,哦,那果真就是末日了。"

"一处理想的谋杀地点,确实。"萨特思韦特先生愉快地说。

对方瞪着他,似乎一时之间没听懂。接着,他含混不清地说:"哦,是的——当然了……"

他坐在那儿,用手杖轻轻地叩击地面,皱着眉头。突然,萨特思韦特先生找到了他一直在寻找的相似之处。那无声的、困惑的质问。那只被碾压的狗有过这样的眼神。这个年轻人的眼睛同样满含责备,提出了同样哀伤的问题:"哦,我信任的世界——你对我做了什么?"

在两者之间,他还看到了其他相似之处:都喜欢快乐而轻松地生活，都喜欢放任自己于欢乐的生活中，都缺乏理性的质疑。这儿足够两者活在当下了——世界如此美好，一个充满欲望的绝妙之处——阳光、大海、天空——一个不起眼的垃圾堆。然后——怎么了？一辆车撞死了那条狗。那么，是什么冲撞了这个男人？

此刻，这些深思的主题被打断了，与其说他是在对萨特思韦特先生说话，倒不如说是在自言自语：

"我想知道，"他说，"这都是为了什么？"

熟悉的词语——常常使萨特思韦特先生嘴边浮现微笑的词语，无意中泄露了人类与生俱来的自私，即坚持认为生活的每一种表现都是专门为了欢乐或者痛苦而设计的。他没有作答，不多会儿，年轻人十分抱歉地微笑着说：

"我听说每个男人都应该建造一幢房子，种一棵树，有一个儿子。"他停顿了一下，又说，"我想我曾经种过一棵橡树……"

萨特思韦特先生心中一动。他的好奇心被唤醒了，那种对他人之事无时无刻不在的兴趣——正如公爵夫人指责他的那样，被激发出来了。这不难。萨特思韦特先生本性中有非常女性的一面，他能像任何女人那样做一个好听众，他知道插入提示词的恰当时机。没过多久，他就在倾听整个故事了。

安东尼·克斯顿——这个陌生人的名字，他的生活跟萨特思韦特先生想象的差不多。他并非讲故事的好手，但他的听众轻而易举地弥补了这个缺憾。极为普通的生活——一份中等收入，当过一小段时间的兵，喜欢运动，有许多朋友，有许多快乐的事情可以做，女友众多。那种生活简直遏制了任何的想象空间。坦白说，这是一种动物的生活。"但还有一些比这更糟的事，"有着丰富的生活经验的萨特思韦特先生心想，"哦，有很多比这更糟糕的事……"这个世界对安东尼·科斯登而言似乎是个非常好的地方。他抱怨过，因为每个人都抱怨，但绝对不是严肃的抱怨。然后——就是这件事。

最后，他说到了主题——含糊不清、语无伦次。一开始没觉得有什么大不了——没什么大事。先去看了家庭医生，医生说服他去见哈利街①的专科医生。然后——让人难以置信的真相。他们试图回避，措辞谨慎地要他过一种平静的生活，但他们无法伪装的是这些全是骗人的话——这让他有些丧气。结论是，还有六个月。这就是他们给予他的。六个月。

他那双困惑的棕色眼睛转向了萨特思韦特先生。当然，这对一个人来说是个相当大的打击。一个人不知怎的，不知道该做什么。

萨特思韦特先生严肃而理解地点点头。

立马接受有点难度，安东尼·科斯登继续说道。如何度过那段时间呢？等死是一件很糟心的事。他不觉得自己真的病了——还没觉得。虽然有可能稍后会病发，专科医生这么说过。事实上，应该会病发。一个人根本不想死的时候却要死去，这真是荒谬。他认为最好的事情是，像平日里那样继续生活。但不知怎的，这并没有起作用。

这时，萨特思韦特先生打断了他，委婉地暗示说，是不是有个女人。

但是很明显，没有。当然了，有女人，但不是那类。他的那个小圈子朝气蓬勃。所以他暗指，他们并不喜欢行尸走肉。他不想成为行走的僵尸。这会让所有人尴尬。所以他到了国外。

---

①英国伦敦市内的一条主要街道，坐落着许多名医诊所。

"你来看这些岛屿？但，为什么？"萨特思韦特先生在找寻某种东西，某种难以形容却微妙的、让他迷惑的东西，然而他确定它就在那儿。"也许，你之前来过这里？"

"是的。"他几近不情愿地承认道，"很多年前，我还是个年轻人的时候。"

接着，突然，看上去几乎是无意识地，他扭过头，朝别墅方向快速扫了一眼。

"我记得这个地方，"他说，朝着大海点点头，"距离永生只有一步之遥！"

"所以这就是你昨晚来这儿的原因。"萨特思韦特先生平心静气地说。

安东尼·科斯登向他投去了沮丧的一瞥。

"哦，我是说……说真的——"他抗议道。

"昨晚你在这里遇到了某个人。今天下午你又遇见了我。你的命被救了两次。"

"如果你喜欢，可以这么理解。但该死的，这是我的命。我有权做我想做的事。"

"这是陈词滥调了。"萨特思韦特先生不耐烦地说。

"当然，我明白你的意思。"安东尼·科斯登宽宏大量地说，"自然，你已经说了你能说的。我自己也会劝服别人，就算我深知他是正确的。而你知道我是对的。干净利索地结束比拖延着要好——制造麻烦和花销，又打扰别人。不管怎样，在这个世界上并没有谁属于我……"

"如果有呢？"萨特思韦特先生尖锐地说。

科斯登深吸一口气。

"我不知道。就算那样，我想，这也是最好的办法。但是，不管怎样——我没有……"

突然，他打住了。萨特思韦特先生好奇地看着他。浪漫得无可救药的他再次暗示说在某个地方有某个女人。但科斯登否认了。他说他不应该抱怨。总体而言，他过得很好。很遗憾这种生活很快就要结束了，就是这样。但是他认为，无论如何，他曾经拥有值得拥有的一切。除了一个儿子。他想有个儿子。他想有个儿子能延续他的生命。他仍然重申他有过非常棒的生活这一事实——

此时，萨特思韦特先生失去了耐心。他指出，仍然处于未成熟阶段的人，不能宣称自己懂得生活中的一切。因为科斯登完全没理解"未成熟阶段"这个词的含义，所以他进一步把自己的意思讲得更清楚一些。

"你还没有开始生活。你仍然处于生活的开端。"

科斯登大笑起来。

"啊，我的头发都灰白了，我四十岁了——"

萨特思韦特先生打断了他的话。

"跟这个没关系。生活是生理成长和心理体验的结合。举个例子，我，六十九岁了，而我是真正的六十九岁。通过直接或间接的方式，我理解几乎所有人生经历所提供的经验。而你，就像这样一个人：谈论起一整年，却只看见了冰和雪！春天的花朵，夏日的倦怠，秋天的落叶，你都一无所知，甚至不知道还有这些东西。你甚至打算拒绝这些可以了解它们的机会。"

"你似乎忘记了，"安东尼·科斯登干巴巴地说，"不管怎么说，我只剩六个月了。"

"时间，像其他东西一样，是相对的。"萨特思韦特先生说，"这六个月也许是你整个生命中最长久、最绚烂多彩的一段经历。"

科斯登一脸的不信服。

"易位而处,"他说,"你会做一样的事。"

萨特思韦特先生摇摇头。

"不,"他简单地说,"首先,我怀疑我是否有结束的勇气。那需要勇气,而我并非一个勇敢的人。其次——"

"嗯?"

"我总想知道明天会发生什么。"

突然,科斯登大笑着站起身。

"哎,先生,你很善于引导我跟你讲话。我不知道为什么——无论如何,就这样吧。我说得太多了。忘了吧。"

"而明天,有事故被报道出来时,我什么也不管?也不要提什么自杀?"

"随你的便吧。很高兴你意识到——你无法阻止我。"

"亲爱的年轻人,"萨特思韦特先生平静地说,"我很难像谚语中说的帽贝①那样缠着你不放,早晚你会趁我不注意而溜走,从而实现你的计划。但是,无论如何,你今天下午没能得偿所愿。你不可能独自赴死,留下我承担把你推下去这种可能的罪名吧。"

"这倒是真的,"科斯登说,"如果你坚持留在这里——"

"我坚持。"萨特思韦特先生坚定地说。

科斯登心情愉快地大笑起来。

"那么这个计划必须暂时推迟。在这种情况下,我要回饭店了。也许咱们会再见的。"

剩下萨特思韦特先生一个人望着大海。

---

① 一种水生蜗牛,其强有力的足就像吸盘一样,吸附在岩石上。

"现在,"他轻声自语道,"下一步是什么?一定有下一步。我猜……"

他站起身,在高原的边缘站了一会儿,往下看着跳着舞的海水。但没找到任何启发,于是他慢慢转身,沿着那条两边是柏树的小路往回走,走进静谧的花园。他看着这座门窗紧闭的静悄悄的房子,纳闷着,就像他以前经常感到疑虑那样。谁曾经在那儿住过,那些安静的围墙里面曾经发生过什么。在一阵突如其来的冲动的驱使下,他走上了那些碎石阶,一只手放在其中一扇淡绿色的百叶窗上。

令他惊讶的是,那扇窗户在他的碰触之下向后摆动了一下。他迟疑片刻,接着大胆地把它推开了。随即他后退一步,轻轻地惊呼一声。一个女人站在窗户里,跟他面对着面。她一身黑衣,头上披着一块黑色的蕾丝面纱。

萨特思韦特先生语无伦次地用夹杂着德语的意大利语(这是匆忙之中他能找到的最接近西班牙语的语言)乱说一气。他觉得无助而羞愧,结结巴巴地解释着。夫人请原谅。接着他急匆匆退了出来。那个女人一个字也没说。

他走到院子中间的时候她说话了,就像枪响一样尖锐的两个字:

"回来!"

这声低吼就像是给狗下达命令一样,传达出来的权威性是如此不容置疑,以至于萨特思韦特先生还没有感觉到任何不满,便不假思索地急忙转过身,一路小跑回到窗前,驯服得像只狗。那个女人仍然一动不动地站在窗边,极为冷静地上上下下打量着他。

"你是英国人,"她说,"我认为是。"

萨特思韦特先生急忙表示道歉。

"如果我之前知道您是英国人,"他说,"刚才我就会表现得更好一些。我为我鲁莽地试图开窗而献上我最诚挚的歉意。恐怕除了好奇,我找不到其他借口了。我很想看看这幢迷人的房子里面是什么样子的。"

她忽然大笑起来,笑声深沉、浑厚。

"如果你真想看,"她说,"最好进来。"

她站到一旁。萨特思韦特先生非常兴奋地走进房间。里面很暗,因为其他窗户的百叶窗都是关着的,但他能看出来,房间里没什么装饰,家具也很破旧,到处都堆积着厚厚的灰尘。

"不在这儿,"她说,"我不用这间房。"

她带路,而他跟在后面,走出房间,穿过一条走廊,走进另一面的一个房间。这里的窗户面朝大海,阳光洒满房间。家具跟另一个房间里的一样,质量很差,但这里有一些曾经还不错的旧地毯,一个西班牙皮质屏风,几盆鲜花。

"跟我一起喝茶,"萨特思韦特先生的女主人说,她又安慰人似的补充了一句,"非常棒的茶叶,用沸水沏的。"

她走出门,用西班牙语高声呼喊着,然后返回来,在她的客人对面的沙发上坐了下来。第一次,萨特思韦特先生得以仔细地看清她的外表。

她给他的第一印象是,与强势的个性相比,她更加阴郁、憔悴、老迈。她个子很高,皮肤晒得黑黑的,有一头黑发,虽然青春不再,但依然美丽。她在房间里的时候,阳光似乎要比她不在的时候明亮两倍。没多久,萨特思韦特先生心头渐渐弥漫着一种莫名的温暖而充满活力的感觉,好像他那瘦削、干瘪的手伸向了一团令人宽慰的火焰。他想:"她是如此生机勃勃,因此她还剩下许多可以感染别人。"

他回忆起她让他停下来时命令的语气,希望由他监护的奥尔加,也能浸染一点这种力量。他想:"她肯定是个很棒的伊索尔德!然而她的歌喉可能没那么好。生活的安排就是这么不尽如人意。"尽管如此,他还是有点怕她。他不喜欢盛气凌人的女人。

她双手托着下巴坐着,显然一直在琢磨他,并非装腔作势。最后,她点点头,似乎是下定了决心。

"我很高兴你来了,"最终,她说道,"今天下午我很需要有个人跟我聊聊天,而你经常进行这种谈话,不是吗?"

"我不是很明白。"

"我是说人们常会对你吐露心声。你明白我的意思!干吗要假装不明白?"

"这个嘛……也许……"

她自顾自地说着,根本不管他要说什么。

"一个人可以跟你说任何事,那是因为你有一半是个女人。你知道我们的感觉、我们的想法,我们做的古里古怪的事情。"

她的声音逐渐消失了。一个面带微笑的大个子西班牙女孩把茶端了上来。是好茶——中国茶——萨特思韦特先生小口品茗。

"你住在这儿?"他随意地询问道。

"是啊。"

"但不完全是吧。这幢房子通常都是关着的,不是吗?至少我听说是这样。"

"我在这儿住的时间很多,比任何人知道的都多。我只用这几个房间。"

"你拥有这幢房子很长时间了吗?"

"我拥有它二十二年了,在此之前,我在这里住过一年。"

萨特思韦特先生空洞（或者说是他觉得空洞）地说：
"那是挺漫长的。"
"一年？还是二十二年？"
这激起了他的兴趣，萨特思韦特先生严肃地说：
"那要看情况再说了。"
她点点头。
"没错，看情况。它们是两个独立的时间段，相互之间没有关系。哪个长，哪个短？即便是现在，我也说不出来。"
她沉默了一会儿，沉思着。然后，她微微一笑，说：
"我已经很久没有跟任何人说过话了——很久了！我不后悔。你来到我的百叶窗前，想透过我的窗户看看。你经常这么做，不是吗？推开百叶窗，透过窗户看看他人生活的真面貌，如果他们让你这么干的话。而如果他们经常不让你那么做呢？想要瞒住你什么事是很困难的。你会猜测——还会猜对。"
萨特思韦特先生产生了一种奇怪的极度真挚的冲动。
"我六十九岁了，"他说，"我对生活的所有了解都是间接得到的。有时候这让我非常的痛苦。然而，正因为如此，我知道得很多。"
她若有所思地点了点头。
"我知道。生活非常奇妙。我无法想象总是做一个旁观者是什么感觉。"
她声调中透着好奇。萨特思韦特先生微笑起来。
"没错，你不会知道的。你的位置是在舞台的中心，你永远都是女主角。"
"说起来多么不可思议啊。"
"但我说得没错。曾有些事发生在你身上——总是发生在你身上。有时候，我想，发生过悲剧。是这样吗？"

她的眼睛眯缝起来，直视着他。

"如果你在这里待得很久，就会有人告诉你有个英国游泳者淹死在了这个悬崖峭壁脚下。他们会告诉你他有多年轻多强壮多英俊，还会告诉你他年轻的妻子是从山崖上看着他淹死的。"

"是的，我已经听过这个故事了。"

"那个男人是我的丈夫。这是他的别墅。我十八岁的时候他带我来到这里，而一年之后他死了——被浪花冲到了黑色岩石上，遍体鳞伤，身体残缺不全，被撞死了。"

萨特思韦特先生惊叫一声。她向前探了探身，灼热的目光聚集在他脸上。

"你提到了悲剧。你能想象到比那更加悲惨的事情吗？对一个年轻的妻子而言，刚结婚一年，无助地站在那儿，而她深爱的男人在跟死神搏斗，然后失败了——多么可怕啊。"

"可怕。"萨特思韦特先生真挚地说道，"太可怕了。我同意你的说法。生活中没有比这更糟糕的了。"

突然，她大笑起来，头向后仰去。

"你错了，"她说，"还有更可怕的事，那就是年轻的妻子站在那儿，希望并渴望她的丈夫淹死……"

"但是，上帝啊，"萨特思韦特先生大声说道，"你不是说——"

"没错，的确是。那才是真的。我跪在那里，跪在悬崖上祈祷。西班牙仆人们以为我在祈祷他能获救，但其实不是。我在祈祷但愿我没想让他死。我在反复说着一件事：'上帝啊，帮帮我吧，让我别希望他死掉。上帝啊，帮帮我吧，让我别希望他死掉。'但这毫无用处。我由始至终都希望——希望——然后我梦想成真。"

她沉默了一两分钟,然后用一种截然不同的轻柔的声音说道:

"那是一件可怕的事情,不是吗?是一个人无法忘怀的事情。当我知道他真的死了,再也不能回来折磨我时,我高兴坏了。"

"我的孩子。"萨特思韦特先生大吃一惊地说。

"我知道。我那时太年轻了,无法接受那些事情发生在我身上。那些事应该发生在一个人年龄稍大的时候,对兽行更有准备的时候。要知道,没人知道他的真面目。我第一次见到他时,以为他很棒,当他求我嫁给他时我又是那么幸福和骄傲。但是事情马上就不对劲了。他对我发脾气——我做什么事都不能让他高兴——然而我那么努力地去尝试取悦他。不久,他变得喜欢伤害我。首先是恐吓我。那是他最享受的。他想出各式各样的方法……可怕的方法。我不会告诉你的。我想,他真是有点疯狂。我独自在这儿,任凭他摆弄,而残忍开始成为他的嗜好。"她睁大眼睛,目光黯淡,"最惨的是我的孩子。我怀孕了,因为他对我做的一些事,孩子生下来就死了。我的小宝贝。我也差点死了——但我没有。我真希望当时自己死了。"

萨特思韦特先生发出了一声模糊的叹息。

"后来我进行了反击——情况就如我跟你说的那样。一些住在旅馆的女孩向他发起挑战。事情就这么发生了。所有的西班牙人都跟他说在那儿冒险下海是疯狂的。但他非常自负——他想炫耀一下。于是我——我眼看着他淹死了——而且很开心。上帝不该让这种事情发生。"

萨特思韦特先生伸出他那干巴巴的小手握住了她的手。她像个孩子那样紧紧地抓住了它。她脸上的成熟褪去了,他毫不费力地就看到了她十九岁时的样子。

"一开始,似乎太过美好而显得不够真实。房子是我的了,我可以住在里面。而且再也没人能伤害我了!要知道,我是个孤儿,没有近亲,没人关心我发生了什么事。这倒让事情简单了很多。我喜欢住在这儿——在这幢别墅里——它看上去就像天堂。没错,像天堂。我从来没那么高兴过,而以后也没那么高兴过。只需要一觉睡醒,一切都好——没有痛苦,没有恐惧,不用担心他下一步要对我做些什么。没错,它是天堂。"

她停顿了很久,最终,萨特思韦特先生说道:

"然后呢?"

"我想人类永远都不知满足。起初,只要有自由就足够了。但过了一阵子,我开始觉得……呃……孤独。我开始想念我那死去的孩子。要是我有自己的孩子就好了!我想要一个孩子,也想要一个玩伴。我非常渴望拥有一个可以跟我玩耍的人或者东西。这听上去很蠢、很幼稚,但就是那样。"

"我理解。"萨特思韦特先生严肃地说。

"很难解释接下来发生的事。就是发生了。有个年轻的英国人暂住在旅馆里,他误闯进这个花园里。当时我穿着西班牙式的衣服,他以为我是个西班牙姑娘。我觉得装成西班牙姑娘应该非常有趣,所以就扮演起来。他的西班牙语说得很烂,但能说一点。我告诉他这幢别墅属于一位出门在外的英国女士,我说她教过我一点英语,并且假装英语说得不流利。多么有意思啊——多么有趣——即便是现在我还能记得那是多么的有趣。他开始向我求爱。我们达成一致,假装这幢别墅是我们的家,我们刚刚结婚,要住在这里。我建议我们可以试着推开其中一扇窗户——就是你今晚试着推开的那扇。窗户打开了,里面满是灰尘,无人打理。我们悄悄溜进去。太令人激动，太美妙了。我们假装它就是我们的房子。"

突然她打住了，可怜巴巴地看着萨特思韦特先生。

"一切似乎都很美——像一个童话。对我而言，这件事的可爱之处在于它不是真实的。不是真的。"

萨特思韦特先生点了点头。他明白她，也许比她对自己的了解还要多——那个吓坏了的、孤独的孩子沉浸在这一切都是如此安全的假想中，因为它不是真的。

"我猜他是个很普通的年轻人，出来探险，但很可爱。我们继续假装着。"

她停了下来，看着萨特思韦特先生，然后再次说了起来：

"你明白吗？我们继续假装……"

随即她又继续说下去：

"第二天早上他又来到这幢别墅。我透过卧室的百叶窗看见了他。当然了，他想不到我在里面。他仍然以为我是个西班牙的农家女孩。他站在那儿，四处看着。他曾经要求我跟他见面。我说我会的，但我没打算去。

"他站在那儿，一脸焦虑。我觉得他是在担心我。他人真好，会为我担心。他人真好……"

她再次顿了顿。

"第二天他走了。我再也没见过他。

"九个月后我的孩子出生了，我一直快乐得不得了。能够如此平静地拥有一个孩子，没人伤害你或者令你痛苦。我真希望当时我记得问那位英国青年的教名，这样就能用他的名字给我的孩子命名。不过那样似乎很无情，很不公平。他给了我在这个世界上我最想拥有的东西，而他永远都不会知道这件事！但是，当然了，我跟自己说，他不会这么想——知道这件事只会让他烦恼和担心。我只是他一次短暂的消遣，仅此而已。"

"那个孩子呢？"萨特思韦特先生问道。

"他非常出色。我叫他约翰。优秀极了。我希望现在你能看到他。他二十岁，即将成为一名采矿工程师。他是我在这个世界上最好、最亲爱的儿子。我告诉他，在他出生前，他的父亲就去世了。"

萨特思韦特先生凝视着她。一个稀奇古怪的故事。而不管怎样，这个故事还没有讲完。他十分肯定还有别的内容。

"二十年是一段相当长的时间，"他沉思地说，"你从没考虑过再婚吗？"

她摇摇头。一抹红晕在她晒黑的脸上缓缓地蔓延开来。

"孩子对你而言已经足够了——一直如此？"

她看着他，双眼散发出他从未见过的温柔。

"发生了如此古怪的事情！"她喃喃地说，"如此古怪的事情……你不会相信这些事——不，我错了，也许你会相信。我不爱约翰的父亲，当时不爱。我甚至都不知道什么是爱。我想当然地认为这个孩子会像我。但他不像。也许他根本就不是我的孩子。他像他的父亲——只像他的父亲。通过他的孩子，我学会了了解那个男人。通过孩子，我学会了爱他。现在，我爱他。我会永远爱他。也许你会说这是种想象，我创造了一个理想人物，但不是这样的。我爱那个男人，那个真实的、有人类本性的男人。如果明天见到他，我就能认出他来，即便我们二十年没见面了。爱上他让我变成了一个女人。我爱他，就像一个女人爱一个男人。二十年来，我一直在对他的爱中生活着，至死方休。"

她突然打住了，质问她的听众。

"你是否觉得我疯了——说这些奇怪的事?"

"哦,亲爱的。"萨特思韦特先生说,又握住了她的手。

"你真的了解?"

"我想是的。但还有别的,是吗?有些事你还没告诉我?"

她面色一沉。

"是的,是有些事。你很聪明,猜到了。我一眼就看出你不是那种容易欺瞒的人。但我不想告诉你——而我不想告诉你是因为不知道对你来说是最好的。"

他看着她。她勇敢而挑衅地迎上他的目光。

他心里想:"这是一个测试,所有线索都在我手中。我应该能知道。如果我推理正确,我就能知道。"

一阵停顿,然后他缓缓说道:

"某些事不对劲。"他看到她眼皮微颤,知道自己路子走对了。

"有些事不对劲。突然间,这么多年之后。"他感觉自己在探索——探索,她心里那个黑暗的角落,在那儿,她试图向他掩盖她的秘密。

"那个男孩——事情跟他有关系。你不会在意其他任何事。"

他听见她发出非常微弱的喘息,知道自己探索对了。一件残忍但必要的事。她的意志在跟他的对抗。她有一种主导一切的无情的意志,但在他温顺的态度背后也隐藏着意志力。他心底有种天赐的自信:他正在做他的分内事。他感到一种短暂的轻蔑的同情,为那些以追踪犯罪为职业的人。这种心理侦探工作,这种线索的收集,事实的挖掘,越来越接近目标时的狂喜……她那想对他隐瞒真相的激情帮助了她。随着他越来越逼近真相,他感到了她那种对抗式的固执。

"你说,我还是不要知道的好。这样对我最好。但你不是一个考虑非常周详的女人。你不会因为给一个陌生人带来暂时的小麻烦而退缩。事情不止这样,对吗?如果你告诉我在事实面前你让我成了共犯。那听上去好像是在犯罪。不可思议!我不可能把犯罪跟你联系在一起。或者只有一种犯罪——你对自己犯下的罪行。"

她的眼皮不由自主地垂了下来,闭上了眼睛。他向前探了探身子,抓住她的手腕。

"那就是了!你在考虑自杀。"

她一声低呼。

"你怎么知道?你怎么知道?"

"但是为什么?你并非对生活生厌。你对生活充满了热情,容光焕发地生活着。我从未见过更甚于你的女人了。"

她站起身,走到窗前,把一绺黑发捋到脑后。

"既然你猜到这么多事,我最好还是告诉你真相。今晚我不该让你进来的。我本该知道你会看明白很多事。你就是那种人。你说对了。是因为那个男孩。他什么都不知道。但是上次回家,他悲伤地说起了他的一个朋友,而我意识到一些事。如果他发现他是私生子,肯定会伤透心的。他是骄傲的——极其骄傲!有个姑娘。哦,我就不详细说了。但他很快就要回来了——他想知道关于他父亲的一切——他想知道详情。自然,姑娘的父母也想知道。当他发现真相,他就会跟她断交,自我放逐,毁掉自己的生活。哦!我知道你要说什么。他年轻、愚蠢,那么做是执迷不悟!也许这些都是真的。但是'人们应该怎样'重要吗?他们就是他们的样子。这会让他心碎……但是,如果在他回来之前,发生一场意外,一切都会湮灭在对我的哀悼中。他会浏览我的文件，一无所获，因此而气恼我几乎什么都没告诉他。但他不会怀疑事实。这是最好的办法了。必须有人为幸福付出代价，而我已经拥有了这么多……哦，这么多的幸福。而事实上这代价也会很容易办到。一点点勇气……跳下去——可能只是片刻的痛苦。"

"但是，亲爱的孩子——"

"别跟我争论。"她突然激动起来，"我不会听老套的劝导。命是我自己的。直到现在，它一直都是为了满足约翰的需要。但是他不再需要它了。他想要一个伴侣——一个配偶——他会更乐意转向她，因为我再也不在那里了。我的生命没用了，但是我的死亡会有用处。而我有权利按照自己的喜好处理我自己的生命。"

"你确定？"

他严厉的语气令她吃惊。她有点结巴地说：

"如果它对任何人都没用处，而我对此是最好的鉴定人——"

他再次打断了她。

"不见得。"

"你这话是什么意思？"

"听着。我来给你举个例子。一个男人来到某个地方——要自杀，我们姑且这么说。但是偶然间他在那儿看见了另外一个男人，所以他没达到目的，于是走开了——继续活下去。第二个男人救了第一个男人的命，并非因为在他生命中是必需的或者重要的，而仅仅是因为某个时刻他在某个地点这一实际情况。今天，你自杀了，也许，五年、六年、七年之后，某个人会死去或者遇到灾难，仅仅是因为你没在某个特定的位置或地点出现。也许是一匹脱缰之马从大街上跑过来，看到你时便跑向了另一边，因此没能踩死在水沟里玩耍的一个孩子。那个孩子也许会长大成人，成为一个伟大的音乐家，或者发现了一种治疗癌症的药。或许没有这么夸张的戏剧性情节。也许他只是长大了，享受着日常生活的幸福。"

她盯着他。

"你是个奇怪的男人。你说的这些——我从来没想过……"

"你说你的命是你自己的，"萨特思韦特先生继续说道，"但是你敢否认你可能正在参演一场神圣造物主指挥的大型戏剧吗？可能直到戏剧结束你才会出场——也许根本无足轻重，只是个跑龙套的角色，但是如果你不给另一个演员提示台词，戏剧就会中断，整座大厦可能会坍塌。你作为你，也许跟世界上的任何人都没什么关系，但是作为一个在某个特定地方的人，你的重要性可能是无法想象的。"

她坐下来，仍然盯着他。

"你想让我干吗？"她简单地说道。

这是萨特思韦特先生的胜利时刻。他下达了命令。

"我想你至少答应我一件事——二十四小时之内不要鲁莽行事。"

她沉默片刻，然后说："我答应。"

"还有一件事，请帮个忙。"

"什么事？"

"不要关闭我进来的那个房间的百叶窗，今晚，在那儿守夜。"

她好奇地看着他，但点头同意了。

"现在，"萨特思韦特先生说，觉得自己有一点虎头蛇尾，"我真得走了。上帝保佑你，亲爱的。"

他局促不安地走了出来。那个身材魁梧的西班牙姑娘在走廊上碰见了他,为他打开侧门,同时好奇地盯着他。

他到饭店的时候天刚刚黑下来。阳台上坐着一个孤独的身影。萨特思韦特先生径直朝它走了过去。他很兴奋,心跳得很快。他觉得一件大事就掌握在手中,一着不慎——

但他努力掩饰着自己的激动,自然而随意地对安东尼·科斯登说着话。

"一个温暖的夜晚,"他说,"坐在悬崖上,我完全忘记了时间。"

"你一直坐在那里?"

萨特思韦特先生点了点头。饭店的旋转门开了,某人走了进去,一束光线忽然落在对方脸上,照亮了他沉闷、痛苦的表情,还有令人无法理解的无声的忍耐。

萨特思韦特先生心想:"他的情况要比我糟糕。幻想、猜想、推测——它们能对你产生很大影响。这么说吧,你可以用不同的方式对抗痛苦。动物式的无法理解的盲目的痛苦——那是很可怕的……"

突然,科斯登嗓音沙哑地说道:

"晚饭后我要散散步。你——你懂吗?第三次将是幸运的。看在上帝的分上,别干涉我。我知道你的干涉是出于好意,但我敢保证,这没用。"

萨特思韦特先生挺直了身子。

"我从不干涉他人。"他说,从而隐瞒了他到这里的所有目的。

"我知道你在想什么——"科斯登继续说道,但被打断了。

"请原谅,但请恕我不能同意你的说法。"萨特思韦特先生说道,"没人知道另一个人在想什么。他们可以猜想,但几乎总会猜错。"

"这个嘛，也许是这样。"科斯登心下生疑，有点吃惊。

"想法只是你自己的，"对方说道，"没人能改变或者影响你想让想法产生的作用。让我们谈论一个不那么痛苦的话题。例如，那幢古老的别墅。它有种奇妙的魔力，地处偏僻，与世隔绝，只有上天才知道它的奥秘。它诱使我做了一件没把握的事。我试着推了其中一扇百叶窗。"

"是吗？"科斯登猛然转过头，"但是，窗户当然是关闭的了。"

"不，"萨特思韦特先生说，"它是开着的。"他温柔地补充道，"倒数第三扇。"

"啊呀，"科斯登脱口而出，"那就是——"

他突然停住了，但萨特思韦特先生已然看到了他眼睛中跃动的光。他满意地站起身。

但他心头仍然有点不安。用他最喜欢的戏剧比喻来说，他希望他正确地说出了自己那几行台词，因为那是非常重要的台词。

但是反复思索之后，他那艺术家的评判得到了满足。在去悬崖的路上，科斯登会尝试推那扇百叶窗。这是人类抗拒不了的本性。二十多年前的记忆带领他来到这个地方，同样的记忆会带他前往那扇百叶窗。之后呢？

"明天早上就能知道。"萨特思韦特先生说，继续有条不紊地换衣服吃晚饭去了。

十点钟左右，萨特思韦特先生再次站在拉巴斯花园里。曼纽尔微笑着向他道"早安"，递给他一朵玫瑰花苞，萨特思韦特先生仔细地将花插进扣眼里。接着，他继续朝房子走去。在那儿，他站了几分钟，向上看看宁静的白墙，爬满橙色匍匐植物的小路,还有那些淡绿色的百叶窗。如此寂静,如此安宁。整件事是一场梦吗?

但是就在这时,其中一扇窗打开了,一直占据萨特思韦特先生脑海的那位夫人走了出来。她脚步轻快,身形摇曳,径直朝他走来,如同被狂喜的巨浪推动着。她的眼睛闪闪发光,红光满面。她就像家具摆设上面那快乐的人。她没有犹豫,没有怀疑和恐惧。她径直走到萨特思韦特先生跟前,双手放在他的肩上,亲吻他——不是一次而是很多次。巨大的深红的玫瑰,非常柔软——这就是他之后的感受。阳光,夏日,歌唱的鸟儿——他觉得自己沉浸在这种氛围中,温暖、喜悦、生机勃勃。

"我太幸福了,"她说,"亲爱的。你是怎么知道的?你怎么可能知道?你就像童话故事里好心的魔法师。"

她顿了顿,幸福得喘不过气。

"今天,我们要去……领事那里……结婚。当约翰回来的时候,他父亲会在那儿。我们会告诉他过去发生了一些误会。哦,我太幸福了……如此幸福……真幸福。"

幸福的确就像潮水般向她涌来。温暖的欢天喜地的浪花拍打着萨特思韦特先生。

"发现自己有个儿子,这让安东尼非常惊讶。我做梦也想不到他会在意或者关心。"她信心十足地看着萨特思韦特先生的眼睛,说,"事情如此顺利,又这么圆满地结束,难道不是很奇妙吗?"

他清清楚楚地看到了她。一个孩子,仍然是个孩子——带着她虚构的爱情——她那个以两个人"从此过上了幸福的生活"为美好结局的童话故事。

他温和地说:

"如果在最后的这几个月你带给你的爱人幸福快乐,那你真的是做了一件非常美好的事情。"

她眼睛睁得大大的,满是惊讶。

"哦!"她说,"你不会觉得我会放任他死去吧?过了这么多年——当他来到我身边。我认识很多人,连医生都放弃了,但他们现在还活着。死亡?他当然不会死!"

他看着她——她的力量,她的美丽,她的活力,她不屈不挠的勇气和意志。他也知道医生会搞错……个人因素——你永远不知道它有多重要或者多么不重要。

她再次开口,声音里带着轻蔑和消遣。

"你认为我不会让他死,是吗?"

"是的。"最终,萨特思韦特先生温和地说,"不管怎样,亲爱的,我认为你不会……"

然后他向下朝那条两边是柏树的小路走去,来到俯瞰大海的凳子那儿,发现了他希望见到的那个人。奎因先生站起来,跟他打招呼——一如既往的黝黑、忧郁,面带微笑,神情忧伤。

"你在等我吗?"他问。

萨特思韦特先生回答道:"是的,我在等你。"

他们一同坐在凳子上。

"我有个想法,根据你的表情判断,你又一次扮演了造物主的角色。"过了一会儿,奎因先生说。

萨特思韦特先生埋怨地看着他。

"好像你一无所知似的。"

"你总是指责我无所不知。"奎因先生微笑着说。

"如果你一无所知,前天晚上你为什么在这儿——等着?"

萨特思韦特先生反问道。

"哦,那个——"

"是的,是那件事。"

"我有项任务要完成。"

"为了谁?"

"有时候你会别出心裁地称我为死者的律师。"

"死者?"萨特思韦特先生有点困惑,"我不明白。"

奎因先生瘦长的手指指着下面蓝色的大海。

"二十二年前有个男人在那儿淹死了。"

"我知道——但我不明白——"

"假设,那个男人深爱着他的妻子。爱情能让男人变成魔鬼,也能让男人变成天使。她对他有种少女的崇拜,但他永远无法碰触到她身上女人的那一面——这驱使他疯狂。他因爱而折磨她。类似的事件发生过很多。你和我知道的一样多。"

"没错,"萨特思韦特先生承认道,"我见过这样的事——但很少——非常罕见……"

"而你也更常见到类似悔恨这种事——想要弥补的心愿——不惜一切代价去弥补。"

"但是,死亡来得太快……"

"死亡!"奎因先生声音中带着轻蔑,"你相信来生,是吗?谁告诉过你同样的心愿、同样的渴望不能在另外一种生活中实现呢?如果这种愿望足够强烈——它会找到一名使者。"

他的声音越来越小。

萨特思韦特先生站起身,有些发抖。

"我得回饭店了,"他说,"如果你也走那条路的话……"

但奎因先生摇了摇头。

"不,"他说,"我从哪里来,便到哪里去。"

萨特思韦特先生回头的时候,看见他的朋友正向悬崖边缘走去。

黑暗中的低吟

1

"我有些担心玛杰里。"斯特雷夫人说道。

"我女儿,你知道。"她补充道。

她闷闷不乐地叹了口气。

"有个长大成人的女儿让人觉得自己很老了。"

萨特思韦特先生,这些肺腑之言的接收者,殷勤地站起身应对着。

"没人会相信有这个可能。"他宣称,微微一鞠躬。

"奉承。"斯特雷夫人说道,但她说得非常含混,显然心不在焉。

萨特思韦特先生带着些许赞赏看着她一身白衣的苗条身影。戛纳的阳光很强烈,但斯特雷夫人经受住了考验。从远处看,她年轻得令人惊奇。人们不禁怀疑她有没有成年。万事通萨特思韦特先生知道斯特雷夫人有成年的孙辈也是完全有可能的。她是人工完胜自然的代表。她身材超棒,面色绝佳。她把大量的金钱花在了美容院里,而效果绝对是惊人的。

斯特雷夫人点燃一支烟,被上好的肉色丝袜包裹着的美腿交叉着,喃喃地说道:

"是的,我真的很担心玛杰里。"

"哎呀,"萨特思韦特先生说,"出什么事了?"

斯特雷夫人那双美丽的蓝眼睛转向他。

"你从没见过她,是吧?她是查尔斯的女儿。"她主动地补充说。

如果"名人录"的条目完全真实,关于斯特雷夫人的条目可能会结尾如下:

嗜好:结婚。

她漂泊一生,丈夫走到哪儿换到哪儿。她离过三次婚,其中一位丈夫死了。

"如果她是鲁道夫的孩子,我还能理解。"斯特雷夫人沉思着说,"你记得鲁道夫吗?他总是喜怒无常。我们结婚六个月之后,我不得不去申请那些古怪的东西——他们称之为什么?夫妻间的什么之类的,你知道我的意思。谢天谢地现如今可简单多了。我记得我不得不给他写那种最愚蠢可笑的信件——几乎是我的律师口述给我的。要求他回来,你知道,说我会尽一切努力,等等。但你绝对不能指望鲁道夫,他是那么喜怒无常。他立刻跑回了家,但这么做大错特错,完全不是律师的本意。"

她叹了口气。

"那么玛杰里呢?"萨特思韦特先生提示说,机智地把她带回目前讨论的主题上。

"当然了。我正打算跟你说,不是吗?玛杰里一直能看到什么东西,或听见它们。幽灵,诸如此类,你知道。我从没想到玛杰里这么富有想象力。她是个很好的姑娘,一直都是,只是有点——无趣。"

"不可能。"萨特思韦特先生恭维道,心里有点困惑。

"事实上,非常无趣。"斯特雷夫人说,"不爱跳舞,不爱参加鸡尾酒会,或者任何一个年轻姑娘应该感兴趣的事。她更喜欢待在家里,而不愿意跟我出来。"

"亲爱的,"萨特思韦特先生说,"你说,她不跟你出来?"

"哎,我没强迫她跟我出来。我发现女儿们就会让母亲沮丧。"

萨特思韦特先生试着想象严肃认真的女儿陪着斯特雷夫人的情形,但失败了。

"我忍不住想玛杰里是不是疯了,"玛杰里的母亲声音欢快地继续说道,"听见声音是个糟糕的征兆,他们是这么跟我说的。这并不是说艾伯茨梅德闹鬼。这幢老建筑在一八三六年被烧成了平地,于是他们建了一栋早期维多利亚式的别墅,根本不可能闹鬼。它非常丑陋、普通。"

萨特思韦特先生咳嗽了一声。他不知道她为什么要跟他说这个。

"我想,也许,"斯特雷夫人说,冲他灿烂地微笑着,"也许你能帮我。"

"我?"

"没错。你明天就要回英格兰了,对吧?"

"是啊,没错,是这样。"萨特思韦特先生谨慎地承认道。

"而你认识所有这些心灵研究的人。你肯定认识,你谁都认识。"

萨特思韦特先生微微一笑。"谁都认识"是他的弱点之一。

"那还有比这更简单的吗?"斯特雷夫人继续说道,"我跟这类人从来都处不好。你知道——长着胡子、总戴着眼镜、一本正经的人。他们让我觉得很烦,跟他们在一起我感觉很糟。"

萨特思韦特先生非常吃惊。斯特雷夫人仍旧对他灿烂地微笑着。

"那就这么说定了,好吗?"她轻快地说,"您会去艾伯茨梅德,去看玛杰里,安排好一切。我将十分感激。当然了,如果玛杰里的脑子真的有问题,我会回家的。啊!宾博来了。"

她的微笑由灿烂变成了耀眼。

一个身穿白色法兰绒运动裤的年轻人正朝他们走过来。他大约二十五岁,非常帅气。

年轻人简单地说:

"我一直在到处找你,芭布斯。"

"网球打得如何?"

"糟透了。"

斯特雷夫人站起身,转过头,声调悦耳地对萨特思韦特先生嘀咕道:"您能帮我真的是太好了。我永远都不会忘记的。"

萨特思韦特先生目送这一对离开。

"我不知道,"他沉思着自言自语,"宾博会不会成为第五位。"

2

豪华列车的列车长正在给萨特思韦特先生指点着几年前在这条线上一起事故发生的地点。

列车长兴致勃勃地讲述完之后,萨特思韦特先生抬起头,看见列车长身后有张熟悉的面孔正冲他微笑。

"亲爱的奎因先生。"萨特思韦特先生说。

他略微干瘪的脸上绽放出了微笑。

"真巧啊!我们两人乘坐同一列火车回英格兰。我猜,你要去那里。"

"是的。"奎因先生说,"我有件很重要的事情要办。你打算吃第一拨晚餐吗?"

"我一直都吃第一拨。当然了,时间很可笑——六点半。但不用担心没菜吃。"

奎因先生会意地点点头。

"我也是,"他说,"也许我们可以坐在一起。"

六点半,奎因先生和萨特思韦特先生面对面地坐在餐车里的一张小桌子旁边。萨特思韦特先生特别关注了一下酒单,然后转向他的同伴。

"我一直没见到你,自从——哦,没错,那次在科西嘉见过面之后。那天你走得很突然。"奎恩先生耸了耸肩。

"不比平时突然。你知道,我总是来了又走。来来去去的。"

这些话似乎引起了萨特思韦特先生记忆深处的共鸣。一阵小小的震颤流过他的脊柱——不是那种不愉快的感觉,恰恰相反。他感觉到一股期待的喜悦。

奎因先生拿着一瓶红酒,查看上面的商标。酒瓶处在他和灯光之间,但只过了一两分钟,一束红色的光将他整个人笼罩其中。

萨特思韦特先生再次感到了一阵突如其来的激动。

"我在英格兰也有一项任务,"回忆起这件事,他笑眯眯地说,"你认识斯特雷夫人吗?"

奎因先生摇了摇头。

"这是一个古老的头衔,"萨特思韦特先生说,"一个极为古老的头衔。只有极少数女性能继承下来。她本身就是个女男爵。确实是非常浪漫的一段历史。"

奎因先生在椅子里调整了一下姿势,以便更舒服些。一个侍者飞速推过来一辆移动车,奇迹般地把几杯汤汁摆放在他们面前。奎因先生仔细地啜饮着。

"你准备向我讲述你某个熟人的精彩故事，"他轻声说道，"是这样，对吗？"

萨特思韦特先生冲他笑了。

"她的确是个让人称奇的女人，"他说，"六十岁了，你知道——是的，我应该说她起码有六十岁了。在她们还是女孩的时候我就认识她们了，她跟她姐姐。碧翠丝，是姐姐的名字。碧翠丝和芭芭拉。我记得她们是巴伦家的女孩，都很美丽，而且那个时候她们家经济很拮据。但那是很多年前了——哎呀，天哪，那时我自己也是个年轻人。"萨特思韦特先生叹口气，"那时，在她们和爵位之间有几条人命。我想，老斯特雷爵士是个远方表亲。斯特雷夫人的生活相当浪漫。三起意外死亡——老先生的两个兄弟和一个侄子。接着就是'尤拉莉亚'事件。你记得'尤拉莉亚'的沉没吗？她在离开新西兰海岸之后遇难了。巴伦家的女孩们都在船上，碧翠丝淹死了。芭芭拉是少数几个生还者之一。六个月后，老斯特雷死了，她继承了爵位和相当可观的财产。从那时起，她只为一样东西而活——她自己！她永远都是那个样子：美丽，不择手段，冷酷无情，只关心自己。她有过四任丈夫，我一点也不怀疑她马上会有第五任。"

接着，他讲述了斯特雷夫人交给他的任务。

"我想去艾伯茨梅德看看那位年轻的小姐，"他解释说，"我——我觉得应该就这件事做点什么。不能把斯特雷夫人看成是一个普通的母亲。"他打住了，看着桌子对面的奎因先生。

"我希望你能跟我一起，"他渴望地说，"有可能吗？"

"恐怕不行，"奎因先生说，"不过，让我想想，艾伯茨梅德在威尔特郡，是吗？"

萨特思韦特先生点点头。

"我想也是。刚巧,我会暂住在离艾伯茨梅德不远的地方,在一个你我都知道的地方。"他微笑了,"你记得那个小旅馆'铃铛和小丑'吗?"

"当然了,"萨特思韦特先生大声说道,"你会在那儿?"

奎因先生点了点头。"一周或十天。也许更久。如果某天你过来看我,我会很高兴见到你。"

不知怎的,这个保证让萨特思韦特先生感到一种莫名的安慰。

3

"我亲爱的……呃……玛杰里小姐,"萨特思韦特先生说,"我向你保证,我根本没有嘲笑你。"

玛杰里·盖尔微微一皱眉。他们正坐在艾伯茨梅德宽敞舒适的大厅里。玛杰里·盖尔是个魁梧的姑娘。她完全不像她的母亲,但是彻底继承了她父系家族骑术卓越的士绅风格。她看上去富有青春活力,身体健康,头脑清楚。尽管如此,萨特思韦特先生心下认为巴伦家族都有情绪不稳的倾向。玛杰里也许从她父亲那里继承了外表,而与此同时,她还从她母系家族继承了一些怪念头。

"我希望,"玛杰里说,"我能摆脱那个叫卡森的女人。我不相信也不喜欢招魂术。她是那种疯得要命的蠢女人,老把灵媒弄到这里来,让我心烦。"

萨特思韦特先生咳嗽了一下,在椅子上有点坐立不安,然后他用一种不偏不倚的口吻说道:

"请把所有的实情都告诉我。第一次……呃……事情发生在两个月前,是吗?"

"关于这个,"姑娘表示同意,"有时候是低语,有时候是很清晰的声音,但总是说同样的话。"

"说什么?"

"还回不属于你的东西。归还你偷走的东西。每次遇到这种情况,我都会打开灯,但房间里根本没人。最后我变得很紧张,所以让母亲的女仆克莱顿睡在我房间的沙发上。"

"但还会有那个声音?"

"是的,而且让我害怕的是,克莱顿没听到。"

萨特思韦特先生沉思片刻。

"那天晚上,那个声音响起来时,是大声还是轻声?"

"几乎是耳语。"玛杰里承认道,"如果克莱顿睡得很熟,我猜她可能真的听不到。她让我去看医生。"女孩痛苦地大笑起来,"但是从昨天晚上开始,甚至连克莱顿也相信了。"她继续说道。

"昨晚发生了什么?"

"我正要跟你说。我还没跟任何人说。昨天我出去打猎了,我们走了很长的路。我累坏了,睡得很沉。我做梦了——一个可怕的梦——我落在一排铁栏杆上,其中一根栅栏上的尖刺慢慢刺进了我的喉咙。醒来后我发现这是真的——有尖锐的东西按压着我脖子的侧面,与此同时一个声音轻轻地说道:'你偷了我的东西。这就是死亡。'

"我尖叫起来,"玛杰里继续说着,"在空中胡乱抓着,但什么也没有。克莱顿在她睡觉的隔壁房间听见了我的尖叫,冲了进来,而她也清楚地感觉到有什么东西在黑暗中跟她擦肩而过。但她说不管那东西是什么,肯定不是人类。"

萨特思韦特先生盯着她。姑娘显然非常烦躁不安。他注意到她喉咙左侧贴着一小块膏药。她看到他目光所及之处，点了点头。

"是的，"她说，"你瞧，这不是想象。"

萨特思韦特先生几乎有点抱歉地问了个问题，听上去十分夸张。

"你是否知道有什么人……呃……怨恨你？"

"当然没有，"玛杰里说，"真荒唐。"

萨特思韦特先生换了一种提问的方式。

"过去两个月有哪些人拜访过你？"

"我想，你不是指只过来度周末的人吧？玛西亚·基恩一直跟我在一起。她是我最好的朋友，跟我一样也对马很有兴趣。再就是我表哥罗利·瓦瓦苏，常常过来这里。"

萨特思韦特先生点了点头。他提议见见克莱顿，那个女仆。

"她跟你在一起很久了，我想？"他问道。

"很长时间了，"玛杰里说，"她是母亲和碧翠丝姨妈少女时期的女仆，我猜这就是母亲一直雇用她的原因，虽然她自己已经有一个法国女仆了。克莱顿做一些缝纫之类的轻活儿。"

她带他上了楼，不一会儿克莱顿便朝他们走了过来。她是个瘦高的老妇人，灰白的头发整齐地梳成中分，看着极为体面。

"不，先生，"她回答萨特思韦特先生说，"我从来没听说这房子有任何闹鬼的事。说实话，先生，我认为都是玛杰里小姐的想象，直到昨天晚上。但我确实感觉到了什么东西——黑暗中轻轻碰了我一下。而且我可以告诉您，先生，它根本不是人类。然后是玛杰里小姐脖子上的伤。不是她自己弄的，可怜的孩子。"

但她的话启发了萨特思韦特先生。难道是玛杰里自己弄伤了自己？他听过一些奇怪的案件，表面上跟玛杰里一样理智、健康的女孩，做出了一些极为惊人的事情。

"很快会愈合的，"克莱顿说，"不像我的这块疤。"

她指了指自己前额上的一处痕迹。

"是四十年前留下的，先生，至今还在。"

"那是'尤拉莉亚'沉没的时候，"玛杰里插嘴说，"克莱顿的头撞在了桅杆上，对吗，克莱顿？"

"是的，小姐。"

"你自己怎么想的，克莱顿，"萨特思韦特先生问，"你认为玛杰里小姐这次遭受的袭击意味着什么？"

"我真的不太愿意说，先生。"

萨特思韦特先生很清楚，这是训练有素的仆人的拘谨。

"你究竟是怎么想的，克莱顿？"他劝导地说。

"我认为，先生，这幢房子里一定发生过非常邪恶的事情。如果不做个了结，就不会有安宁。"

这个女人声音低沉，淡蓝色的眼睛沉稳地迎上萨特思韦特先生的目光。

萨特思韦特先生很失望地下了楼。显然克莱顿持传统观点，认为这起蓄意"闹鬼事件"是过去某些罪恶行为产生的恶果。萨特思韦特先生不会轻易放弃的。这种现象只发生在过去两个月里，是玛西亚·基恩和罗利·瓦瓦苏来这儿之后才发生的。他必须查出这两个人的情况。有可能整件事就是个恶作剧。但他摇了摇头，不满意这个结论。事情一定比这个更阴险。邮差刚刚来过，玛杰里拆开她的信，读了起来。突然，她惊叹一声。

"妈妈太荒唐了，"她说，"读一下这个。"她把信递给萨特思韦特先生。

这是一封典型的斯特雷夫人的信。

她写道:

亲爱的玛杰里:

很高兴那位好心的小个子萨特思韦特先生跟你在一起。他非常聪明,认识所有大人物的密探。你一定要把他们都请过来,彻查这件事。你肯定会度过一段不可思议的时光,我真希望我也能在那儿,但是最近一段时间我真的病得很厉害。饭店对于他们提供给客人的食物太不负责了,医生说是某种食物中毒。我真的病得很严重。

亲爱的,你真贴心,寄给我巧克力。但确实有点傻,不是吗?我是说,这里有很多很棒的糖果店。

再见,亲爱的,祝你玩得高兴。摆平家里的幽灵。宾博说我的网球水平进展神速。

满满的都是爱。

你的
芭芭拉

"妈妈总是想让我叫她芭芭拉。"玛杰里说,"太傻了,我觉得。"

萨特思韦特先生微微一笑。他意识到斯特雷夫人女儿的保守、呆板肯定会不时让斯特雷夫人觉得苦恼。她信中的内容某种程度上让萨特思韦特先生有所触动,但显然并没有打动玛杰里。

"你给你母亲寄了一盒巧克力?"他问。

玛杰里摇了摇头:"不,我没有,一定是别人。"

萨特思韦特先生一脸严肃。两件事都让他觉得意味深长。斯特雷夫人收到了一盒巧克力作为礼物,而她正忍受着食物中毒的痛苦。显然她并没有把这两件事联系在一起。其中有关联吗？他认为有。

一个高个子的黑发女孩懒洋洋地从起居室走出来，来到他们中间。

玛杰里向萨特思韦特先生介绍她是玛西亚·基恩。她随意而愉快地冲这个小个子男人微微一笑。

"你是来抓玛杰里的'宠物鬼'的吗？"她慢吞吞地问，"我们都拿幽灵的事开她的玩笑。嘿，罗利来了。"

一辆车刚好停在前门，一个高个子的金发青年从里面趔趄地出来，满脸的热情和幼稚。

"哈喽，玛杰里，"他大喊，"哈喽，玛西亚！我带了援兵！"他转向刚刚走进大厅的两个女人。萨特思韦特先生认出走在前面的那个女人是玛杰里刚提起过的卡森太太。

"你得原谅我，玛杰里，亲爱的。"她慢条斯理地说，笑容满面，"瓦瓦苏先生跟我们说没关系。让劳埃德太太跟我一起过来全都是他的主意。"

她简单比画了下，给她的同伴做了介绍。

"这是劳埃德太太，"她语气骄傲地说，"史上最好的灵媒。"

劳埃德太太没有发出任何谦虚的反驳之声，她鞠了一躬，双手仍然交叉放在身前。她肤色很深，外表普通，衣着华丽但过时，戴着一串月长石和几枚戒指。

萨特思韦特先生看得出来，玛杰里·盖尔对这次来访不太高兴。她生气地瞪了瓦瓦苏一眼，但后者似乎根本没意识到他犯的错。

"我想，午饭准备好了。"玛杰里说。

"好的,"卡森太太说,"之后我们会立即举行一个降神会①。你有没有给劳埃德太太准备水果?降神会之前她从不吃丰盛的食物。"

他们全都走进餐厅。灵媒吃了两根香蕉和一个苹果,谨慎而简洁地应着玛杰里时不时说着的客套话。就在他们准备从餐桌前起身时,她猛地扭过头,嗅了嗅空气。

"这房子里有什么不对劲。我感觉到它了。"

"她是不是很厉害?"卡森太太赞赏地低声说道。

"哦,毋庸置疑。"萨特思韦特先生干巴巴地说。

降神会在图书室举行。在萨特思韦特先生看来,女主人非常不乐意,只是她的客人们一直兴致勃勃,她只好妥协。

卡森太太悉心安排好了一切,显而易见她很擅长这类事。椅子都围成了一个圈,窗帘拉下了,不一会儿,灵媒宣布她准备开始了。

"六个人,"她说,环顾房间,"这样不好。我们需要一个奇数。七是理想数字。七个人的时候我才能取得最佳效果。"

"再加个仆人,"罗利站起身,建议说,"我去找男管家。"

"让克莱顿过来吧。"玛杰里说。

萨特思韦特先生瞧见罗利·瓦瓦苏那英俊的脸上闪过一种恼怒的表情。

"但是,干吗要叫克莱顿?"他质问道。

"你不喜欢克莱顿。"玛杰里慢条斯理地说。

罗利耸了耸肩。"克莱顿不喜欢我。"他古怪地说,"事实上她恨透我了。"他等了一两分钟,但玛杰里没让步。"好吧,"他

---

① 一种和死者沟通的尝试。

说,"让她下来。"

大家围成一圈。

一阵沉默,偶尔有几声咳嗽,或者坐立不安的挪动。没多时,人们听见一连串的叩击声,接着是在灵媒控制下的一个名叫彻罗基的印第安人的声音。

"印第安勇士向女士们、先生们问候晚安。这儿的某个人非常着急想说话,这儿的某个人急着想给某位小姐传话。现在我要开始了。这个灵魂会说出她要说的话。"

停顿,然后是一个陌生女人的声音,温柔地说道:

"玛杰里在这里吗?"

罗利·瓦瓦苏自作主张地回答道:

"是的,"他说,"她在。你是谁?"

"我是碧翠丝。"

"碧翠丝?碧翠丝是谁?"

让大家烦恼的是,印第安人彻罗基的声音又响了起来。

"我有话要传达给你们所有人。这儿的生活非常欢快、美好。我们全都努力工作,帮助那些还没有死去的人。"

又是一阵沉默,然后又是那个女人的声音。

"是碧翠丝在说话!"

"姓什么?"

"巴伦。"

萨特思韦特先生向前探了探身子,非常激动。

"在'尤拉莉亚'中淹死的碧翠丝·巴伦?"

"是的,没错。我记得'尤拉莉亚'。我有话传给这房子里的人——还回不属于你的东西。"

"我不明白,"玛杰里无助地说,"我——哦,你真的是碧翠丝姨妈？"

"是的，我是你姨妈。"

"她当然是了，"卡森太太埋怨地说，"你怎么能这么怀疑？灵魂会不高兴的。"

突然，萨特思韦特先生想到了一个非常简单的测试。他说话的时候声音都在发抖。

"你记得波特赛迪先生吗？"他问。

很快传来了一阵笑声。

"当然了，可怜的老翻船先生[①]。"

萨特思韦特先生惊呆了。测试成功了。那是发生在四十多年前的一起事故。萨特思韦特先生在一个海滨疗养地刚巧碰见了巴伦家的姑娘们。他们认识的一个年轻的意大利人乘坐一艘小船出海了，后来船翻了。碧翠丝·巴伦开玩笑似的叫他翻船先生。在这个房间里，除了他，似乎不可能还有人知道这次事故。

灵媒挪动了一下，咕哝了几声。

"她出来了，"卡森太太说，"恐怕今天我们从她那儿只能知道这些了。"

阳光再次闪耀在这个挤满人的房间里，起码有两个人吓坏了。

从玛杰里那煞白的脸上，萨特思韦特先生知道她深感不安。他们打发走卡森太太和灵媒之后，他和女主人进行了一场私人谈话。

"我想问你一两个问题，玛杰里小姐。如果你和你母亲去世了，谁会继承爵位和财产？"

[①] Bottacetti（波特赛迪）与 Boatsupsetty（翻船）发音相近，故此处为意译。

"我想是罗利·瓦瓦苏。他母亲是妈妈的堂姐妹。"

萨特思韦特先生点点头。

"今年冬天他貌似来了很多次,"他温和地说,"请原谅我这么问——但是他……他喜欢你吗?"

"三个星期之前他向我求过婚,"玛杰里静静地说道,"我拒绝了。"

"请原谅,但是,你跟其他人订婚了吗?"

他看见她的脸红了。

"是的。"她断然说道,"我要嫁给诺埃尔·巴顿。妈妈大笑,说这很可笑。她似乎觉得跟一个牧师订婚很荒谬。唉,我想知道为什么。有那么那么多的牧师!你应该看看马背上的诺埃尔。"

"哦,的确如此,"萨特思韦特先生说,"毋庸置疑。"

一个男仆用托盘递上一封电报。玛杰里把它撕开。"妈妈明天到家,"她说,"真烦。我真希望她别回来。"

萨特思韦特先生对女孩的情感没做任何评论。也许他觉得这倒也合理。"如果是这样的话,"他嘀咕道,"我要回伦敦了。"

4

萨特思韦特先生对自己不怎么满意。他觉得自己让这个特殊的问题处于一种半途而废的状态。诚然,随着斯特雷夫人的归来,他的任务也就结束了,然而他确信他尚未听到艾伯茨梅德之谜的最后结局。

但接下来的事态发展之严重,让他丝毫没有心理准备。他是在早报上得到这个消息的。"女男爵死在浴室里。"《喇叭日报》报道说。其他报纸措辞更加委婉,但事实是一样的。斯特雷夫人被发现死在她的浴缸里，死因是溺水。据推测，她失去了知觉，在这种状态下她的头滑到了水下面。

但萨特思韦特先生对这个解释不满意。他唤来他的贴身男仆，跟往日不同，他草草梳洗了一下。十分钟后，他的劳斯莱斯大轿车正以最快的速度载着他驶出伦敦。

但是，奇怪得很，他要去的地方不是艾伯茨梅德，而是十五英里之外一个名字不太常见的小馆儿"铃铛和小丑"。他听说哈利·奎因先生还在那儿，这让他十分宽慰。转眼之间，他就跟他的朋友面对面了。

萨特思韦特先生抓住他的手，立刻激动地说了起来。

"我难过极了。你必须要帮我。我已经产生了一种可怕的感觉，也许太迟了——下一个出事的可能是那个好姑娘，因为她是个好女孩，彻彻底底的好女孩。"

"你可否告诉我，"奎因先生微笑着说，"发生了什么？"

萨特思韦特先生嗔怪地看着他。

"你知道的。我完全确定你知道。但是我会告诉你的。"

他将他待在艾伯茨梅德发生的事一一道来。就像平时跟奎因先生在一起时那样，他感觉自己讲述得不亦乐乎。他滔滔不绝，细致入微，在细节处理方面一丝不苟。

"所以说，"他最后说道，"必须得有一个解释。"

他充满希望地看着奎因先生，就像一只狗看着它的主人。

"但是，必须解决问题的人是你，不是我，"奎因先生说，"我不认识这些人，你认识。"

"四十年前我就认识巴伦家的女孩们了。"萨特思韦特先生骄傲地说。

奎因先生点了点头，深表赞同，这使得萨特思韦特先生梦幻般地继续讲了起来。

"那时在布莱顿[①],波特赛迪——翻船先生,一个可笑的大笑话,但我们笑得多开心啊。哎呀,哎呀,那时我还是个年轻人,干了很多蠢事儿。我记得跟随她们的那个女仆,爱丽丝,她的名字,一个可人儿,非常天真。我在饭店的走廊里吻了她,我记得,差点被其中一个姐妹给撞见。唉,是啊,多少年前的事啦。"

他再次摇摇头,叹了口气。然后,他看着奎因先生。

"那么,你不能帮我吗?"他眼巴巴地说,"在其他时候——"

"在其他时候,你的成功完全是因为你自己的努力,"奎因先生严肃地说,"我认为这次也一样。如果我是你,我现在就会去艾伯茨梅德。"

"的确如此,的确如此,"萨特思韦特先生说,"其实,我正想这么做。你能跟我一同去吗?"

奎因先生摇了摇头。

"不行。我在这儿的工作已经做完,马上就要离开了。"

一到艾伯茨梅德,萨特思韦特先生立刻就被人领到了玛杰里·盖尔那里。她木然坐在起居室一张铺满各种报纸的桌子旁边。他的问候中有些东西触动了她。她似乎很高兴见到他。

"罗利和玛西亚刚刚离开。萨特思韦特先生,实际情况不是医生认为的那样。我深信,绝对相信,母亲是被按到水下,被控制住无法反抗的。她是被谋杀的。不管是谁谋杀了她,那人也想

[①]英国南部海滨城市。

杀死我。我对此深信不疑。这就是为什么——"她指了指面前的文件。

"我正在立遗嘱,"她解释说,"很多钱和财产不会跟爵位同时被继承。还有我父亲的钱。我会把我所有的一切都给诺埃尔,我知道他会好好利用的。我不信任罗利,他总是在索取他不该得到的东西。您能作为见证人签个字吗?"

"亲爱的小姐,"萨特思韦特先生说,"你应该在两名证人都在场的情况下签署遗嘱,而且他们应该同时签名。"

玛杰里无视这项法律规定。

"我不明白这有什么重要的,"她大声说道,"克莱顿看着我签了字,然后她签了自己的名字。我本打算按铃叫管家来,但你现在正好可以做这件事。"

萨特思韦特先生没再反对,他拧开他的钢笔,马上要签完时,突然停住了。那个名字,就在他自己名字的上面,唤起了他一连串的回忆。爱丽丝·克莱顿。

似乎有什么东西在他内心剧烈挣扎着要冒出来。爱丽丝·克莱顿,这个名字很重要。跟奎因先生有关的某件事和它混在了一起。就是他刚刚才跟奎因先生说过的某件事。

哦,他想起来了。爱丽丝·克莱顿,这就是她的名字。那个可爱的小东西。人总是会变的——没错,但不会变成那样。他认识的爱丽丝·克莱顿有双棕色的眼睛。他感觉天旋地转。他伸手摸着一把椅子。不一会儿,似乎从很远的地方,他听见玛杰里焦急地对他说:"你病了吗?哦,怎么了?我肯定你病了。"

他清醒过来,握着她的手。

"亲爱的,现在,我都明白了。你必须做好承受沉重打击的准备。楼上那个你称之为克莱顿的女人根本不是克莱顿。真正的爱丽丝·克莱顿在'尤拉莉亚'上溺死了。"

玛杰里瞪着他。"那——那她是谁?"

"我没搞错,我不可能错。你称作克莱顿的这个女人是你妈妈的姐姐,碧翠丝·巴伦。你记得你跟我说过吗,她的头撞在了桅杆上?我想,撞击使她的记忆受损,因此,你母亲看中了这个机会——"

"你的意思是,窃取爵位的机会?"玛杰里痛苦地问道。

"是的,她会那么做的。她已经去世了,这么说似乎很不好,但她是那样的人。"

"碧翠丝是姐姐,"萨特思韦特先生接着说道,"你叔叔死后她会继承一切,而你妈妈什么都得不到。你妈妈宣称那个受伤的女孩是她的女仆,而非她姐姐。那个姑娘的撞伤痊愈后,当然相信了别人告诉她的话:她是爱丽丝·克莱顿,你年轻妈妈的女仆。我猜最近她的记忆才开始恢复,但是发生在多年前的那次头部撞伤,最终致使她脑子受损。"

玛杰里眼含惊恐地看着他。

"她杀死了妈妈,还想杀死我。"她喘息着。

"好像是的,"萨特思韦特先生说,"在她脑子里只有一个混乱的想法——她的继承权被偷走了,是你母亲和你在阻碍她得到这一切。"

"但……但是克莱顿这么老了。"

萨特思韦特先生沉默片刻,一幅场景慢慢浮现在他眼前:那个头发灰白的憔悴老妇人,还有那个坐在戛纳阳光下容光焕发的金发尤物。姐妹!果真如此吗?他记得巴伦家的姑娘们长得很像,只是因为两个人的生活轨迹朝着不同的方向发展——

他猛然摇了摇头,为生命的神奇和遗憾而纠结……

他转向玛杰里,温和地说道:"我们最好上楼,去看看她。"

他们发现克莱顿坐在她缝纫的那个小工作间里。他们进去的时候她并没有回头。萨特思韦特先生很快就知道了原因。

"心脏病,"他轻轻地碰了碰她冰冷而僵硬的肩头,喃喃地说道,"也许,这就是最好的结局。"

海伦的脸

1

歌剧院，萨特思韦特先生独自坐在第一层他的大包厢里。门外放着印了他名字的名片。作为各种艺术的鉴赏家和行家，萨特思韦特先生尤为喜欢优美的音乐。每年，他都是科文特花园的固定观众，整个演出季的星期二和星期五他都会预订包厢。

但他并非经常一个人坐在那儿。他是一位爱社交的小个子绅士，他喜欢他的包厢里坐满他所处的上流社会的精英人士，以及艺术名流。今晚他独自一人是因为一位伯爵夫人失约了。这位伯爵夫人不仅美丽、有名望，还是个好母亲。她的孩子们得了常见的令人痛苦的疾病——流行性腮腺炎，于是她留在家里眼泪汪汪地跟古板至极的保姆聊天。而她那位只给她留下上述几个孩子和一个头衔之外一无所有的丈夫则趁此机会逃之夭夭了，没什么东西能比音乐更让他心烦。

萨特思韦特先生独自一人坐着。那天晚上演的是《乡村骑士》和《丑角》。因为从来都不喜欢第一出戏，所以他等到桑图扎痛苦的死亡那一幕落下之后才到，在人们蜂拥而出，一门心思聊天或争前恐后地弄咖啡、柠檬汁之前，他经验老到地环顾全剧场，调整了一下他看戏用的小望远镜，四下看了看，选定目标，按照提前规划好的计划出发了。然而他没能将计划付诸实践，因为就在他的包厢外面，他撞上了一个黑黢黢的高个子男人。他满心欢喜、兴奋至极地认出了这个男人。

"奎因先生！"萨特思韦特先生大声说道。

他热情地抓住他朋友的手，紧紧地握着，仿佛害怕对方眨眼间就消失不见了。

"你一定要来我的包厢，"萨特思韦特先生果断地说，"你不是跟别人一起来的吧？"

"不是，我自己坐在正厅前排座位上。"奎因先生微笑着回答。

"那么问题就解决了。"萨特思韦特先生松了口气。

如果有谁在一边观察的话，一定会觉得他的举止几近滑稽。

"你真是太好了。"奎因先生说。

"没什么。这是我的荣幸。我不知道你喜欢音乐？"

"我被《丑角》吸引是有原因的。"

"啊，当然了！"萨特思韦特先生自作聪明地点点头，虽然，如果有人问起，他很难解释个中缘由，"当然，你会的。"

第一次用餐铃声响起时，他们返回包厢，倚在包厢门口，观看着返回座位的人。

"那是颗美丽的头颅。"突然，萨特思韦特先生评论说。

他立刻拿起望远镜对准他们正下方楼厅的一个位置。一个女孩坐在那里，他们看不到她的脸——只能看到她帽子下面纯金色的头发，和裸露的白皙脖颈。

"一颗希腊人的头，"萨特思韦特先生恭恭敬敬地说，"纯正的希腊血统。"他开心地叹了口气，"这是一件非同凡响的事，当你想到——极少有人拥有跟他们相配的头发，更值得注意的是，现在每个人都把头发剪短了。"

"你真是善于观察。"奎因先生说。

"我看到一些事，"萨特思韦特先生承认说，"我的确能看到一些事。比如，我一眼就选中了那颗头颅。早晚我们得看到她的脸。但我肯定，她的脸跟她的头不相配。那只有千分之一的可能性。"

他话刚一出口，光线就开始摇曳并渐渐暗了下来。接着是指挥棒急促的敲击声，戏剧开始了。那天晚上演唱的是一个新的男高音，据称是卡鲁索[①]第二。报纸毫无偏见地报道说他是个南斯拉夫人、捷克人、阿尔巴尼亚人、马扎尔人[②]以及保加利亚人。他曾经在艾伯特厅举行过一场独特的音乐会，演出的节目是他家乡山区的民谣，由一支经过专门组合的乐队伴奏。这些曲子以奇怪的半音演唱，准音乐家表示它们"美妙至极"。真正的音乐家保留了他们的看法，意识到耳朵必须经过特殊的训练和调整才能做出评论。今晚约斯奇比姆能用普通意大利语演唱，并带有传统的呜咽声和颤音，这让一些人感到很欣慰。

第一幕的幕布缓缓落下，掌声雷动。萨特思韦特先生转向奎因先生，他意识到后者正等着他说出自己的评价，便有些自鸣得意。毕竟他明白，作为一个批评家，他几乎不会犯错。

他非常缓慢地点了点头。

"真的不错。"他说。

"你这么认为吗？"

"嗓子跟卡鲁索的一样好。人们一开始意识不到这一点，因为他的技艺还不够完美。有些毛糙，对起唱的准确性把握不够。但他的嗓音——非常出色。"

"我听过他在艾伯特厅的演唱会。"奎因先生说。

"是吗？我没能去成。"

"他凭借《牧羊人之歌》大获成功。"

[①]意大利男高音歌唱家，著名歌剧演员。
[②]匈牙利的本土居民。

"我从报纸上读到了,"萨特思韦特先生说,"副歌部分每次都以一个类似喊叫的高音结束,降 A 调和降 B 调之间的一个音符,很不可思议。"

约斯奇比姆微笑着,鞠着躬,谢了三次幕。灯光亮了起来,人们鱼贯而出。萨特思韦特先生向前探身去观察那位金发女孩。她站起身,整理了下围巾,转过身。

萨特思韦特先生屏住了呼吸。他知道,世界上曾经有过这样的脸庞——造就历史的脸庞。

女孩朝过道走去,她的同伴,一个年轻人,就在她身旁。萨特思韦特先生注意到附近每个男人的眼光,并继续偷偷看着她。

"美极了!"萨特思韦特先生自言自语道,"有这么一种东西,不是妩媚,不是魅力,不是吸引力,也不是我们轻易说出的任何一种,而是纯粹的美。脸形、眉形和下巴的弧度。"他温柔地低声说出一个成语,"倾国倾城。"他第一次明白了这个词的含义。

他扫了奎因先生一眼,后者正用那种完全理解的目光注视着他。萨特思韦特先生感到无须多言。

"我一直不明白,"他简单地说,"这一类女人究竟像什么。"
"你的意思是?"
"海伦、克娄巴特拉、玛丽·斯图亚特。"[①]
奎因先生若有所思地点点头。
"如果我们走出去,"他建议道,"我们就会明白了。"
他们一起走了出去,而且成功地找到了目标。他们寻找的那

[①]三者都以美貌著称。海伦引发了特洛伊战争;克娄巴特拉(即埃及艳后)先后成功诱惑了恺撒大帝及安东尼;玛丽·斯图亚特即苏格兰女王玛丽一世(1542—1587),史料及艺术作品均表明她是位不折不扣的美女。

一对人正坐在楼梯间中央的一张沙发上。萨特思韦特先生第一次注意到了女孩的同伴,一个肤色黝黑的年轻人,不帅,但身上略带有一种焦躁不安的热情。一张脸上满是奇怪的棱角,突出的颧骨和强有力的略微弯曲的下巴,深陷的眼睛在浓黑的眉毛下奇怪地闪烁着。

"一张有趣的脸,"萨特思韦特先生自言自语道,"一张真实的脸,饱含深意。"

年轻人向前探着身子,热切地说着话。女孩在聆听。他们两个人都不属于萨特思韦特先生的世界。他把他们归为"附庸风雅"的那一类。女孩穿着走样的廉价绿丝绸衣服,脚穿一双脏兮兮的白缎子鞋。年轻人穿着晚礼服,一副浑身不自在的样子。

萨特思韦特先生和奎因先生走过来走过去好几次,第四次的时候,第三个人加入了这一对——一个看起来有点像职员的帅气青年。随着他的加入,气氛变得紧张起来。新来的人打着领带,显得局促不安。女孩那美丽的脸庞严肃地转向他,而她的同伴则狠狠地皱着眉头。

"老套的故事。"他们经过的时候,奎因先生温和地说道。

"没错,"萨特思韦特先生叹口气,"不可避免。两条咆哮的狗争抢一根骨头。过去一直如此,将来也会是这样。然而,人们总是期待一些不同的东西。美丽——"他打住了。美丽,对萨特思韦特先生而言,意味着美妙绝伦的东西。他发现很难说出来。他看了看奎因先生,后者一本正经地点头表示理解。

他们回到座位上看第二幕。

演出快结束时,萨特思韦特先生殷切地转向他的朋友。

"今晚有雨,我的车就在这儿。您一定得让我送您……呃……去什么地方?"

最后几个词是萨特思韦特先生的细心所致。他觉得"开车送你回家"有种爱打听的意味。奎因先生总是异常含蓄。小个子萨特思韦特先生对他知之甚少。

"但是也许,"萨特思韦特先生继续说,"你自己有车等在外面?"

"没有,"奎因先生说,"没有车等我。"

"那么——"

但是奎因先生摇了摇头。

"你真是太好了,"他说,"但我更愿意独行。另外,"他古灵精怪地微笑着说,"如果有什么事要发生,应该由你去做。晚安,谢谢你。我们再次一起看了一出戏剧。"

他离开得非常迅速,萨特思韦特先生都来不及反对。但他感到一丝隐隐的不安在他心中翻腾。奎因先生指的是什么戏?《丑角》还是另外一部?

马斯特斯,萨特思韦特先生的司机,照例在一条小巷里等待主人。他的主人不喜欢耽搁时间等着车辆们依次在剧院门前停下来。现在,跟以往一样,他快步绕过拐角,沿着街道走去,他知道马斯特斯会在哪个地方等他。就在他前面是一个姑娘和一个男人,他刚认出两人,另外一个男人就走到他们中间。

所有的事情发生在转瞬间。一个男人的声音,愤怒地高喊。另一个男人受到伤害似的抗议。接着就扭打起来。互相打,愤怒地喘息,打得更狠了。一个警察的身影不知从哪里威严地冒了出来。旋即,萨特思韦特先生已经在姑娘身侧,她靠着墙,缩成一团。

"对不起,"他说,"你不能待在这里。"

他抓住她的胳膊,拉着她迅速走出这条街道。她回过头看了一次。

"我不应该——"她犹豫地开口道。

萨特思韦特先生摇摇头。

"你卷入此事会很麻烦的。警察可能会要求你跟他们一起去警局。我相信你的两个朋友都不希望这样。"

他停住了。

"这是我的车。假如你允许,我会非常乐意送你回家。"

姑娘探究地看着他。萨特思韦特先生的沉稳和体面让她产生了良好的印象。她低下了头。

"谢谢你。"她说。马斯特斯为她打开车门,她上了车。

她给了萨特思韦特先生一个在切尔西的地址,算是回答了他的问题。他上了车,坐在她旁边。

女孩心情烦乱,没心情说话。萨特思韦特先生经验老到,因此并没有打扰她的思绪。然而,过了一会儿,她转向他,主动开口说话了。

"我希望,"她说,"他们不会那么傻。"

"是一件麻烦事。"萨特思韦特先生表示同意。

他实事求是的态度让她感到宽心。她继续说了下去,似乎有必要信任某人。

"其实并不是像——我是说,哦,事情是这样的。伊斯特内先生和我是老朋友了——自从我来到伦敦。他为我的嗓子不知费了多少心思,让我懂了一些非常棒的入门知识。他对我的好远非语言所能表达。他对音乐绝对疯狂。他真的很好,今晚带我来这里。我肯定他不一定能支付得起。之后,伯恩斯先生走过来跟我们说话——非常和气。菲尔(伊斯特内先生)对此很不高兴。我不知道为什么。我相信这是个自由的国度。而伯恩斯先生总是令人愉快,脾气随和。然后,就在我们朝地铁入口走下去的时候,伯恩斯走过来加入我们,还没说上两个字,菲尔就像个疯子似的扑向他。而——哦,我不喜欢这样。"

"是吗?"萨特思韦特先生非常温和地问道。

她脸红了,但很轻微。她对此完全没有产生警觉。他们为了她而打架,她肯定有一定程度的愉悦和兴奋——这是本性。但萨特思韦特先生判断,其中有一个令人苦恼的疑惑之处。当她前言不搭后语地说"我真希望他没有伤着他"时,他立马抓住了一条线索。

"哪个他?"萨特思韦特先生心想,在黑暗中暗自笑了。

经过一番判断,他说:

"你希望……呃……伊斯特内先生没有伤到伯恩斯先生?"

她点点头。

"是的,这就是我要说的。看上去太可怕了。如果我知道情况如何就好了。"

汽车停了下来。

"你会接电话吗?"他问。

"会的。"

"如果你愿意,我会查清楚到底发生了什么,然后打电话告诉你。"

女孩的脸庞亮了起来。

"哦,那您可真是太好了。您确定这样不会太麻烦?"

"一点也不。"

她对他再次表示感谢,并把电话号码给了他,又有点羞涩地补充道:"我的名字是吉莉安·韦斯特。"

他的汽车穿梭在夜色中,朝着目的地径直而去,一抹奇怪的微笑浮现在萨特思韦特先生唇边。

他心想:"原来如此……'脸形,下巴的弧度'!"

但他履行了自己的诺言。

2

接下来的星期日下午,萨特思韦特先生去裘园[①]观赏杜鹃花。很久以前(对萨特思韦特先生而言是久得不可思议),他曾经跟某位年轻的女士来裘园看风信子。萨特思韦特先生事先非常精心地预备好了他想要说的话,以及他用来向那位年轻女士求婚用的精确措辞。当他在心中反复默记这些话,而且有点心不在焉地回应她对风信子的心醉神迷时,来了一个晴天霹雳。年轻女士停止了对风信子的惊呼,突然向萨特思韦特先生(当他是一个真正的朋友)吐露了她对另外一个男人的爱。萨特思韦特先生收起他准备好的那一小段话,急忙在大脑深处的抽屉里翻查同情和友谊。

这就是萨特思韦特先生的罗曼史——维多利亚时代早期那种不温不火的罗曼史,但这让他对裘园产生了一种浪漫的依恋。他经常去那里看风信子,或者,他出国的时间比平时晚,他会去看杜鹃花,会独自叹气,暗自感伤,全身心沉醉在一种老式的浪漫之中。

这个特殊的下午,他闲逛回来,路经茶馆的时候,认出了草地上其中一张小桌子旁边坐着的一对男女,他们是吉莉安·韦斯特和那个帅气的年轻人。与此同时,他们也认出了他。他看到女

[①]伦敦市郊著名植物园。

孩的脸红了，急切地跟她同伴说了些话。过了一会儿，他便以正统的、非常一本正经的方式跟他们握了手，接受了他们羞怯的一起喝茶的邀请。

"先生，我难以言表，"伯恩斯先生说，"我多么感激那天晚上您对吉莉安的照顾。她把一切都告诉我了。"

"是的，确实如此，"女孩说，"您真是太好了。"

萨特思韦特先生觉得很开心，并对这对男女产生了兴趣。他们的纯真和诚挚打动了他。况且，他还可以窥视一下那个他不怎么熟悉的世界。这些人属于他所不熟悉的阶层。

萨特思韦特先生虽然身形瘦小，但同情心极为丰富。他很快便获悉了新朋友的一切情况。他注意到"伯恩斯先生"变成了"查理"。所以听到他们订婚的消息，他一点也不吃惊。

"实际上，"伯恩斯先生的坦率令人感到很愉快，"今天下午刚刚决定的，是吧，吉尔？"

伯恩斯是一家船运公司的职员，薪水中等，存了一点钱，两个人打算马上注册。

萨特思韦特先生听着，点点头，表示祝贺。

"一个普通的年轻人，"他心想，"一个非常普通的年轻人。人不错，坦率的小伙子，自信而不自负，相貌端正但算不上英俊，没有特别显眼的地方，也不会成为什么杰出的大人物。而那个姑娘爱他……"

他大声说："那伊斯特内先生……"

他故意打住了，但说出口的话足以产生预期的效果。查理·伯恩斯沉下脸，吉莉安则看上去很忧虑。不只是忧虑，他心想，她看上去很害怕。

"我不想这样。"她低声说道，她的话是对萨特思韦特先生说的，似乎她本能地知道他能理解她的情人无法理解的感觉，"你知道，他为我付出了很多。他鼓励我去唱歌，而且……而且给予我帮助。但我始终明白我的嗓音没那么好……不是一流的。当然了，我收到聘请——"

她停了下来。

"你也遇到了一些麻烦，"伯恩斯说，"一个姑娘需要人照顾。萨特思韦特先生，吉莉安遇到过许多不愉快的事，您也看到了，她是个漂亮姑娘，所以——美貌经常会给一个姑娘带来麻烦。"

通过聊天，萨特思韦特先生开始明白，伯恩斯先生含糊地称为"不愉快的事"是什么。一个开枪自杀的年轻人，一个银行经理（一个已婚男人！）的离奇表现，一个粗暴的陌生人（绝对是个疯子！），一个老艺术家的狂热行为。查理·伯恩斯语调平淡地列举着一连串因吉莉安·韦斯特而生的暴力行为和悲剧事件。"而在我看来，"最后，他说，"这个叫伊斯特内的家伙有点疯狂。如果不是我出现，照顾吉莉安，她肯定会被他纠缠的。"

他的笑声在萨特思韦特先生听来有点蠢。女孩的脸上没有显出附和的笑容，她正恳切地看着萨特思韦特先生。

"菲尔人不错，"她缓缓说道，"他关心我，我知道，我也像朋友一样关心他。但是……但是，仅此而已。我真不知道他怎么承受查理的消息，他……我真害怕他会——"

她打住了，不知该如何描述隐约感觉到的危险。

"如果我能帮到你什么，"萨特思韦特先生热心地说，"尽管盼咐。"

他感觉查理·伯恩斯似乎有那么一点愤慨。但吉莉安立刻说道："谢谢你。"

萨特思韦特先生答应下周四跟吉莉安一起喝茶，然后离开了新朋友们。

星期四到了,萨特思韦特先生心中因为愉快的期待而感到一阵激动。他心想:"我是个老头子——但还没老到不为一张脸而激动。一张脸……"然后他带着一种不祥的预感摇了摇头。

吉莉安一个人在那儿。查理·伯恩斯晚点过来。她看上去高兴多了,萨特思韦特先生心想,好像心头卸下一块石头。事实上,她也坦率地承认了这点。

"我以前害怕告诉菲尔关于查理的事。我真是傻。我应该更了解菲尔的。当然了,他很伤心,但是没人比他更贴心了。他真的非常贴心。看,这是他今天早上送给我的——一件结婚礼物。很棒吧?"

对于菲利普·伊斯特内那种境况的年轻人来说确实很棒。那是一个四个电子管的无线电收音机,最新款式的。

"我们两个都非常喜欢音乐,你知道,"女孩解释说,"菲尔说,当我听到收音机里播放的音乐时,就会经常想到他。我肯定会的。因为我们曾经是那么好的朋友。"

"你一定会为你的朋友而骄傲,"萨特思韦特先生温和地说,"他似乎承受住了这个打击,就像一名真正的运动员。"

吉莉安点了点头。他看到她的泪水涌出眼眶。

"他请我为他做一件事。今晚是我们初次见面的纪念日,他问我愿不愿意晚上安静地待在家里,收听无线电节目——不跟查理去任何地方。我说,当然了,我会在家里听节目的。而且我会带着满满的感激和友爱想起他。"

萨特思韦特先生点点头,但他对此有些困惑。在人物性格划分方面他鲜少犯错。他判断，菲利普·伊斯特内不会有这种多愁善感的请求。这个年轻人比他想的更为老套。显然，吉莉安认为这个想法符合她那个被拒的爱人的性格。萨特思韦特先生有点——只是有一点——失望。他自己比较感情用事，他明白这一点。但他希望其他人的情况会好一些。此外，多愁善感是属于他这个年纪的人的，现代社会中可没有它的一席之地。

他请吉莉安唱歌，她照做了。他告诉她，她的嗓音富有感染力，但他很清楚，她显然只是二流水平。她在自己选择的这个行业中所可能取得的任何成功，皆缘于她的脸蛋，而非嗓子。

他并不是特别想见到年轻的伯恩斯，所以没多久就起身准备离开。就在这时，壁炉台上的一件装饰品引起了他的注意，它在那些廉价的小物件中非常醒目，如同垃圾堆上的一颗珠宝。

这是一只浅绿色的玻璃高脚杯，长颈，线条优美，在杯子边缘稳稳地放着一个彩虹玻璃球，看上去就像一个巨大的肥皂泡泡。吉莉安注意到了他的关注点。

"那是菲尔送我的另外一件结婚礼物。我觉得它非常漂亮。他在某个玻璃厂工作。"

"是个美丽的物件，"萨特思韦特先生礼貌地说，"穆拉诺①的玻璃吹制工会为此而感到骄傲的。"

萨特思韦特先生离开了，同时，他对菲利普·伊斯特内莫名地产生了一种兴趣。一个非常有趣的年轻人。然而这个长着一张美丽脸蛋的姑娘却喜欢查理·伯恩斯。这个世界真是奇妙而难以捉摸！

萨特思韦特先生才想起来，因为吉莉安·韦斯特那不同凡响

---

① 亚德里亚海上的一座小岛，以玻璃制造而闻名于世。

的美丽容颜，他跟奎因先生在一起的那个晚上在某种程度上并没有达到预期的效果。通常，每次跟那个神秘人见面都会有一些奇怪而令人始料不及的事情发生，怀揣可能会遇见这个神秘人的希望，萨特思韦特先生迈开脚步朝阿莱基诺餐馆走去。之前，他曾经在那儿遇见过奎因先生，而奎因先生说过他常去这家饭馆。

在阿莱基诺，萨特思韦特先生从一个房间走到另一个房间，满怀希望到处寻找，但没看到奎因先生那黝黑、微笑的脸庞。不过，有另外一个人独自坐在一张小桌旁——是菲利普·伊斯特内。

这个地方人不少，所以萨特思韦特先生坐在了年轻人的对面。他感到一阵突然的莫名的狂喜，似乎他被卷入其中，并经历着这件事中引人注目的部分。他身处其中——不管它是什么。现在，他知道那晚在歌剧院奎因先生说的话是什么意思了。一出戏剧正在上演，其中有一个角色，一个重要的角色，是萨特思韦特先生的。他不能把他的角色给演砸了。

他怀着一种使命感在菲利普·伊斯特内对面坐了下来。两人很快就交谈起来。伊斯特内似乎很急切地想找人聊聊。像平时那样，萨特思韦特先生是个鼓舞人心、容易产生共鸣的聆听者。他们谈起了战争、炸药、毒气。关于最后这部分，伊斯特内有很多话要说。因为，在战争的大部分时间里，他一直从事这些东西的制造工作。萨特思韦特先生觉得他的确很有趣。

伊斯特内说，有种毒气，从来没有被用于实验。停战来得太快了。人们曾希望它能发挥巨大的作用。吸一口就足以致命。他越说越带劲。

气氛活跃起来，萨特思韦特先生逐渐将话题转移到音乐上面。伊斯特内瘦削的脸变得明亮起来。他说话的时候带有一种真正的音乐爱好者的热情和纵情。他们谈起了约斯奇比姆,这个年轻人对此满怀热情。他和萨特思韦特先生都同意,这世界上没什么能胜过一个真正优秀的男高音。还是孩子的时候,伊斯特内就听过克鲁索的演唱,他永远都忘不了。

"你知不知道,他可以对着一个酒杯演唱,并且震碎它?"他问。

"我总觉得这是个谎言。"萨特思韦特先生微笑着说。

"不,再真不过了,我相信。这种事很有可能,这是个共振的问题。"

他说起了技术细节,满脸通红,眼睛闪闪发光。这个话题似乎让他着迷。而且,萨特思韦特先生注意到,他似乎对自己谈论的东西相当了解。这个老头意识到自己正在跟一个具有特殊头脑的人聊天,一个几乎可称为具有天赋异禀的大脑,才华横溢,难以捉摸,尚未准备好经由哪种渠道来发挥潜质的人,但毋庸置疑,是个天才。

然后他想到了查理·伯恩斯,再次对吉莉安·韦斯特的选择感到惊讶。

他忽然意识到时间不早了,便叫侍者拿账单。伊斯特内看上去略带歉意。

"我很惭愧——喋喋不休地说了这些,"他说,"但是你今晚来到这里,对我而言是个幸运的机会。今晚,我——我需要跟人聊聊。"

他莫名地微微一笑,没再说下去。他的眼睛仍在闪着亮光,带着某种克制的激动。然而,他有种悲剧性的气质。

"非常愉快,"萨特思韦特先生说,"我们的谈话让我深感有趣且深受启发。"

接着，他滑稽而有礼貌地微微一鞠躬，走出餐馆。这是个温暖的夜晚，他沿街道缓步而行的时候产生了一种非常奇怪的印象。他觉得自己不是一个人——有人跟他并肩而行。他跟自己说这个念头是个错觉，但没用，它挥之不去。有人，一个他看不到的人，在他身旁跟他一起走在那条黑暗而寂静的街道上。他不知道是什么让他眼前清楚地浮现出奎因先生的身影。他真真地感觉奎因先生似乎正走在他身侧，然而他只能用自己的眼睛说服自己并非如此，他就是独自一人。

但是奎因先生的身影依旧存留，而随之而来的还有其他一些事。一种需要，一种迫切，一种关于灾难的沉重的预感。他必须做点什么——赶紧去做。某件事很不对劲，需要他去纠正。

这种感觉非常强烈，萨特思韦特先生不得不与之妥协。他闭上眼睛，努力让脑海中奎因先生的身影更为清晰。如果他能问问奎因先生——但就在这个想法一闪而过时，他就知道这样不对。询问奎因先生从来都没用。"线索尽在你的掌握中"——奎因先生就会说这种话。

线索，什么线索？他仔细地分析了自己的感觉和印象。现在，他有种危险的预感，它威胁到谁了？

他眼前立刻蹦出一幅场景：吉莉安·韦斯特正独自一人坐在那里收听无线广播。

萨特思韦特先生冲旁边经过的一个报童扔了一便士，抓过一份报纸，马上翻到伦敦无线电广播节目的版面。他饶有兴致地注意到约斯奇比姆今晚有广播节目。他将演唱《浮士德》中的《拯救迪莫拉》，之后是一系列他的民歌，《牧羊人之歌》《鱼》《小鹿》等。

萨特思韦特先生将报纸揉作一团，知道吉莉安收听的节目内容似乎让她的形象更加清晰了。独自一人坐在那里……

菲利普·伊斯特内那个奇怪的请求。不像这个男人的性格，一点也不像。伊斯特内毫不多愁善感。他是个感情激烈的人，一个危险的男人，也许——

他的思路猛地停顿下来。一个危险的男人——这意味着什么。"线索尽在你的掌握中"——今晚跟菲利普·伊斯特内的见面——很怪异。一个幸运的机会，伊斯特内说过。是个机会吗？还是萨特思韦特先生今晚曾经一两次意识到的那个混乱交错的计谋的一部分？

他回忆着。在伊斯特内说的话中肯定有些什么东西，一些线索。一定有，不然为什么会有这种奇怪的紧迫感？他都谈论了什么？歌唱，战时工作，克鲁索。

克鲁索——萨特思韦特先生的思绪突然偏离了。约斯奇比姆的嗓音和克鲁索的极为接近。吉莉安坐着聆听演唱，歌声悠扬、真实、有力，回响在房间四周，让玻璃嗡嗡地响……

他屏住呼吸。玻璃嗡嗡地响！克鲁索，对着酒杯唱歌，酒杯就碎了。约斯奇比姆在伦敦的演播室里唱歌，一英里之外的一个房间里玻璃震碎，叮当直响——不是酒杯，而是一只浅绿色的玻璃高脚杯。一个水晶般的像肥皂泡沫一样的东西坠落下来，也许里面不是空的……

就在那一刻，在旁人看来，萨特思韦特先生突然疯了。他再次翻开报纸，快速扫了一眼无线电节目预告，接着就在安静的街道上拼了命似的跑起来。在街尽头他找到一辆慢行的出租车跳了进去，大喊着给了司机一个地址，告诉他这事关生死，要尽快赶到那里。司机判断他精神错乱但非常富有，便用尽了最大的努力。

萨特思韦特先生向后一坐，思绪纷繁杂乱，在学校学习过又遗忘了的一点科学知识，那天晚上伊斯特内的措辞，共振——固有频率——如果力的频率与固有频率吻合，就像一座吊桥，士兵们在上面列队行走，他们阔步行走的摆幅与吊桥的频率一致。伊斯特内研究过这个课题。伊斯特内知道这一点，而他是个天才。

约斯奇比姆会在十点四十五分开始演唱。现在，时间到了。但是，最先唱的是《浮士德》。《牧羊人之歌》的副歌唱完之后那嘹亮的高音会——会——怎样？

他的脑子再次转动起来。基音、泛音、半音。他不怎么了解这些东西，但伊斯特内了解。上帝保佑他来得及！

出租车停了下来。萨特思韦特先生从车门里冲了出来，跑向通往三楼的石阶，就像个年轻的运动员一样。房门半开着，他推开门，卓越的男高音扑面而来。伴随着那老套的配曲，传来了他熟悉的《牧羊人之歌》的歌词：

牧羊人，瞧那千军万马奔腾而来——

那么，他及时赶到了。他猛地推开起居室的门，吉莉安正坐在壁炉旁边的一张高背椅上。

今天，贝拉·米沙的女儿要出嫁了：
我得赶快去参加婚礼。

她一定是觉得他疯了。他抓住她，大吵大嚷地说着一些她无法理解的话，半拉半拽着，两人来到了楼梯上。

我得赶快去参加婚礼——
　　呀——哈——

　　一个精彩的男高音，声音洪亮、有力，中气十足，这是任何歌唱家都会羡慕的音调。伴随着它的是另一个声音——玻璃碎掉的叮当声。
　　一只迷路的猫从他们身旁蹿了过去，钻进开着的门里。吉莉安挣扎了一下，但萨特思韦特先生拉住她，语无伦次地说：
　　"不，不，它是致命的。无味，不会让你产生警觉。只要吸上一口，就完蛋了。没人知道它究竟多致命。它不像之前实验过的任何东西。"
　　他反复地说着菲利普·伊斯特内在晚饭餐桌上跟他说的那些话。
　　吉莉安不解地盯着他。

3

　　菲利普·伊斯特内掏出手表看了看。刚刚十一点半。过去三刻钟他一直在堤岸上来回踱着步子。他望向泰晤士河，接着转过身——窥视着他的晚餐同伴的脸。
　　"真奇怪，"他说着，并且大笑，"今晚我们似乎注定要相遇。"
　　"如果你称其为命运的话。"萨特思韦特先生说。
　　菲利普·伊斯特内更加用心地看了看萨特思韦特先生，变了表情。
　　"是吗？"他平静地说。
　　萨特思韦特先生直奔主题。

"我刚刚从韦斯特小姐的公寓过来。"

"是吗?"

同样的声音,同样的死寂。

"我们——从房间里拿出了一只死猫。"

一阵沉默,然后伊斯特内说:

"你是谁?"

萨特思韦特先生说了一会儿话,讲述了整件事情的经过。

"所以说,我及时赶到了。"他停了下来,又温和地补充了一句:

"你有什么——要说的吗?"

他期待一些事,某种爆发,某种疯狂的辩护。但什么都没发生。

"没有。"菲利普·伊斯特内平静地说,接着转身走开了。

萨特思韦特先生目送着他,直到他的身影被黑暗吞没。不知不觉中,他对伊斯特内产生了一种奇怪的同情,一个艺术家对另一个艺术家、一个感伤主义者对一个真正的爱人、一个普通人对一个天才的感觉。

最后,他猛地打起精神,跟伊斯特内同方向走去。雾色渐浓,没多久他遇见一个警察,后者疑惑地看着他。

"你刚才有没有听见落水声?"警察问道。

"没有。"萨特思韦特先生说。

警察注视着河面。

"我猜又是一起自杀事件,"他闷闷不乐地咕哝着,"他们老干这事儿。"

"我想,"萨特思韦特先生说,"他们有自己的理由吧。"

"钱财,大部分,"警察说,"有时候是因为女人,"他一边说一边准备离开,"并非总是他们的错,但有些女人总会惹出很多麻烦。"

"有些女人。"萨特思韦特先生温和地表示同意。

警察继续往前走,他坐在一个座位上,雾气在他四周弥漫。他想到了特洛伊的海伦,想知道她是否是个普通的好女人,那张美妙绝伦的脸是祝福还是诅咒。

死去的小丑 ———

萨特思韦特先生漫步在邦德大街上，享受着阳光。他一如既往地穿戴整齐而时髦，朝哈彻斯特美术馆走去，那里正在举办弗兰克·布里斯托的画展。这人是个新人，迄今为止默默无闻，但有迹象表明他会一夜成名，而萨特思韦特先生恰好是一名艺术赞助者。

萨特思韦特先生一走进哈彻斯特美术馆，立刻就有人认出了他，愉快地微笑着冲他打招呼。

"上午好，萨特思韦特先生，还以为您过一会儿才会到。你知道布里斯托的作品吗？不错——确实很不错。非常独特的那种。"

萨特思韦特先生买了一份目录，穿过开阔的拱形走廊，走进展示艺术作品的长厅。这是些水彩画，画技十分高超，很像彩色蚀刻版画。萨特思韦特先生沿着墙慢慢地走，细细地看，总体而言比较满意。他觉得这个年轻人值得他过来，他的画有创意、有想象力，技术极为严谨且细致。当然了，也有些粗糙之处。这也是可以理解的——但其中含有一些几近天才的成分。萨特思韦特先生在一幅小小的展现威斯敏斯特桥的佳作前停顿片刻。桥上有拥挤的公共汽车、电车和匆匆的行人。小小一幅画，但美得惊人。他留意到，这幅画叫作"蚂蚁堆"。他继续走着，突然，他屏住呼吸，想象力完全被吸引住了。

这幅画叫作"死去的小丑"。画面最重要的位置是铺着黑白相间大理石块的地板。小丑仰卧在地板中央,双臂展开,穿着红黑相间的小丑服。他身后是一扇窗,窗外有个人凝视着地板上的他,那人的轮廓映衬着落日的红光,好像跟前者是同一个人。

这幅画之所以让萨特思韦特先生激动,原因有二:第一个是,他认出了,或者说是他觉得他认出了画中那个男人的脸——和萨特思韦特先生认识的奎因先生极为相像的脸。萨特思韦特先生曾在某些神秘的场合下见过他一两次。

"我肯定没弄错,"他咕哝道,"如果是这样——这是什么意思呢?"

因为根据萨特思韦特先生的经验,奎因先生的每次出现都跟某种重要的事件脱不了干系。

如前所述,萨特思韦特先生感兴趣的第二个原因是:他认出了画中的场景。

"查恩利带露台的房间,"萨特思韦特先生说,"奇怪——非常有趣。"

他更为仔细地看着这幅画,不明白这位艺术家脑子里究竟在想什么。一个死了的小丑躺在地板上,另一个小丑在窗外往里看,而且是同一个小丑?他沿着墙壁缓缓走着,出神地看着其他画作,脑子里一直在想同一件事。他很兴奋。今天早上生活还略显单调呢,现在却不同了。他很肯定自己就要遇到令人激动且趣味十足的事情了。他走到桌前,哈彻斯特美术馆的高官科布先生正坐在那里,萨特思韦特先生认识他很多年了。

"我有兴趣买三十九号,"他说,"如果它还没有卖出去的话。"

科布先生查了查账本。

"这一批中最好的,"他咕哝道,"真是一幅佳作,不是吗?对,还没卖。"他说了个价格,"这是个很好的投资,萨特思韦特先生。明年这个时候,你得支付三倍的价钱。"

"在这种场合你们总会这么说的。"萨特思韦特先生微笑着说道。

"这个嘛,我说得不对吗?"科布先生问道,"我相信,如果你想卖掉你的藏品,萨特思韦特先生,没有一幅画的价格比你买入时低。"

"我要买这幅画,"萨特思韦特先生说,"现在我可以给你开支票。"

"你不会后悔的,我们相信布里斯托。"

"他是个年轻人?"

"二十七八岁吧。"

"我想见见他,"萨特思韦特先生说,"也许某天晚上他会过来跟我共进晚餐?"

"我可以给你他的地址。他肯定会抓住这个机会的。你的名字在艺术界很有分量。"

"过奖了。"萨特思韦特先生说。他下面的话被科布先生打断了:

"他来了。我这就把他介绍给你。"

他从桌子后面站起身。萨特思韦特先生跟着他一起朝一个身材高大、举止笨拙的年轻人走去。他靠墙站着,身后的墙上是一幅一张怒容满面的脸随意打量世界的画。

科布先生做了必要的介绍,接着,萨特思韦特先生做了一小段正式而礼貌的发言。

"刚才,我非常荣幸地获得了您的一幅画——《死去的小丑》。"

"哦!啊,你不会吃亏的,"布里斯托不客气地说,"那画可真不错,虽然我不该自吹自擂。"

"看得出来，"萨特思韦特先生说，"我对您的作品非常感兴趣，布里斯托先生。对这么年轻的人而言，它显得格外成熟。我可否有这个荣幸，邀请你某天晚上跟我共进晚餐？你今晚有约吗？"

"实际上，还没有。"布里斯托说，仍然没表现出过分夸张的谦卑。

"那八点怎么样？"萨特思韦特先生说，"这是我的名片，上面有地址。"

"哦，好，"布里斯托先生说，"谢谢。"很明显是找补的。

"一个自我评价很低的年轻人，也害怕这个世界会这么看待他。"

这是萨特思韦特先生来到邦德大街的阳光下时做的总结。而他对同胞的判断极少有误。

弗兰克·布里斯托大约八点零五分到达。主人及另外一位客人正在等他。萨特思韦特先生介绍说另一位客人是蒙克顿上校。他们立马就开饭了。椭圆形的红木桌旁边还有第四个座位。萨特思韦特先生解释说：

"我期望我的朋友奎因先生会顺路过来拜访，不知道你是否遇见过他，哈利·奎因先生？"

"我压根没见过谁。"布里斯托粗鲁地说。

蒙克顿上校兴趣满满地盯着这位艺术家，就像在看新品种的水母。萨特思韦特先生尽量推动谈话友好地进行。

"我对你的那幅画产生了特殊的兴趣是因为我认出了那个场景是查恩利的带露台的房间，我说得对吗？"艺术家点点头，于是萨特思韦特先生继续说道，"非常有趣。我以前在查恩利住过几次，也许你认识这家的人？"

"不，我不认识！"布里斯托说，"那种家庭可不愿意认识我。我是坐大型游览车去那儿的。"

"老天！"蒙克顿上校没话找话说，"坐大型游览车，天哪！"

弗兰克·布里斯托怒视着他。

"为什么不行？"他狠狠地质问。

可怜的蒙克顿上校大吃一惊。他埋怨地看着萨特思韦特先生，好像在说：

"你作为一个自然主义者可能会对这些原始生物感兴趣，但为什么要拉我下水？"

"哦，大型游览车，糟糕的东西！"他说，"在不平的路段上会颠簸得厉害。"

"如果你买不起劳斯莱斯，就得坐大型游览车。"布里斯托凶巴巴地说。

蒙克顿上校冲他干瞪眼。萨特思韦特先生心想：

"除非我能想办法让这个年轻人放松，不然我们会度过一个令人苦恼的夜晚。"

"查恩利总是令我着迷，"他说，"那场悲剧发生后，我只去过一次。一幢阴冷的房子——幽灵一般。"

"没错。"布里斯托说。

"实际上有两个真正的鬼，"蒙克顿说，"查理一世腋下夹着他的脑袋，在阳台上走过来走过去。我忘记原因了，但我能确定。再有就是拎着银水壶哭泣的女人，查恩利家族一个成员去世后，人们常看到她。"

"胡扯。"布里斯托轻蔑地说。

"他们一定是一个命运多舛的家族，"萨特思韦特先生赶紧说，"四个拥有爵位的人横死，最近这位查恩利勋爵又是自杀。"

"令人毛骨悚然，"蒙克顿严肃地说，"事发时我正好在那里。"

"让我想想，肯定是十四年前了，"萨特思韦特先生说，"从那时起，那幢房子就被封了。"

"关于这一点我倒不觉得奇怪，"蒙克顿说，"对一个年轻姑娘而言，这肯定是个极大的打击。他们结婚一个月，刚刚度完蜜月回到家。为了庆祝他们回家，家族还举行了大型的化装舞会。就在客人们即将到达的时候，查恩利把自己反锁在橡木厅，饮弹自尽。事情并没到此结束。请原谅。"

他的头忽然转向左边，望着对面的萨特思韦特先生抱歉地笑了起来。

"我神经过敏了，萨特思韦特。刚才我觉得有人坐在那张空椅子里对我说了些什么。"

"是啊，"片刻后他继续说道，"对阿利克斯·查恩利来说，这是个极为可怕的打击。她是那种美丽得耀眼的女孩，充满了人们所谓的生活的喜悦，而现在，人们说她就像个幽灵。我很多年没见过她了。我觉得她大部分时间都生活在国外吧。"

"那个男孩呢？"

"那男孩在伊顿公学。我不知道他成年后会做什么。我认为他不会重开那幢老房子。"

"它会成为一座不错的大众休闲娱乐公园。"布里斯托说。

蒙克顿上校冰冷而厌恶地看着他。

"不不，你本意并非如此，"萨特思韦特先生说，"如果你真这么想就不会画那幅画了。传统和氛围是无形的东西。他们花了几个世纪来建造，如果你毁了它们，不可能在一天之内重建起来。"

他站起身。"我们去吸烟室吧。我在那儿放了些查恩利的照片,想给你们看一下。"

萨特思韦特先生的一个业余爱好是摄影。他很自豪自己是《朋友们的家》这书的作者。这些朋友的地位都很高,而这本书让萨特思韦特先生的公众形象变得很势利,而这对他很不公平。

"这是我去年拍摄的一张那个带露台的房间的照片,"他说,并把照片递给布里斯托,"你看,拍摄角度跟你画作中的几乎一样。那块地毯很不错,可惜照片显不出它的颜色来。"

"我记得这块地毯,"布里斯托说,"颜色很美,就像一团火焰在燃烧。不过,这地毯铺在那里显得有点不和谐。对那个铺着黑白方块的大房间而言,地毯的尺寸不对。房间的其他地方都没有地毯,它破坏了整体的效果,就好像一大片血迹。"

"也许是这一点给了你创作灵感?"萨特思韦特先生问。

"也许吧,"布里斯托若有所思地说,"乍看起来,人们自然会在这间装了嵌板的房间里上演悲剧。"

"橡木厅,"蒙克顿说,"没错,就是那个闹鬼的房间。那里有一个牧师藏身的洞——壁炉旁边一块可移动的嵌板,相传查理一世曾经在那儿躲藏过。曾经有两个人因为决斗而死在那个房间里。要我说,雷吉·查恩利就是在那儿开枪自尽的。"

他从布里斯托手中拿过照片。

"哦,那是一块布哈拉地毯,"他说,"值几千英镑,我想。我在那儿的时候,它铺在橡木厅——一个合适的地方。铺在大理石地面上看上去傻乎乎的。"

萨特思韦特先生看着他拉过身边的空椅子,然后意味深长地说:

"我想知道它是什么时候被挪走的。"

"肯定是最近。哦,我记得悲剧发生那天曾经说到这块地毯。

查恩利说它真应该压在玻璃下面。"

萨特思韦特先生摇摇头："悲剧发生后,房子立即被封锁了,每样东西都保持了原样。"

布里斯托提了个问题,打断了谈话。他那咄咄逼人的态度已然发生了改变。

"查恩利老爷为什么要开枪自杀?"他问。

蒙克顿上校不安地在椅子里动了动。

"没人知道。"他含混地说。

"我假定,"萨特思韦特先生缓缓说道,"他是自杀的。"

上校茫然而惊奇地看着他。

"自杀,"他说,"当然是自杀了。老兄,我当时就在那里。"

萨特思韦特先生朝身边那个空椅子看了看,微微一笑,好像在笑一个别人看不到的隐秘的笑话。他平静地说道:

"有时候人们在若干年后看到的东西会比当时清晰得多。"

"胡说,"蒙克顿杂乱而仓促地说,"一派胡言!记忆模糊时怎么可能比记忆清晰鲜活时看问题还清楚?"

但萨特思韦特先生的观点意外地得到了支持。

"我懂你的意思,"这位艺术家说道,"我得说也许你是对的。这是一个比例的问题,不是吗?不仅仅是比例的问题,还有相对性之类的。"

"要我说,"上校说,"所有爱因斯坦的这些东西都是鬼扯。招魂巫师和老掉牙的幽灵的故事也是!"他愤怒地瞪着周围,"当然是自杀了,"他继续说道,"我目睹了事情的发生!"

"跟我们说说这事,"萨特思韦特先生说,"这样的话,我们也像亲眼看见了一样。"

怒气平息了一些的上校嘀咕了一句,在椅子上坐得更加舒服了一些。

"整件事都非常出乎意料，"他开始说道，"查恩利跟平时一样。一大批朋友为了这个舞会而待在房子里。没人能想到他会在客人们陆续抵达的时候开枪自尽。"

"如果他等客人们走了以后再动手，可能会让人好受点。"萨特思韦特先生说。

"当然了。感觉简直糟透了——做那种事。"

"一反常态。"萨特思韦特先生说。

"没错，"蒙克顿承认，"不像查恩利所为。"

"可他是自杀的？"

"他当然是自杀的。我们三四个人站在楼梯顶端，我、奥斯特兰德家的女孩、阿尔吉·达西——哦，还有其他一两个人。查恩利从下面的大厅经过，然后走进橡木厅。奥斯特兰德家的女孩说他脸上带着一种令人毛骨悚然的表情，眼睛盯着前方——但是，当然这是瞎扯，她从我们站的那个地方根本看不到他的脸——他走起路来弯腰驼背的，似乎背负着难以承受的重量。其中一个姑娘大声喊他——她是个家庭教师，我想应该是查恩利夫人出于好心才邀请她的。她正在找查恩利，要给他带个消息。她大声喊道：'查恩利老爷，查恩利夫人想知道——'他并没有在意，而是走进橡木厅，砰地关上门，我们听见钥匙在锁眼里转动的声音。接着，一分钟之后，我们听到了枪声。

"我们冲下楼梯，来到大厅里。橡木厅里有另外一扇门通向带露台的房间。我们试着打开，但也锁上了。最后我们只好破门而入。查恩利躺在地板上——死了——右手边有一把手枪。那么，除了自杀还能是什么？别跟我说是意外。只有另外一种可能——谋杀——可没有凶手就不会有谋杀。我想你们都同意这一点。"

"凶手也许已经逃跑了。"萨特思韦特先生暗示说。

"不可能。如果有几张纸和一支笔,我会给你画出那个地方的平面图。橡木厅有两扇门,一扇通向大厅,另一扇通向带露台的房间。这两扇门都从里面锁上了,而钥匙插在锁孔里。"

"窗户呢?"

"是关着的,百叶窗也放了下来。"

稍许沉默。

"就是这样。"蒙克顿上校得意地说。

"确实看起来是这样。"萨特思韦特先生沮丧地说。

"请注意,"上校说,"虽然我刚才嘲笑了招魂巫师,但我不介意承认那个地方有一种异常古怪的氛围——尤其是那个房间。墙壁的嵌板上有很多弹孔,是曾经发生在这个房间里的决斗导致的。而地板上有一块诡异的污渍,虽然他们换了几次木头,但污渍总是会再现。我想,现在那地板上会有另外一摊血迹——可怜的查恩利的血。"

"流了很多血?"萨特思韦特先生问道。

"很少——少得奇怪——医生这么说。"

"他打了自己哪里,子弹穿过头?"

"不,穿过心脏。"

"这可不容易做到,"布里斯托说,"知道一个人的心脏在哪儿太难了。我绝对打不中自己的心脏。"

萨特思韦特先生摇摇头。他隐约觉得不满意。他原本希望发现什么——但他真的不知道是什么。蒙克顿上校继续说道:

"查恩利是座鬼宅。当然了,我什么也没见到过。"

"你没见过拎着饮水壶哭泣的女人?"

"是啊，我没见过，先生，"上校强调道，"但我猜那房子里的每个仆人都会发誓说他们见过。"

"迷信是中世纪的祸根，"布里斯托说，"今天仍然到处都有它的痕迹，但是谢天谢地，我们在逐渐摆脱。"

"迷信，"萨特思韦特先生若有所思地说道，他的目光又转向了那张空椅子，"有时候，你不觉得——它也许有用？"

布里斯托紧盯着他。

"有用，这是个古怪的词。"

"好啦，现在我希望你被说服了，萨特思韦特。"上校说道。

"哦，有一点，"萨特思韦特先生说道，"表面看似古怪——对一个年轻、富有、幸福，正在庆祝回家的新婚男人而言，毫无意义——稀奇古怪——但我同意我们没有远离事实，"他温和地重复道，"事实。"接着，皱起眉头。

"我想，有趣的是我们没人知道，"蒙克顿说，"这一切背后的故事。当然有谣传——各种各样的谣言。你知道人们会说些什么。"

"但是没人知道真相。"萨特思韦特先生沉思地说。

"这不是畅销侦探小说，对吗？"布里斯托说，"没人能从他的死亡中获得什么。"

"除了那个没出世的孩子。"萨特思韦特先生说道。

蒙克顿忽然轻声笑了笑。"可怜的雨果·查恩利备受打击，"他说，"一旦会有一个孩子的消息传出来，他就有了一份静待事态发展的体面工作：等着看是男还是女。他的债权人们等得也十分心焦。最后是个男孩，这让他们中的很多人十分失望。"

"那个寡妇情绪很低落吗？"布里斯托问道。

"可怜的孩子，"蒙克顿说，"我永远也忘不了她。她没有痛苦或者崩溃或者其他什么。她好像——冷冻住了。正如我所说，没过多久她就封了房子，而就我所知，从那以后那房子再也没开过。"

"所以关于动机我们一无所知，"布里斯托轻轻笑了笑，"有另一个男人或另一个女人，不是前者就是后者，嗯？"

"好像是这样。"萨特思韦特先生说。

"极有可能是另一个女人，"布里斯托继续道，"因为那个美丽的寡妇没有再嫁。我恨女人。"他干巴巴地补充道。

萨特思韦特先生微微一笑，弗兰克·布里斯托立刻反击道：

"你笑吧，"他说，"但我就是这么想的。她们搞砸一切，她们碍事。她们打扰你的工作。她们……我只见过一个女人是……哦，有趣的。"

"我想总会有一个的。"萨特思韦特先生说。

"不是你想的那样。我……我只是偶然遇见了她。其实，是在火车上。毕竟，"他不服气地补充说，"为什么不能在火车上偶遇谁呢？"

"当然，当然。"萨特思韦特先生抚慰道，"在火车上跟在其他地方一样好。"

"火车是从北边开过来的，那节车厢只有我们俩。我不知道为什么，但我们聊起了天。我不知道她的名字，而且我想我再也不会见到她了。我说不清那种感觉。也许这很——遗憾。"他顿了顿，想尽量表达清楚，"要知道，她不是特别真实。朦胧而虚幻。好像来自盖尔人童话里的小山似的。"

萨特思韦特先生温和地点了点头。他的想象力轻而易举就勾勒出了这幅场景。极其自信、务实的布里斯托和一个散发着银光的幽灵般的人影——朦朦胧胧，就像布里斯托说过的那样。

"我想,如果发生了某些可怕的事情,可怕之程度令人无法忍受,一个人才会变成那个样子。那人会逃离现实,躲进自己的世界里,然后,当然了,一段时间之后,就再也回不去了。"

"这是发生在她身上的事吗?"萨特思韦特先生好奇地问道。

"我不知道,"布里斯托说,"她什么也没告诉我,我只是在猜测。要想知道结果,只能猜测。"

"是啊,"萨特思韦特先生缓缓说道,"人必须要猜测。"

门开了,他抬起头看了看,飞快地寻找着,期望着,但管家的话令他失望。

"先生,一位女士有很紧急的事情要见您。阿斯帕西娅·格伦小姐。"

萨特思韦特先生吃惊地站起身。他知道"阿斯帕西娅·格伦"这个名字。在伦敦谁不知道呢?首先被宣传为"戴围巾的女人"。她独自一人出演了系列日间戏,在伦敦风靡一时。借助她的围巾,她能扮演各式各样的角色。那条围巾依次是一名修女的贴头帽,一名工厂工人的围巾,一个农民的头巾以及一百种其他东西。每一种角色的扮演都是对之前彻底的颠覆。作为一名艺术家,萨特思韦特先生对她十分尊敬。巧合的是,他一直没能结识她。在这个不寻常的时刻,她的造访引起了他浓烈的兴趣。对其他人说了几句抱歉的话后,他走出房间,穿过大厅,来到了客厅。

格伦小姐坐在一张铺着织金锦缎软垫的大沙发的中间,泰然自若地控制了房间。萨特思韦特先生立马察觉到她打算控制局势。说来也奇怪,他的第一感觉是排斥。他之前一直是阿斯帕西娅·格伦的艺术的真诚仰慕者,通过舞台前排的脚灯他感觉到,她的性格富有感染力且令人愉快。她是令人充满期待,富有启发性，而非命令式的。但是现在，跟这个女人面对面，让他产生了完全不同的感觉。她带有一种坚定、大胆、压迫性的气质。她个子高高的，黑色的头发，大约三十五岁。无疑她很漂亮，很明显这也是她的资本。

"请您务必原谅我的贸然到访，萨特思韦特先生。"她说，声音洪亮、圆润、魅力十足，"我不想说久仰您的大名，但我很高兴有这样一个借口。至于我今晚的拜访，"她大笑道，"哦，我想要一样东西时简直是迫不及待。我想要一样东西，就要得到它。"

"不论什么借口，把如此迷人的一位女士带到这里来，我都很欢迎。"萨特思韦特先生以一种旧式的殷勤口吻说道。

"您对我真是太好了。"阿斯帕西娅·格伦说。

"亲爱的女士，"萨特思韦特先生说，"请允许我在这里对您表示感谢，还有，谢谢您常常给我带来快乐——在我剧院包厢的座位上。"

她开心地冲他笑了笑。

"我开门见山吧。今天我去了哈彻斯特美术馆，在那儿看到了一幅画，没有它我简直活不下去了。我想买却没买成，因为您已经买了下来，所以——"她顿了顿，"我真的很想要，"她继续说道，"亲爱的萨特思韦特先生，我必须得拥有它。我带了我的支票簿，"她充满期待地看着他，"每个人都跟我说您这人好得不得了。大家总是对我很好，您知道，这样对我来说不好，但事实的确如此。"

这些就是阿斯帕西娅·格伦的手段。对于这些典型的女人把戏和这种被宠坏了的孩子的装腔作势，萨特思韦特先生打心底里排斥、鄙视。他想这本可以打动他的，但是没有。阿斯帕西娅·格伦犯了个错。她把他看成一个上了年纪的业余艺术爱好者，一个漂亮女人就能轻易地让他受宠若惊。但在萨特思韦特先生这种旧式殷勤态度的背后是一颗敏锐、具有批判精神的头脑。他能看透人们的本质，而不是他们想展现给他的东西。他看得清清楚楚，他面前的不是一个富有魅力的女士恳求他给予她一时兴起想要的东西，而是一个无情且自私的女人为了某个他不知道的原因而一意孤行、恣意妄为。而他确定阿斯帕西娅不会得逞的。他不打算放弃那幅《死去的小丑》。他飞快地想到一个最好的办法，既能避免冲突又不会显得无礼。

"我肯定，"他说，"每个人都会尽最大努力顺您的意，而且高兴都来不及。"

"那么您真的打算让我得到那幅画？"

萨特思韦特先生慢慢地遗憾地摇了摇头。

"恐怕不可能。要知道，"他停顿了一下，"我买那幅画是为了一位女士。这是份礼物。"

"哦，但是肯定——"

突然，桌上的电话响了起来。萨特思韦特先生轻声说了句抱歉，然后拿起听筒。传来一个声音，一个微弱、冷冷的声音，听上去十分遥远。

"可否请萨特思韦特先生接电话？"

"我就是萨特思韦特。"

"我是查恩利夫人，阿利克斯·查恩利。我敢说你不记得我了，萨特思韦特先生。我们已经很多年没见面了。"

"亲爱的阿利克斯。我当然记得你。"

"有件事我想问问你。今天我去观看了哈彻斯特美术馆的画展，有一幅画叫'死去的小丑'，也许你认出来了——那是查恩利的带露台的房间。我……我想要那幅画，而你买走了。"她顿了顿,"萨特思韦特先生,出于个人原因,我想要那幅画,您能转卖给我吗?"

萨特思韦特先生心说:"这可真是奇怪了。"他对着话筒说话时,幸亏阿斯帕西娅·格伦只能听见他这一方说的话。"如果您能接受我的礼物,亲爱的夫人,我将非常开心。"他听见身后传来一声尖叫,便赶紧说道,"我是为你而买。真的。但是听着,亲爱的阿利克斯,如果你愿意,我希望你能帮我一个忙。"

"当然可以,萨特思韦特先生。我真是感激不尽。"

他接着说:"我希望你现在来我家,立刻。"

一阵短暂的停顿,接着她平静地回答说:

"我马上就来。"

萨特思韦特先生放下听筒,转向格伦小姐。

她气急败坏地说:

"你们说的是那幅画吗?"

"是的,"萨特思韦特先生说,"我送礼物的那位夫人几分钟之后就会过来这里。"

阿斯帕西娅·格伦突然换上一副笑脸。

"你会不会给我一个说服她把画转给我的机会?"

"我给你这个机会。"

他内心有种莫名的激动。他正处于一出戏的舞台中央,而这出戏正朝预定的方向进行着。他,这个旁观者,扮演了主角。他转向格伦小姐。

"可否跟我去另外一个房间?我想让你见见我的几个朋友。"

他为她打开门,穿过大厅,打开了吸烟室的门。

"格伦小姐,"他说,"请允许我向你介绍我的一位老朋友,蒙克顿上校。布里斯托先生,你非常欣赏的那幅画的作者。"然后,当第三个人从他摆放在自己旁边的那张空椅子上站起来的时候,他大吃一惊。

"我想今晚你应该期待我的到来,"奎因先生说,"你不在的时候,我向你的朋友们做了自我介绍。很高兴我能顺路拜访你。"

"亲爱的朋友,"萨特思韦特先生说,"我——我一直尽力让事情顺利进行,但——"在奎因先生带着些许嘲弄的黑色眼睛的注视下,他打住了话头,"让我来介绍。哈利·奎因先生、阿斯帕西娅·格伦小姐。"

是错觉,还是她的确有些畏缩,她的脸上略过一丝奇怪的表情。忽然,布里斯托喧闹地插了一句:"我明白了!"

"明白什么?"

"明白是什么令我疑惑了。有相似,明显的相似。"他好奇地盯住奎因先生,"你看到没?"他转向萨特思韦特先生,"你没看到他跟我画中的小丑——那个通过窗户往里看的小丑——十分相似?"

这次不是错觉。他清清楚楚地听见格伦小姐突然吸了口气,甚至还看到她往后退了一步。

"我跟你们说过我正在等人。"萨特思韦特先生得意地说道,"我必须得告诉你们,我的朋友奎因先生,是个最为神奇的人物。他能解开谜题,让你们看清事物。"

"你是个灵媒吗,先生?"蒙克顿上校问道,狐疑地看着奎因先生。

后者微微一笑,然后缓缓地摇了摇头。

"萨特思韦特先生过奖了,"他平静地说,"有一两次我跟他在一起,他完成了一些非常精彩的侦探工作。我不知道他为什么把功劳算给了我。我想是他谦虚。"

"不，不，"萨特思韦特先生激动地说，"不是。你让我看到一些事，我本应该看清的事，事实上我已经看到了，但没有意识到。"

"听上去很复杂。"上校说。

"也不是，"奎因先生说，"麻烦的是我们并不满足于看清事物——我们还会对自己看到的事物进行错误的解释。"

阿斯帕西娅转向弗兰克·布里斯托。

"我想知道，"她紧张地说，"是什么让你产生了创作那幅画的想法？"

布里斯托耸了耸肩。"我不知道，"他坦白道，"跟那幢房子有关的某件事——我是说我的想象力扎根于跟查恩利有关的事。空荡荡的大房间，外面的露台，关于幽灵的想法，我想是这类东西。我刚才听到了刚刚死去的查恩利老爷的故事，他开枪自杀了。设想一下，你死了，而你的灵魂还在。你知道，这一定很奇怪。你也许会站在外面的露台上，通过窗外往里看到自己的尸体，还会看到所有这一切。"

"你是什么意思？"阿斯帕西娅·格伦说，"看到一切？"

"哦，你会看到发生过的事。你会看到——"

门开了，管家说查恩利夫人到了。

萨特思韦特先生出去见她。他差不多有十三年没见过她了。他记住的是她曾经的模样，一个热心、热情洋溢的姑娘。而现在他看到的是一位面无表情的女士。非常美丽，却又非常苍白，似乎是在飘着而非在走动，就像被冷风随意吹来的一片雪花。她有种不真实的感觉，如此冰冷，如此遥远。

"你能来真是太好了。"萨特思韦特先生说。

他带着她向前走去。她对格伦小姐稍稍挥了下手致意，而对方毫无反应，于是她停顿了一下。

"很抱歉，"她低声说道，"但我肯定在哪儿见过你，对吗？"

"可能是在舞台上，"萨特思韦特先生说，"这是阿斯帕西娅·格伦小姐。这是查恩利夫人。"

"见到您非常高兴，查恩利夫人。"阿斯帕西娅·格伦说。

她的声音里突然夹杂了一点大西洋彼岸的味道，这让萨特思韦特先生想起了她各种各样的舞台角色。

"蒙克顿上校，你知道的。"萨特思韦特先生继续说着，"这是布里斯托先生。"

他看到她脸上闪过一抹淡淡的红晕。

"布里斯托先生和我也见过面，"她说着，微微一笑，"在火车上。"

"还有哈利·奎因先生。"

他仔细地观察着她，但这次她并没有露出认识的迹象。他为她摆放了一张椅子，然后在自己的椅子上坐好，清了清嗓子，有点紧张地说道："我——这真是一次不同寻常的小聚会，中心就是这幅画。我——如果我们愿意，我们会——拨开迷雾。"

"你该不是要举行一场降神会吧，萨特思韦特？"蒙克顿上校问，"今天晚上你很古怪。"

"不，"萨特思韦特先生说，"不完全是降神会。但我的朋友，奎因先生相信，而我也同意，一个人可以通过回顾过去看清事情的本质，而不是它们的表面。"

"过去？"查恩利夫人问道。

"我说的是你丈夫的自杀，阿利克斯。我知道这会伤害到你——"

"不，"阿利克斯·查恩利说，"这不会伤害到我。现在，没什么能伤害到我。"

萨特思韦特先生想到了弗兰克·布里斯托的话:"她不是特别真实。朦胧而虚幻。好像来自盖尔人童话里的小山似的。"

"朦胧而虚幻。"他这么形容她,这种描述很准确。这是一个影子,其他东西的一种反射。那么,真实的阿利克斯在哪里?他心里迅速回答道:"在过去。我们分开十四年了[①]。"

"亲爱的,"他说,"你吓到我啦。你就像那个拎着银水壶哭泣的女郎。"

哗啦!桌上阿斯帕西娅肘边的咖啡杯掉在地上摔碎了。萨特思韦特先生对她的道歉置之不理。他心想:"越来越近了,每一分钟我们都更近一些——但是接近什么呢?"

"让我们的思绪回到十四年前的那个晚上,"他说,"查恩利老爷自杀了。什么原因呢?没人知道。"

查恩利夫人在椅子里微微一动。

"查恩利夫人知道。"弗兰克·布里斯托突然说道。

"胡扯。"蒙克顿上校说,然后停住了,对查恩利夫人好奇地皱着眉头。

她看着对面的艺术家,好像他引出了她的话头。她缓缓地点了点头,开了口,声音就像一片雪花,冰冷而轻柔。

"是的,你说得很对。所以,只要我活着,就不会回到查恩利。所以,当我的儿子迪克想让我重新开启查恩利,再去那里居住时,我告诉他这是不可能的。"

"你能告诉我们原因吗,查恩利夫人?"奎因先生问。

她看着他,然后,好像被催眠了,她平静而自然地说了起

[①] 前文提到萨特思韦特先生与查恩利夫人十三年未见,此处似与之矛盾,疑为作者笔误。

来,就像个孩子。

"如果你们想听,那我就说。现在看起来一切都不那么重要了。我在他的文件里发现了一封信,然后销毁了。"

"什么信?"奎恩先生问道。

"一个姑娘写的——那个可怜的孩子。她是梅里安姆的保育员。他……他跟她上床了——是啊,当时我们已经订了婚,准备结婚了。而她——她也要生孩子了。她信上是这么写的,还说要告诉我这件事。所以,你们明白的,他开枪自杀了。"

她疲惫、神情恍惚地环顾着他们,就像一个孩子将一篇她非常熟悉的课文又重复了一遍。

蒙克顿上校抽了抽鼻子。

"上帝啊,"他说,"原来如此。这就彻底解释清楚这件事了。"

"是吗?"萨特思韦特先生说,"这仍然无法解释一件事:布里斯托先生为什么要画那幅画?"

"你的意思是?"

萨特思韦特先生看向奎因先生,似乎为了得到鼓励,显然他得到了,于是继续说道:

"是的,我知道,对你们所有人来说,我这话听着有点疯狂,但那幅画是整件事情的焦点。我们今晚都在这里是因为那幅画。那幅画必须被画出来——这就是我的意思。"

"你说的是橡木厅那神秘的影响力?"蒙克顿上校开口道。

"不,"萨特思韦特先生说,"不是橡木厅,是那个带露台的房间。就是这样!死者的灵魂站在窗外朝里看,看到了地板上他自己的尸体。"

"这不可能,"上校说,"因为尸体在橡木厅啊。"

"假设它不在那儿,"萨特思韦特先生说,"假设它就在布里斯托先生看见它的那个地方，想象中看到它的地方。我是说在窗前铺着黑白地砖的地板上。"

"你在胡说，"蒙克顿上校说，"如果尸体在那儿，我们不可能在橡木厅里发现它。"

"是不可能，除非有人把它搬到了那里。"萨特思韦特先生说。

"而如果是这样，我们怎么能看到查恩利走进了橡木厅的门呢？"蒙克顿上校质问说。

"这个嘛，你们没看到他的脸，不是吗？"萨特思韦特先生问，"我的意思是说，我认为你们看到一个穿着化装舞会服的男人走进了橡木厅。"

"锦缎的衣服和一顶假发。"蒙克顿说道。

"不过如此，而你们认为那就是查恩利老爷，因为那个姑娘大声叫他查恩利老爷。"

"还有，因为我们几分钟后破门而入的时候，那里只有死去的查恩利老爷。你不能无视这一点，萨特思韦特。"

"不能，"萨特思韦特先生气馁地说，"不能，除非那里有某个可以藏身的地方。"

"你不是说过，那个房间里有个牧师藏身的洞吗？"弗兰克·布里斯托插了一嘴。

"哦！"萨特思韦特先生大声说道，"假设？"他挥动一只手让大家安静，另一只手搭在前额，接着缓慢而踌躇地开了口：

"我有个想法，也许仅仅就是个想法，但我觉得符合逻辑。假设有人开枪打死了查恩利老爷，在那个带露台的房间里。接着，他，还有另外一个人，把尸体拖到橡木厅，放在地板上，在它右手边放了一支手枪。现在我们继续下一步。查恩利老爷看上去必须且绝对是自杀的。我认为这一点非常容易做到。穿着锦缎衣服、戴着假发的男人经过大厅，来到橡木厅门的旁边，而某人，为了确保万无一失，从楼梯顶部大声喊他查恩利老爷。他走了进去，将两扇门都锁了起来，朝木质嵌板开了一枪。如果你们记得，那个房间里已经有一个弹孔了，再多一个也没人注意。接着他静静地躲在那个秘密的小房间里。门被打开了，人们冲了进来。似乎很肯定，查恩利老爷是自杀的。人们甚至根本不会做任何其他假设。"

"哼，我认为这都是胡扯，"蒙克顿上校说道，"你忘了查恩利有一个完全正当的自杀动机。"

"后来发现的一封信，"萨特思韦特先生说，"一封残忍的充斥着谎言的信，出自一个非常精明、寡廉鲜耻的、妄图某天成为查恩利夫人的小演员之手。"

"你是说？"

"我是说，那个姑娘跟雨果·查恩利暗中勾结，"萨特思韦特先生说，"你知道，蒙克顿，大家都知道，那个男人是个恶棍。他觉得他肯定能继承爵位。"他猛然转向查恩利夫人，"写那封信的那个姑娘叫什么名字？"

"莫妮卡·福特。"

"蒙克顿，从楼梯顶端大声喊着查恩利老爷的是莫妮卡·福特吗？"

"对，现在你这么一说，我认为是她。"

"哦，那不可能。"查恩利夫人说道，"我——关于这件事我去找过她。她告诉我所有的事都是真的。之后我只见过她一次，但她肯定不能一直这么演下去。"

萨特思韦特先生朝阿斯帕西娅看过去。

"我认为她能,"他不动声色地说,"我认为她具备成为一名成功演员的素质。"

"有件事你还没说明白,"弗兰克·布里斯托说,"带露台的房间的地板上会有血。应该有。匆忙中他们不可能清理干净。"

"没错,"萨特思韦特先生承认说,"但有件事他们能做到——一件只需要花费一两秒钟的事——他们可以往血迹上扔一块布哈拉地毯。直到那天晚上,人们才在带露台的房间里见到了那块布哈拉地毯。在此之前,没人见过。"

"我想你是对的,"蒙克顿说,"但是就算这样,那些血迹也得在某个时间被清理干净吧?"

"是的,"萨特思韦特先生说,"在午夜时分。一个女人拿着水壶和水盆,走下楼梯,然后轻而易举地清除血迹。"

"但如果有人看到她呢?"

"没关系的,"萨特思韦特先生说,"我现在说的是事情的真实面目。我说的是一个女人拿着水壶和水盆,但如果我说拎着银水壶哭泣的女郎,那就是事情表面看起来的情况。"他站起身,走到阿斯帕西娅·格伦面前,"就是你干的,不是吗?"他说,"现在他们管你叫'戴头巾的女人',但是在那天晚上,你扮演了你的第一个角色,'拎着银水壶哭泣的女郎'。这就是你刚才碰翻桌上咖啡杯的原因。当你看到那幅场景时,你害怕了。你以为有人知道真相。"

查恩利夫人伸出了她苍白的、指控的双手。

"莫妮卡·福特,"她喘息着,"我认出你了。"

阿斯帕西娅·格伦大叫一声,跳将起来。她一只手猛地把小个子萨特思韦特先生推到一旁,全身颤抖着站在奎因先生面前。

"所以我是对的。的确有人知道!哦,我没被这件蠢事骗倒。

这根本就是装作解决问题的托词。"她指着奎因先生,"当时你在那儿。你在窗户外头朝里看。你看到了我们做的事,我和雨果。我知道有人往里看,我一直这么觉得。可当我抬头看的时候,那里空无一人。我知道某个人正在观察我们。我觉得有一次我瞥见了窗边那张脸。这么多年我被这件事吓坏了。现在你为什么打破沉默?这就是我想知道的。"

"也许是为了让死者安息。"奎因先生说。

突然,阿斯帕西娅·格伦冲向门口,站在那里,扭过头丢下几句挑衅的话。

"随便你们。天晓得有足够的证人听见了我刚才的那番话。我不在乎,我不在乎。我爱雨果,我帮他做了这件毛骨悚然的事,而后来他甩了我。去年,他死了。要是你们乐意,可以让警察追捕我,但就像那个干瘪的小个子说的,我是个非常优秀的演员,他们会发现要找到我是很困难。"她狠狠地在身后关上门,没多久,他们听见前门也被砰地关上了。

"雷吉,"查恩利夫人哭喊道,"雷吉。"泪水顺着她的脸颊流下来,"哦,亲爱的,亲爱的,现在我可以回查恩利了。我可以跟迪克住在那里了。我可以告诉他,他父亲是个什么样的人,他是全世界最善良、最优秀的男人。"

"在这个问题上我们必须非常认真地协商一下,必须做点什么。"蒙克顿上校说,"阿利克斯,亲爱的,如果你愿意让我送你回家,我很乐意就这件事跟你聊一聊。"

查恩利夫人站起身。她走向萨特思韦特先生,双手放在他的肩上,非常温柔地吻了吻他。

"死了这么久又重生真是太棒了,"她说,"过去我就像是死掉了,你知道。谢谢你,亲爱的萨特思韦特先生。"她和蒙克顿上校走出了房间。萨特思韦特先生注视着他们的背影。他已经把布里斯托给忘了，后者咕哝了一声他才猛地转过头。

"她很可爱，但不如从前那么有趣了。"布里斯托忧郁地说。

"这就是艺术家。"萨特思韦特先生说。

"哦，她不是，"布里斯托先生说，"我想如果我突然跑去查恩利只会讨个没趣。我不想去不欢迎我的地方。"

"亲爱的年轻人，"萨特思韦特先生说，"如果你少考虑一些别人对你的印象，我想你会更聪明、更开心的。你最好把你脑子里那些老旧的观念也消除掉，在现代社会中，人的出身背景根本不重要。你是个帅气的年轻人，身材高大匀称，在女人们看来非常有吸引力。况且，就算不那么绝对，你也很可能有天赋。每晚上床之前对自己这么说十次，三个月后再去查恩利拜访查恩利夫人。这就是我对你的忠告，而我可是一个生活经验丰富的老人。"

艺术家的脸上绽放出一抹迷人的微笑。

"您对我真的是太好了。"他突然说道，然后抓住萨特思韦特先生的手，使劲抓握着，"感激不尽。现在我得走了。非常感谢您让我度过了一个最特别的晚上。"

他环顾四周，似乎想跟另外一个人道别，却吃了一惊。

"我说，先生，您的朋友已经走了。我没看到他走。他真是个怪人，不是吗？"

"他来去都很突然，"萨特思韦特先生说，"这是他的一大特点。人们不太容易能看到他来来去去的。"

"像小丑，"弗兰克·布里斯托说，"他是隐形的。"接着，他为自己的玩笑开怀大笑。

折翼之鸟

1

萨特思韦特先生看向窗外。雨一直在下。他哆嗦了一下,思忖道,乡下的房子很少有供暖充足的。想到几个小时后他就要驶向伦敦,便开心起来。人一旦过了六十岁,伦敦真的就是最好的地方了。

他感觉到一点衰老和悲凉。参加家庭聚会的大部分人都这么年轻,其中四个人刚刚去图书室玩桌灵转游戏了。他们邀请他加入,但他拒绝了。他觉得枯燥地数字母以及由此拼出来那些毫无意义的杂乱的字母组合没有任何乐趣可言。

是啊,对他而言,伦敦是最好的地方。半个小时前,玛琪·基利小姐打电话邀请他去莱德尔,他很高兴自己拒绝了。她无疑是个可爱的年轻人,这个自然,但伦敦才是最好的。

萨特思韦特先生又哆嗦了一下,他记起图书室的炉火一般都很暖和。他推开门,小心翼翼地走近暗沉沉的房间里。

"如果我没打扰——"

"N 还是 M?我们得再数一次。不,当然不了,萨特思韦特先生。你知道,最令人兴奋的事不断发生。神灵说她叫艾达·斯皮尔,而约翰几乎马上要跟某个叫格拉蒂丝·邦的人结婚。"

他在壁炉前面的一把大安乐椅里坐了下来,垂下眼皮,打起盹来。他时不时地醒一下,听到一些谈话的片段。

"不可能是 PABZL——除非他是个俄国人。约翰,你在动,我看到了。我相信来了个新神灵。"

又是一阵瞌睡。接着,一个名字让他猛然间清醒了。

"Q-U-I-N,对吗?"

"是的,它又敲了一下,表示'是'。奎因,你有口信要转给这个人吗?是的。给我?给约翰?给莎拉?给伊芙琳?不——但这儿没别人了啊。哦,也许是给萨特思韦特先生的?它说:'是。'萨特思韦特先生,有个消息要给你。"

"它说什么?"

这会儿萨特思韦特先生完全清醒了,他紧张而笔直地坐在椅子里,双眼放光。

桌子震动了一下,其中一个女孩去数数。

"LAI——不可能——说不通。没有单词是以 LAI 开头的。"

"继续。"萨特思韦特先生说,他语气十分强硬,所以她毫无异议地服从了。

"LAIDEL?又一个 L——好像就这些了。"

"继续。"

"请再多告诉我们一些。"

停顿。

"好像再没什么了。桌子已经彻底静止了。真是可笑啊。"

"不,"萨特思韦特先生沉思着说,"我不觉得可笑。"

他站起身,离开了房间,径直走向电话机。没一会儿他就拨通了。

"请找一下基利小姐好吗?是你吗,玛琪,亲爱的?如果可以的话,我想改变主意,接受你好心的邀请。事情并不像我想的那样急迫,需要马上赶回城里。好的,好的,晚饭时间我会准时到达。"

他挂了电话，干巴巴的脸上浮现出一抹奇怪的红晕。

奎因先生，那个神秘的哈利·奎因先生。萨特思韦特先生掰着手指头算着他跟那位神秘人接触过的次数。哪里跟奎因先生有关系，哪里就会出事！已经发生或者将要发生什么——在莱德尔？

不管是什么，萨特思韦特先生又有的忙活了。在某种意义上，他将会扮演一个积极的角色。他确信这一点。

莱德尔是一幢非常大的房子。它的主人大卫·基利是个性格温和安静的人，似乎只是件会活动的家具而已。这种人的不显眼跟脑力无关——大卫·基利是一名了不起的数学家，写过一本百分之九十九的人都完全看不懂的书。但跟许多才华横溢的人一样，他无法展示出任何生理上的活力和魅力。大卫·基利是个真正的"隐形人"已经成了一个由来已久的笑话。男仆们拿着蔬菜从他身边走过，客人们不记得跟他打过招呼或说过再见。

他的女儿玛琪则迥然不同。她是个正派的好女孩，充满活力和生命力，健康、异常美丽。

萨特思韦特先生到达时就是她接待的。

"太好了，您总算过来了。"

"很高兴你同意我改变主意。玛琪，亲爱的，你气色很好啊。"

"哦，我一直如此。"

"是啊，我知道，但不仅如此。你看上去——哦，我脑海中想到的词是容光焕发。亲爱的，是不是发生了什么事？任何事——呃，特别的？"

她大笑起来，有点脸红。

"真糟糕，萨特思韦特先生，您总是猜对。"

他拉起她的手。

"那就是了,对吧?如意郎君出现了?"

这是一种旧式的词语,但玛琪并没有反驳。她很喜欢萨特思韦特先生那种传统的方式。

"我想是吧——是的。但不需要太多人知道。这是个秘密。但我真的不介意您知道,萨特思韦特先生。您一向都这么和善且富有同情心。"

萨特思韦特先生很喜欢听别人讲罗曼史,他是个多愁善感的、维多利亚式的人。

"我必须得问问那个幸运的男人是谁。嗯嗯,那么我所能说的就是希望他配得上你赋予他的那份荣幸。"

老萨特思韦特先生真是可爱,玛琪心里想道。

"哦,我想我们会相处得很好的。"她说,"您瞧,我们喜欢做同样的事,而这一点非常重要,不是吗?我们真的有很多共同点——彼此完全了解,诸如此类。很长时间以来一直是这样。这给我一种非常棒的安全感,不是吗?"

"毫无疑问,"萨特思韦特先生说,"但是根据我的经验,一个人不可能真正了解另一个人的一切。这就是生活的趣味和迷人之处。"

"哦,我愿意冒险一试。"玛琪大声笑着说。接着,他们上楼更衣,准备吃饭。

萨特思韦特先生迟到了。他没有带贴身男仆,而让陌生人为他打开箱子取出东西总是让他有点慌乱。下来之后他发现所有人都到了,玛琪以一种时髦的姿态只说了一句话:

"哦,这位是萨特思韦特先生,我饿了,我们进去吧。"

她跟一位头发灰白的高个子女人一起引路。那个女人声音清晰而尖锐,脸部轮廓鲜明,十分漂亮。

"你好，萨特思韦特先生。"基利先生说。

萨特思韦特先生吓了一跳。

"你好。"他说，"恐怕我刚才没看到您。"

"没人能看见。"基利先生悲伤地说。

他们走了进去。椭圆形的红木桌矮矮的。萨特思韦特先生被安排在年轻的女主人和一个矮个儿黑发姑娘中间。那姑娘是个精力极为充沛的女孩，大嗓门，她那响亮而坚定的大笑所表达的与其说是真正的欢愉，不如说是不惜一切代价也要快乐的决心。她好像是叫多萝西，是萨特思韦特先生最不喜欢的那类年轻女性。她身上完全没有任何艺术细胞。

玛琪的另一边是一个三十岁上下的男人，他跟灰白头发女人的相似长相说明两人是母子。

在他旁边——

萨特思韦特先生屏住了呼吸。

他并不知道那究竟是什么。那不是美丽，而是其他什么东西——比美丽还要难以捉摸、难以形容。

有位女郎正在听基利先生那沉闷乏味的餐桌谈话，微微偏着脑袋。萨特思韦特先生觉得她似乎在那儿，然而又不在那儿！不知道为什么，她远不如围坐在椭圆桌旁边的其他人真实，在她倾斜的一侧身体中有某种东西是美丽的——不只是美丽。她抬头看了看，刹那间正好迎上桌子对面的萨特思韦特先生的目光。他想要的那个词立刻从他脑海中蹦了出来。

令人迷醉——就是它了！她有种吸引人的气质。她也许是那种半人类——隐居在深山里的精灵。她令其他每个人都显得过于真实了些……

但与此同时，她莫名地让他产生了恻隐之心。似乎半人类这种特质让她变得残缺不全。他努力地思索着，终于找到了一个短语。

"一只折翼的鸟儿。"萨特思韦特先生说。

他的思绪满意地回到了女童子军的话题上，希望那个叫多萝西的姑娘没注意到他的走神。当她转向她另一边的那个男人的时候——萨特思韦特先生几乎没注意到这人——萨特思韦特先生趁机转向了玛琪。

"坐在你父亲旁边的那位女士是谁？"

"格雷汉姆太太？哦不，你是说玛贝尔。你不认识她？玛贝尔·安斯利。她是克莱德斯利——那个不幸的克莱德斯利家族——的一员。"

他吃了一惊。那个命运多舛的克莱德斯利家族。他记起来了。一个兄弟开枪自杀了，一个姐妹溺水而死，另一个死于一场地震。一个诡异的厄运连连的家族。这个姑娘一定是年纪最小的一个。

他的思绪突然回到现实中。玛琪的手碰了碰他桌子下面的手。其他人正在聊天，她的脑袋微微向左点了点。

"就是他。"她答非所问地嘀咕道。

萨特思韦特先生迅速点点头表示会意。所以，这位年轻的格雷汉姆就是玛琪选定的那个人了。嗯，从外表来看，她的眼光确实好得不能再好了——萨特思韦特先生是个敏锐的观察者。他是个举止文雅、讨人喜欢、非常实际的年轻人。他们是很相配的一对儿——两人都很严肃——健康友善的年轻人。

莱德尔庄园遵循的都是旧式的规矩传统。女士们先离开餐厅。萨特思韦特先生走向格雷汉姆并跟他交谈起来。他对这个年轻人的评价得到了印证，然而他总觉得对方有些不对劲。罗杰·格雷汉姆心不在焉，他的思绪似乎跑得很远，他把玻璃杯放回桌上时，手在颤抖。

"他有心事，"萨特思韦特先生敏感地想道，"我敢说，事情没他想的那么重要。但是，我想知道是什么事。"

饭后，萨特思韦特先生习惯吞两粒消化药。刚才忘了带下来，所以他到楼上的房间去取。

在下楼去客厅的路上，他沿着一楼那条长廊向前走着。半途路过一个带露台的房间。萨特思韦特先生朝开着的侧门里瞧了一眼，突然就停住了。

月光如水，泄入房间。格子状的玻璃窗让房间产生了一种奇怪的律动。一个人影坐在低窗台上，略略侧着身子，温柔地拨动着一把尤克里里琴的琴弦——不是爵士乐的节奏，而一种很古老的旋律——神马在神山上奔跑，发出有节奏的马蹄声。

萨特思韦特先生站在那里，陶醉其中。她穿着一件深蓝色雪纺衫，带有打褶的饰边，让这衣服看上去好像一只鸟的羽毛。她俯身弹奏着那件乐器，低声吟唱，音调感伤。

他缓缓地、一步一步地走进房间，走近她，这时，她抬起头，看见了他。他注意到，她并没有吃惊，或者觉得奇怪。

"希望没有打扰到你。"他开口道。

"请——坐。"

他在她身边一张抛光橡木椅上坐了下来。她温柔地轻声哼着小曲。

"今晚充满了魔力，"她说，"您不觉得吗？"

"没错，四周充满魔力。"

"他们想要我来拿我的尤克里里，"她解释说，"经过这里的时候，我想独自待在这儿，待在黑暗和月光中，非常美妙。"

"那我——"萨特思韦特先生正想站起身,但她阻止了他。

"别走。你——不知为什么,你适合在这儿。很奇怪,但你确实适合在这儿。"

他又坐了下来。

"今晚是个奇怪的夜晚,"她说,"傍晚的时候我在外面的树林里遇到一个男人——非常奇怪的人——高高的,黑黑的,像个迷路的幽灵。夕阳西下,阳光透过树林投影斑驳,这让他看上去像个小丑。"

"啊!"萨特思韦特先生向前探了探身,他来了兴致。

"我想跟他说话——他——他看上去非常像我认识的一个人,但我跟他在树林里走散了。"

"我想我认识他。"萨特思韦特先生说。

"是吗?他很……有趣,不是吗?"

"没错,他很有趣。"

稍许停了停。萨特思韦特先生很困惑。他觉得应该去做某件事,可他不知道是什么事。但无疑——毫无疑问,此事跟这个姑娘有关。他笨拙地说道:

"有时候……当一个人不开心的时候……就是想逃离——"

"是的,是这样。"她突然打住了,"哦,我明白你的意思了。但你错了。只是情况正好反过来。我想独自一人是因为我快乐。"

"快乐?"

"极为快乐。"

她说得非常平静,但萨特思韦特先生有种突如其来的震撼感。这个奇怪的姑娘口中的快乐跟玛琪·基利所说的快乐含义不同。对玛贝尔·安斯利而言,快乐意味着某种强烈而真切的陶醉……某种不仅仅是人类的,而是超越了人类的东西。他有点退缩。

"我——我不知道。"他笨拙地说。

"您当然不知道。而这不是事实,我现在还不快乐,但很快会快乐的。"她俯身向前,"你知不知道站在树林中是什么感觉——一大片树林,阴影重重,树木茂盛地包围着你——一片也许你永远都走不出去的树林——然后,突然之间,就在你面前,你看到了你的梦想王国,闪闪发光,美丽无比,你只需要走出树林和黑暗,就会找到它……"

"许多东西看起来都很美好,"萨特思韦特先生说,"在我们得到它们之前。世界上最丑陋的一些东西看起来却最美……"

地板上传来脚步声,萨特思韦特先生转过头。一个金发男子表情愚蠢、木讷地站在那里。萨特思韦特先生在餐桌上几乎没注意到这个人。

"他们在等你,玛贝尔。"他说。

她站起身,刚才的表情从她脸上褪去,她的声音单调而平静。

"我这就去,杰拉德。"她说,"我刚才一直在跟萨特思韦特先生谈话。"

她走出房间,萨特思韦特先生跟在后面。他走出去的时候转过头看到了她丈夫的表情,一种饥渴、绝望的表情。

"令人迷醉,"萨特思韦特先生想着,"他完全感觉到了这一点。可怜的家伙——可怜的家伙。"

客厅很明亮。玛琪和多萝西·科尔斯正大吵大嚷地表示不满。

"玛贝尔,你这可恶的小东西——去了这么久。"

她坐在一张矮凳上,调整了一下尤克里里,唱了起来。他们都唱了起来。

"可能吗,"萨特思韦特先生心想,"跟女孩子有关的主题可以写出这么多愚蠢至极的歌曲。"

但他不得不承认这种切分音节奏的哀婉曲调令人心潮澎湃。当然了，它们比旧式的华尔兹差远了。

气氛变得很热烈。切分音节奏的曲子仍在继续。

"没有交谈，"萨特思韦特先生心想，"没有优美的音乐。没有安宁。"他希望世界并未变得这么喧闹。

突然，玛贝尔·安斯利停了下来，远远地朝他微笑了一下，唱起了格里格①的一首歌。

> 我的天鹅，我美丽的天鹅……

这是萨特思韦特先生非常喜爱的一首歌。他喜欢结尾那天真而惊讶的曲调。

> 难道只是一只天鹅吗？一只天鹅吗？

之后，聚会结束了。玛琪端出饮料，她父亲拿起被丢在一边的尤克里里，心不在焉地拨弄着。大家互道晚安，陆陆续续走向门口。众人立刻交谈起来。杰拉德·安斯利悄无声息地溜走了，离开了大伙。

在客厅外面，萨特思韦特先生向格雷汉姆太太礼貌地道了晚安。有两个楼梯，一个就在眼前，另一个在长廊的尽头。第二个楼梯通向萨特思韦特先生的房间。格雷汉姆太太和她的儿子经过了最近的楼梯，而安静的杰拉德·安斯利已经超过了他们。

"你最好拿上你的尤克里里，玛贝尔，"玛琪说，"如果你不

---

① 爱德华·格里格（Edvard Grieg, 1843—1907），挪威音乐之父。

拿，早上你会忘记的。你一大早就得出发。"

"走吧，萨特思韦特先生，"多萝西·科尔斯一边说着一边粗鲁地抓住他一只胳膊，"早点睡觉。"

玛琪挽住他的另一只胳膊，三个人在多萝西的隆隆笑声中走过走廊。在尽头，他们停下来等大卫·基利，后者迈着极为稳重的步伐，边走边关掉电灯。四个人一起走上楼。

2

第二天早上，萨特思韦特先生正要下楼去餐厅吃早饭，这时，有人轻轻扣了扣门，玛琪·基利走了进来。她脸色惨白，全身发抖。

"哦，萨特思韦特先生。"

"亲爱的孩子，发生了什么事？"他握住她的手。

"玛贝尔——玛贝尔·安斯利……"

"怎么了？"

出什么事了？什么？可怕的事——他知道。玛琪几乎说不出话来。

"她——昨晚她上吊自杀了……在她的门后。哦！太恐怖了。"她随即失控地抽泣起来。

上吊自杀。不可能。匪夷所思！

他对玛琪说了两句老套的安慰话，便匆匆下了楼。他看到大卫·基利一脸茫然失措、无能为力的表情。

"我已经给警察打电话了，萨特思韦特先生。显然只能这么做。医生也是这么说的。他刚刚检查完……那个……那个，天哪，真是一件残忍的事。她肯定是万分难过，才会那么做……昨晚那首古怪的歌。天鹅之歌①，嗯？她看上去很像一只天鹅——一只黑天鹅。"

"是啊。"

"天鹅之歌。"基利重复道，"表明她心里就是这么想的，嗯？"

"看起来确实如此——是的，看起来就是这样。"

他迟疑起来，然后问他是否可以看一下——如果，那是……主人明白了他结结巴巴的请求。

"如果你希望的话——我忘了你对人间悲剧有种特别的偏好。"

他带头走上宽敞的楼梯间。萨特思韦特先生跟在后面。楼梯最前面的房间里住的是罗杰·格雷汉姆，在过道另一边、他的对面是他母亲的房间。后者的门半开着，里面飘来一缕轻烟。

有那么一瞬间，萨特思韦特先生感到一阵惊讶。他没看出格雷汉姆太太是个一大早就吸烟的女人。事实上，他以为她根本就不吸烟。

他们沿着走廊来到尽头的倒数第二扇门。大卫·基利走进房间，萨特思韦特先生紧随其后。

这个房间不是特别大，有迹象表明这是个男人的房间。墙上的一扇门通往第二个房间。一小截断了的绳子仍在门上的高挂钩上晃来晃去。在床上……

萨特思韦特先生站了一会儿，低头看着那揉成一团的雪纺衫。他注意到打褶饰边就像一只鸟的羽毛。她的脸，他只扫了一眼就再也没看。

他的目光从挂着绳子的门移向他们进来的那扇门。

"它昨晚是开着的吗？"

---

① 原文为 Swan song，有绝唱之意。

"是的。至少女仆是这么说的。"

"安斯利先生睡在这里吗?他听见什么没有?"

"他说——什么也没听见。"

"简直不可思议。"萨特思韦特先生咕哝道。他回头看了看床上的情况。

"他在哪里?"

"安斯利吗?他跟医生在楼下。"

他们下楼之后发现一名警督已经到了。萨特思韦特先生惊喜交加地认出这是一位旧交,温菲尔德警督。警督和医生一起上了楼,几分钟之后传下来一个要求:家庭聚会的所有人员到客厅集合。

百叶窗拉了下来,整个房间就像个举办丧礼的场所。多萝西·科尔斯看上去受到了惊吓,闷闷不乐的,时不时地用手帕擦擦眼睛。玛琪坚定而警觉,此时已经完全控制住了情绪。格雷汉姆太太很震惊,脸色是一贯的严肃而冷漠。这场悲剧对她儿子产生的影响似乎比其他人的都强烈。今天上午他看上去像是精神遭受了沉重的打击。大卫·基利像平时那样退到角落里。

丧妻的丈夫独自一人坐着,跟其他人保持了一点距离。他的脸上带着一种古怪而茫然的表情,好像几乎没有意识到发生了什么。

萨特思韦特先生表面镇定,内心却因为即将要承担的重大责任而沸腾。

温菲尔德警督身后跟着莫里斯医生,两人走了进来,关上门。温菲尔德警督清了清嗓子,说了起来:

"这是一件极为悲痛的事情——非常不幸。在这种情况下,我有必要问每一个人几个问题。想必你们不会反对。我先从安斯利先生开始。请原谅我这么问,先生,但您的妻子是否曾扬言要自杀?"

萨特思韦特先生忍不住张开嘴巴,接着又闭上了。有足够的时间,最好不要这么早开口。

"我……不,我不这么认为。"

他的声音很是犹豫,非常特别,以至于大家都偷偷瞥了他一眼。

"您不确定,先生?"

"不,我很确定。她没有。"

"啊!您知道她不快乐吗?"

"不。我——不,我不知道。"

"她什么都没跟您说,例如,觉得很郁闷?"

"我……不,她什么都没说过。"

不管警督怎么问,他都说什么也不知道。于是,警督继续问下一个重点问题。

"你可否简要为我描述一下昨晚的事?"

"我们——全都上楼睡觉了。很快我就睡着了,什么都没听见。今天早上女仆的尖叫声吵醒了我。我冲进隔壁房间,发现我妻子……发现她……"

他声音都变了。警督点点头。

"好了,好了,足够了。我们不需要再进一步谈下去了。昨晚你最后一次见到你妻子是什么时候?"

"我……在楼下。"

"在楼下?"

"是的。我们所有人一起离开了客厅。我直接上楼了,其他人在大厅聊天。"

"而你没再见到你妻子?她上来睡觉的时候没跟你说晚安吗?"

"她回来的时候我已经睡着了。"

"但她只比你晚上去几分钟,是这样吗,先生?"他看了看大卫·基利,后者点点头。

"半个小时以后她还没上来。"

安斯利固执地说道。

警督的目光轻轻转向格雷汉姆太太。

"她没待在您的房间里聊天吗,夫人?"

不知道是萨特思韦特先生的幻觉,还是格雷汉姆太太的确在以一贯的平静果断语气中出现了短暂的停顿:

"是,我直接进了我的房间并关了门。我什么都没听见。"

"而你说,先生,"警督将注意力转回安斯利身上,"你睡着了,什么也没听见。和你房间联通的那扇门是开着的,不是吗?"

"我……我想是的。但我的妻子可以从走廊里的另一扇门进入她的房间。"

"就算是这样,先生,也会发出某些动静——沙沙的噪音,鞋跟走在地板上的撞击声。"

"没有。"

说话的是萨特思韦特先生,他抑制不住地脱口而出。大家都吃惊地看向他。他紧张起来,结结巴巴的,脸也有点红。

"抱歉,警督,但我必须要说。您的方向错了,全都错了。安斯利太太不是自杀,对此我非常确定。她是被谋杀的。"

一片死寂,然后,温菲尔德警督平静地说:

"您这么说有什么依据吗,先生?"

"我——有种感觉,非常强烈的感觉。"

"但是我认为，先生，肯定不只是这样。一定还有某种特别的原因。"

这个嘛，当然有特别的原因。有种奎因先生传达的神秘信息，但你不能跟一名警督说这种话。萨特思韦特先生拼命寻找，但一无所获。

"昨晚我们一起交谈的时候，她说她非常快乐。非常快乐——这不像一个打算自杀的女人说的话。"

他得意起来，又补充道：

"她返回客厅去取她的尤克里里，这样第二天早上她就不会忘记带走了。这也不像是要自杀。"

"对，"警督表示赞同，"没错，也许不是。"他转向大卫·基利，"她拿着尤克里里上楼了吗？"

数学家努力回忆着。

"我认为——是的，她拿了。她手里拿着它上楼了。我记得在我关掉这里的灯之前，她转过楼梯间拐角的时候我看到了那把尤克里里。"

"哦！"玛琪大声说道，"但是现在它在这儿！"

她指着桌上摆放尤克里里的地方。

"真是奇怪。"警督说道。他飞快走过去，摇了下铃。

他简短地吩咐男管家把早上负责打扫房间的女仆找过来。她来了，回答得非常确定：她早上打扫房间时看见的第一件东西就是尤克里里。

温菲尔德打发走女仆，简略地说道：

"我想跟萨特思韦特先生单独谈谈。其他人可以走了，但不准离开这幢房子。"

其他人一走，门一关，萨特思韦特先生就叽叽喳喳地说了起来。

"我……我确定,警督,你已经出色地掌控了这件案子。非常棒。我只是觉得……正如我所说,有种非常强烈的感觉——"

警督举起一只手,示意他不用再说了。

"你说得很对,萨特思韦特先生,那位女士是被谋杀的。"

"你知道?"萨特思韦特先生有些懊丧。

"莫里斯医生对某些情况感到困惑。"他看了看留下来的医生,医生点点头表示同意,"我们做了一番彻底的检查。套在她脖子上的绳子不是勒死她的那根——勒死她的要更细一些,更像是金属丝一类的东西。它刚好嵌入皮肤,绳子产生的痕迹叠加在上面。她先被勒死,接着被吊在门上,使其看上去像自杀。"

"但谁——?"

"是啊,"警督说,"谁?这是个问题。那个睡在隔壁,从不跟他妻子说晚安、什么都没听见的丈夫怎么样?我得说我们快接近真相了。我们必须搞清楚他们之间的关系,这对你我都有所帮助,萨特思韦特先生。你知道这里的内情,你可以用我们力不能及的方式掌握这些情况。你能发现两者之间的关系。"

"我不太愿意——"萨特思韦特先生不自然地开了口。

"你已经不是第一次帮我们侦破谋杀案了,我记得斯特兰奇维斯太太的案子。你在这种事上很有天赋,先生。纯粹的天赋。"

没错,事实如此——他有天赋。他平静地说道:

"我会尽力的,警督。"

杰拉德·安斯利杀了他的妻子?是他吗?萨特思韦特先生回忆起那晚他痛苦的表情。他爱她,并且在承受痛苦。承受痛苦会驱使一个男人做些怪事。

但还有别的隐情——某种其他因素。玛贝尔曾经用走出树林来形容自己——她正期待着快乐——不是一种安宁、理性的快乐——而是非理性的——一种狂喜。

如果杰拉德·安斯利说的是事实，就是说玛贝尔至少比他晚半个小时回到房间。然而大卫·基利看到她上了楼。在那一侧还有两个房间住人，一个是格雷汉姆太太的房间，另一个是她儿子的。

她儿子的房间。但他和玛琪……

玛琪肯定应该猜到……但玛琪不是那种会猜测的人。尽管如此，无风不起浪，无烟不成火——烟！

啊！他想起来了。一缕轻烟从格雷汉姆太太卧室的门口飘了出来。

他立即行动起来，径直上楼走进她的房间。里面没人。他关上门，上了锁。

他走向壁炉。一大堆烧焦的碎纸片。他极为小心地用手指耙平他们。他运气很好，正中间是一些没被烧掉的碎片——一封信的碎片……

很不连贯的只言片语，但告诉了他一些有价值的消息。

"生活可以很美好，亲爱的罗杰。我以前从来不知道……

"我的整个生命都是一场梦，直到遇见你，罗杰……

"我想，杰拉德直到……我很抱歉，但我能做什么？除了你，其他一切对我而言都不真实，罗杰……我们很快就会在一起了……

"在莱德尔你要告诉我什么？你写得很奇怪……但我不怕……"

萨特思韦特先生很小心仔细地把这些碎纸片放进书桌上的一个信封里。他走到门口，开锁，打开门，正好跟格雷汉姆太太碰个正着。

这是一个尴尬的时刻,萨特思韦特先生一时之间感到很难堪。也许他做了最应该做的事,就是简单直接地打破这个局面。

"我刚才在搜查你的房间,格雷汉姆太太。我发现了一些东西——一小扎没有被完全烧毁的信。"

她脸上掠过一阵惊慌,转瞬即逝,但的确有过。

"安斯利太太写给你儿子的信。"

她迟疑片刻,然后平静地说道:"没错。我本以为会烧得更彻底些。"

"为什么?"

"我儿子订婚了,快要结婚了,这些信——如果那个可怜的女孩的自杀让这些信公之于众——可能会带来更多痛苦和麻烦。"

"你儿子可以自己来烧他的这些信。"

她不知怎么回答。萨特思韦特先生乘胜追击。

"你在他的房间里发现了这些信,然后拿到你的房间里全都烧掉了。为什么?你害怕了,格雷汉姆太太。"

"我没有害怕的习惯,萨特思韦特先生。"

"但是,情况紧急。"

"紧急?"

"你儿子也许会处于被捕的危险之中——因为谋杀。"

"谋杀!"

他看到她脸色发白,便飞快地继续说道:

"昨晚你听见安斯利太太走进你儿子的房间。他说过他已经订婚了吗?没有,我能看出来他没有。然后,他告诉了她。他们吵了起来,而他——"

"撒谎!"

"他们吵得很专注,所以没有听见越来越近的脚步声。罗杰·格雷汉姆悄然无声地站在他们身后。

"没事的,妈妈,别——担心。请来我的房间,萨特思韦特先生。"

萨特思韦特先生跟着他走进他的房间。格雷汉姆太太转身走开,并没打算跟着他们。罗杰·格雷汉姆关上门。

"听我说,萨特思韦特先生,你认为我杀了玛贝尔。你认为我勒死了她——在这儿,然后把她拖走,吊在门上——当所有人都入睡之后?"

萨特思韦特先生盯着他,然后出乎意料地说道:

"不,我不这么认为。"

"谢天谢地。我不可能杀死玛贝尔。我——我爱她。也许不爱。我不知道。一团乱,我解释不清。我喜欢玛琪——一直喜欢。她是个好女孩。我们很般配。但玛贝尔不一样。那是……我无法解释……令人迷醉。我想我是……害怕她。"

萨特思韦特先生点点头。

"那是一种疯狂——一种令人混乱困惑的着迷……但那是不可能的,不会有结果的。那一类东西——不长久。现在我明白被施了魔法意味着什么了。"

"是的,肯定是那样的。"萨特思韦特先生沉思着说。

"我——我想完全摆脱它。昨晚我本来要告诉玛贝尔的。"

"但是你没有?"

"对,我没有。"格雷汉姆缓缓说道,"我发誓,萨特思韦特先生,我在楼下说了晚安之后就没再见过她。"

"我相信你。"萨特思韦特先生说。

他站起身。杀死玛贝尔·安斯利的人不是罗杰·格雷汉姆。他可能会逃离她,但不可能杀死她。他害怕她,害怕她身上那种疯狂的、无形的、童话般的性质。他知道迷醉这种东西，并拒绝了。他去寻求他知道的有用的安全、理性的东西，放弃了那个不知会把他带往何处的难以捉摸的梦。

他是个理性的年轻人，这种人对萨特思韦特先生这位生活的艺术家和鉴赏家而言是无趣乏味的。

他留罗杰·格雷汉姆独自待在房间里，自己下了楼。客厅里没人，玛贝尔的尤克里里放在窗边一张凳子上。他拿起来，漫不经心地拨弄几下。他不了解这种乐器，但他的耳朵告诉他跑调跑得离谱。他试着调了调音。

多萝西·科尔斯走进房间，责备地看着他。

"可怜的玛贝尔的尤克里里。"她说。

她那明显的谴责让萨特思韦特先生感到不服气。

"帮我调音，"他补充道，"如果你会的话。"

"我当然会。"多萝西说。萨特思韦特先生暗示她无能的话深深伤害了她。

她从他手里拿过尤克里里，拨了拨琴弦，敏捷地调了调，但琴弦啪的一下断了。

"哦，我从来没遇见这种情况。哦，我明白了——可是简直不可思议！这根弦有问题——太大了。这是根 A 弦。把它接上来可真是傻透了。一调音当然会断掉了。这是谁干的，可真蠢啊！"

"没错，"萨特思韦特先生说，"他们——即便当他们努力变聪明的时候……"

他的声调非常古怪，她不由得瞪着他。他从她手里拿过尤克里里，卸掉那根折断的琴弦。他将它握在手里，走出房间。在书房他找到了大卫·基利。

"这个。"他说。

他拿出琴弦。基利接了过去。

"这是什么？"

"一根断掉的尤克里里的弦。"他停顿片刻，接着又说，"另外一根你是怎么处理的？"

"另外一根？"

"你用来勒死她的那一根。你很聪明，不是吗？动作很快，就在我们大家在大厅有说有笑的时候？

"玛贝尔返回这个房间取她的尤克里里。就在那之前，你拨弄琴的时候，取下了那根弦。你用它套住了她的喉咙并勒死了她。接着，你走出来，来到我们中间。再往后，在夜深人静的时候，你下来把尸体挂在她房间的门上。然后把另外一根弦装在尤克里里上——但是这根弦很不合适，这就是你的愚蠢之处。"

一阵停顿。

"可你为什么要这么做？"萨特思韦特先生说，"看在上帝的分上，为什么啊？"

基利先生大笑起来，那怪异短促的咯咯的笑声让萨特思韦特先生觉得极为恶心。

"非常简单，"他说，"没什么原因！还有，从来没人注意到我。没人注意我在做什么。我想——我想我使那些嘲笑我的人反过来受到我的嘲笑。"

他再次发出那种狡猾、短促的咯咯笑声，疯狂的双眼看着萨特思韦特先生。

萨特思韦特先生很高兴就在这时温菲尔德警督走进了房间。

3

二十四小时之后,在去伦敦的路上,萨特思韦特先生从瞌睡中醒来,发现一个黝黑的高个子男人和他在车厢里面对面坐着。他并不太惊讶。

"亲爱的奎因先生!"

"是的——我在这儿。"

萨特思韦特先生慢吞吞地说:"我很难面对你。我很羞愧——我失败了。"

"对此你很确定?"

"我没能救下她。"

"但是你发现了真相?"

"是的,是这样。那些年轻人中原本会有人受到控告——甚至被判有罪。所以,不管怎样,我救了一个人的性命。但,她——她——那个奇怪的让人迷醉的人……"他哽咽了。

奎因先生看着他。

"死亡是发生在任何人身上最可怕的不幸吗?"

"我——这个——也许——不……"

萨特思韦特先生记起来了……玛琪和罗杰·格雷汉姆……月光下玛贝尔的脸——那宁静的神秘的快乐……

"不,"他承认道,"也许死亡不是最大的不幸。"

他记起了她那件打褶的蓝色雪纺衫,在他看来就像一只鸟儿的羽毛……一只折翼的鸟儿……

当他抬头看的时候,他发现只剩下自己一个人了。奎因先生已经不在那儿了。

但他落下了一样东西。

座位上有一只用暗蓝色石头粗略雕刻而成的鸟,也许没什么艺术价值,但它别有一番深义。

它有种朦胧的令人陶醉的意蕴。

萨特思韦特先生如此认为——而萨特思韦特先生是个鉴赏家。

世界的尽头

萨特思韦特先生来到科西嘉岛是因为公爵夫人。这超出了他熟悉的领域。在里维埃拉，他的舒适生活能得到保证，对萨特思韦特先生而言，舒适很重要。然而，尽管他喜欢舒适，他也喜欢公爵夫人。以他的方式，一种无伤大雅的、颇具绅士风度的、老式的方式，他是个自命高雅的人。他喜欢上流社会人士。利思公爵夫人是一位真真正正的公爵夫人。她的祖先里没有芝加哥的杀猪屠夫。她是一位公爵的妻子，也是一位公爵的女儿。

除此之外，她是一位不修边幅的老妇人，喜欢在衣服上挂很多黑色的珠子饰品，在老式的盒子里放置大量的钻石，像她母亲那样佩戴它们：随意地别在全身。有人曾经暗示过，公爵夫人站在房间中央，她的女仆将胸针随手乱扔。她对慈善机构慷慨解囊，妥善照顾租户和抚养人，但对小钱极为吝啬。她蹭朋友们的车，在廉价商品部购物。

公爵夫人来科西嘉是一时兴起。她厌倦了戛纳，还跟饭店老板因为房间价格问题而激烈地争吵了一番。

"你应该跟我一起去，萨特思韦特，"她坚定地说，"到了我们这样的年纪，不需要担心流言蜚语。"

萨特思韦特先生被巧妙地恭维了。之前从来没有人把他跟流言蜚语联系在一起过。他太微不足道了。流言蜚语——跟一位公爵夫人——有趣！

"你知道,景色优美,"公爵夫人说道,"还有强盗之类的。而且便宜极了,我是这么听说的。今天早上,曼纽尔极其无礼,应该挫一挫这些酒店业主的锐气。如果这样下去,他们别想让上流社会的人去他们那里。我就是这么坦白地跟他说的。"

"我相信,"萨特思韦特先生说,"人们可以舒舒服服地坐飞机过去,从昂蒂布①。"

"他们也许会收你一大笔钱。"公爵夫人尖锐地说,"你查查?"

"当然了,公爵夫人。"

萨特思韦特先生仍然沉浸在一阵喜悦之中,虽然他的角色只是个高级随从。

得知从阿维翁起飞的这段航线的价格后,公爵夫人立即拒绝了。

"他们别以为我会傻乎乎地花上一大笔钱去乘坐那种讨人厌的危险玩意儿。"

所以他们是坐船去的,萨特思韦特先生忍受了十个小时的严重不适。一开始,在七点钟船起航的时候,他理所当然地认为船上有午餐,然而并没有。船小,但浪头猛。萨特思韦特先生大清早在阿雅克肖②下船的时候精疲力竭。

相反,公爵夫人则神采奕奕。如果她觉得自己是在节省钱财,那绝不会介意不舒适。她热情洋溢地观看着码头上的风景,棕榈树、东升的旭日。似乎所有人都拥出来看这条船入港,在人们兴奋的喊叫声中下船的通道开始搭建起来。

站在他们身边的一个魁梧的法国人说:"他们说,他们从未

---

① 法国东南部海港。
② 法国南科西嘉省首府。

受过这种折腾!"

"我的女仆吐了一整夜。"公爵夫人说,"那姑娘是个十足的傻瓜。"

萨特思韦特先生面色苍白地微微一笑。

"要我说,这简直是浪费美食。"公爵夫人坚定地继续说道。

"她吃什么东西了吗?"萨特思韦特先生嫉妒地问。

"我刚好带了一些饼干和一块巧克力在船上,"公爵夫人说,"发现没有午餐之后,我全都给她了。下层社会的人总是对吃不上饭大惊小怪的。"

伴随着一声胜利的欢呼,下船的通道建好了。一群在音乐喜剧中扮成强盗样子的人冲到船上,用蛮力夺走了旅客的行李。

"走吧,萨特思韦特先生,"公爵夫人说,"我想洗个热水澡,喝点咖啡。"

萨特思韦特先生也是这么想的。但他没能得偿所愿。他们被一个点头哈腰的经理迎进饭店,还被带去看自己的房间。公爵夫人的房间附带一个浴室,然而萨特思韦特先生发现他洗澡的地方在别人的卧室里。在早晨这个时候期望水是热的也许不切实际。后来他喝了一些清咖啡,是装在一个没有盖的壶里被人端上来的。他房间里的百叶窗和窗户大开,清晨新鲜的空气吹进房间,带着芬芳。碧海蓝天,绚烂夺目的一天。

侍者挥动着一只手,提醒大家注意这些风景。

"阿雅克肖,"他郑重地说道,"世界上最美的港口。"

说完就立即离开了。

望着外面深蓝色的海湾,映衬着远处的雪山,萨特思韦特先生几乎同意了侍者的话。他喝完咖啡,躺在床上,很快便睡着了。

午饭的时候,公爵夫人兴高采烈的。

"这会对你有好处的,萨特思韦特先生,"她说,"抛开你那些枯燥、古板的习惯,"她举起长柄望远镜看了看四周,"哎呀,真没想到,内奥米·卡尔顿·史密斯在这里。"

她指的是独自一人坐在窗边桌旁的一个姑娘,她弯腰含胸、没精打采地坐着,衣服看着就像某种棕色粗麻布做的,一头黑色短发凌乱不堪。

"一位艺术家?"萨特思韦特先生问道。

他一向擅长判断人们的身份。

"很对,"公爵夫人说,"不管怎样,她自称是艺术家。我知道她在地球上某个奇怪的地方游荡。一贫如洗,目空一切,而且像所有卡尔顿·史密斯家的人一样喜欢琢磨事儿。她母亲是我的堂姐妹。"

"那她是诺尔顿那群人中的一员?"

公爵夫人点点头。

"是她自己害了自己。"她主动说道,"是个聪明的姑娘。跟一个最不受欢迎的年轻人掺和在了一起,是切尔西那群人之一。写戏剧或诗歌之类的不健康的东西。当然了,从未发表。后来,他偷了某个人的珠宝,被抓住了。我忘了被判了几年刑。我想是五年,但你肯定记得。那是去年冬天。"

"去年冬天我在埃及,"萨特思韦特先生解释说,"一月底我得了严重的流感,医生坚持让我待在埃及,我错过了很多事。"

他的声音中流露出一丝真诚的遗憾。

"依我看,那女孩很忧郁,"公爵夫人再次举起她的长柄望远镜,说,"我不能坐视不管。"

在出去的路上,她在卡尔顿·史密斯小姐的桌子旁边停了下来，然后拍拍那女孩的肩膀。

"哦,内奥米,你似乎不记得我了?"

内奥米非常不情愿地站起身。

"不,我记得你,公爵夫人。我看见你进来了。我想你很有可能不认得我。"

她慢吞吞、懒洋洋地说着这些话,态度非常冷漠。

"你吃完午餐之后,来我的露台上跟我谈一谈。"公爵夫人命令道。

"很好。"

内奥米打了个哈欠。

"令人震惊的举止,"离开内奥米继续走路时,公爵夫人对萨特思韦特先生说,"所有卡尔顿·史密斯家的人都这样。"

他们在阳光下喝咖啡。他们在那里待了六分钟左右,这时内奥米懒洋洋地从饭店走出来,加入他们。她松松垮垮地跌坐在椅子里,两条腿不雅观地向前伸着。

一张奇怪的脸,突出的下巴,深陷的灰眼睛,一张聪明却不快乐的脸——一张恰恰缺少美丽的脸。

"哦,内奥米,"公爵夫人尖刻地说,"你在做些什么事?"

"哦,我不知道。消磨时间而已。"

"一直画画吗?"

"有时候吧。"

"给我看看你的画。"

内奥米咧嘴一笑。她没被独断专行的人吓到,而是被逗乐了。她走进饭店,再出来的时候拿着她的画。

"你不会喜欢它们的,公爵夫人,"她警告地说,"想说什么就说什么吧。你不会伤害到我。"

萨特思韦特先生把他的椅子拉近了些,来了兴致。过了一会儿,他的兴致更浓了。公爵夫人明显毫不留情面。

"我甚至看不出来这些东西应该是什么样子的,"她抱怨道,"天哪,孩子,从来没有那种颜色的天空或者大海。"

"我看到的它们就是那个样子的。"内奥米平静地说。

"啊呀,"公爵夫人说,审视着另外一幅画,"这张让我毛骨悚然。"

"本来就是这样,"内奥米说,"你这是在不自觉地夸奖我。"

那是一张使用旋涡派画法画出的仙人掌果——只有这个可以依稀认出来。灰绿中混合着浓艳的颜色,果实像珠宝那样闪闪发光。一团旋涡的邪恶之肉,肉质肥厚——化脓溃烂。萨特思韦特先生哆嗦了一下,头扭向一侧。

他发现内奥米正看着他,并且理解地点着头。

"我知道,"她说,"但它就是让人不舒服。"

公爵夫人清了清喉咙。

"现如今当个艺术家似乎容易得很,"她挖苦道,"根本没有试着去临摹。你只是胡乱涂了一些颜料——我不知道你用什么画的,但肯定不是用画笔——"

"调色刀。"内奥米插嘴道,再次宽容地笑了笑。

"颜料用得太多了,"公爵夫人继续说,"一堆一堆的。然后就画完了!每个人都说:'真聪明啊!'好了,我对这一类东西没耐心,给我——"

"一幅精彩的狗或者马的画,爱德温·兰西尔[①]画的。"

"为什么不行?"公爵夫人质问说,"兰西尔有什么问题?"

[①]十九世纪英国维多利亚时代的学院派画家与雕塑家,擅长表现动物的健美和生气,特别是画犬甚得其妙。

"没什么,"内奥米说,"他没错。你也对。事物的表面总是美丽、光亮、平滑的。我尊敬你,公爵夫人,你有影响力。你所经历的生活是公平、平坦的,你位居上层。但是下层的人看到的是事物下面的部分。在某种程度上,这很有意思。"

公爵夫人盯着她。

"我根本不知道你在说什么。"她宣称。

萨特思韦特先生仍然在审视那些画作。他意识到这些画里隐藏着完美的技法,而公爵夫人并未意识到。他既吃惊又高兴。他抬头看看女孩。

"你愿意卖给我其中一幅画吗,卡尔顿·史密斯小姐?"他问道。

"五个畿尼[①],随便挑。"女孩冷漠地说道。

萨特思韦特先生踌躇片刻,然后挑了仙人掌果和芦荟的草图。最显著的位置上是一株鲜艳的轮廓模糊的黄色含羞草,猩红色的芦荟的花朵在画面上忽隐忽现地跳动着,椭圆形状的仙人掌果和基本图案为剑形的芦荟则暗示着整幅画的不屈不挠。

他朝女孩微微一鞠躬。

"我很高兴能获得这幅画,我想我捡到便宜了。将来有一天,卡尔顿·史密斯小姐,我能以一个相当可观的价格卖掉这画——如果我愿意的话!"

女孩向前探了探身,想看看他选了哪一幅。他看到她的双眼发出一种崭新的光芒。她第一次真正意识到他的存在,朝他迅速投去的一瞥中饱含敬意。

"你选了最好的那幅,"她说,"我——我很开心。"

[①]一六六三年英国发行的一种金币,等于二十一先令,一八一三年停止流通。

"哦，我猜你知道自己在做什么，"公爵夫人说，"而且我敢说你是对的。我听说你是个地道的行家，但别跟我说所有这些新玩意儿都是艺术，因为它不是。当然了，我们不需要深入探讨这些。现在我只是打算在这里待几天，想看看岛上的东西。我猜，你有辆车吧，内奥米？"

女孩点了点头。

"太棒了，"公爵夫人说，"我们明天要去某个地方旅行。"

"只是辆双座车。"

"胡说，还有个后座，我想，萨特思韦特先生可以坐那儿？"

萨特思韦特先生颤抖着叹了口气。早上他观察过科西嘉的道路。内奥米若有所思地注视着他。

"恐怕我的汽车不适合你，"她说，"那是辆破烂不堪的老车。我以极低的价格买来的二手车。它刚好能把我载到山上，还得耐着性子鼓弄它。但我不能带乘客。城里有一家非常好的车行，你可以在那儿租一辆车。"

"租一辆车？"公爵夫人愤慨地说，"这想法真可怕！那个英俊的、黄皮肤的，午饭前开过来一辆四座小客车的男人是谁？"

"我想你说的是汤姆林森，他是一位退了休的印度法官。"

"怪不得是黄皮肤，"公爵夫人说，"我先前还担心可能是黄疸。他看上去是个体面的男人，我要跟他谈谈。"

那天晚上下来吃晚饭的时候，萨特思韦特先生发现公爵夫人穿着黑色的天鹅绒衣服，戴着钻石，打扮得华丽耀眼，正在热情洋溢地跟四座小客车的主人聊天。她威严地招招手。

"过来，萨特思韦特先生，汤姆林森先生正在跟我讲一些非常非常有趣的事情，他居然打算明天用他的车载我们去探险，你认为如何？"

萨特思韦特先生钦佩地看着她。

"我们得进去吃饭了，"公爵夫人说，"一定要过来坐在我们这桌，汤姆林森先生，这样你就可以继续讲你的故事了。"

"非常体面的人。"后来公爵夫人宣称。

"还有一辆非常体面的车。"萨特思韦特先生反驳道。

"顽皮。"公爵夫人用她那常带在身边的又黑又脏的扇子响亮地敲了一下他的指关节。萨特思韦特先生疼得缩了缩。

"内奥米也会去，"公爵夫人说，"开着她的车。这女孩想要透透气。她非常自私。不完全是以自我为中心，但对所有的人和事都绝对冷漠。你同意吗？"

"我认为不可能，"萨特思韦特先生慢条斯理地说，"我的意思是，每个人都会有个兴趣点。当然了，有的人会总围着自己转，但我不同意你的说法，她不是那类人。她对自己绝对没兴趣。她性格坚强——肯定有某种东西。一开始我以为是她的艺术，然而不是。我从未见过有人如此游离在生活之外。那很危险。"

"危险？你这话是什么意思？"

"这个嘛，你明白的——它肯定意味着某种执着，而执着总是很危险的。"

"萨特思韦特，"公爵夫人说，"别傻了。听我说，关于明天……"

萨特思韦特先生倾听着，这就是他在生活中的角色。

第二天一大早他们就出发了，带着午餐。在这座岛上待了六个月的内奥米负责引路。她坐在车里等着出发的时候，萨特思韦特先生走向她。

"你确定——我不能坐你的车?"他充满渴望地说道。

她摇摇头。

"在另一辆车的后座上你会更舒服一些。坐垫很不错的。这是辆嘎嘎直响的彻头彻尾的旧车,遇上不平坦的道路时,你会被颠到天上去。"

"那么,当然了,走山路时也一样。"

内奥米大笑起来。

"我那么说只是为了不让你坐后座。公爵夫人绝对支付得起一辆汽车的租金,她是英格兰最吝啬的女人。尽管如此,这老家伙还算讲点交情,我忍不住会喜欢她。"

"那么我能跟你一起走了?"萨特思韦特先生热切地说道。

她好奇地看着他。

"你为什么这么想跟我一起走?"

"还用问吗?"萨特思韦特先生老套又滑稽地鞠了一躬。

她微笑了,但摇了摇头。

"那不是原因,"她沉思地说,"很奇怪……但你不能跟我一道,今天不行。"

"也许,改天吧。"萨特思韦特先生礼貌地建议道。

"哦,改天!"她突然大笑,笑得很古怪,萨特思韦特先生心想,"改天,好吧,看情况吧。"

他们出发了,开车穿过城镇,然后绕过狭长而弯曲的海岸线,再绕着内陆前进,穿过河流,接着回到有上百个小沙滩的海湾。然后他们开始攀爬,绕过令人心惊胆战的弯道,顺着蜿蜒曲折的山路不断向上行驶。蓝色的海湾被远远地抛在他们脚下,在另外一侧,阿雅克肖在阳光下闪闪发光,一片白色,就像童话中的城市。

进进出出，进进出出，他们身边是一个接一个的悬崖。萨特思韦特先生感觉有点眩晕，还有点恶心。道路不算宽，而他们仍然在向上行驶。

这会儿天气很冷，风从雪峰向他们吹过来。萨特思韦特先生竖起衣领，紧紧地扣在下巴下面。

非常寒冷。在水的另一边，阿雅克肖仍沐浴在阳光中，但是在这里，厚厚的乌云飘了过来，挡住了太阳的脸庞。萨特思韦特先生不再欣赏美景了，他渴望有蒸汽取暖的饭店和一张舒服的扶手椅。

在他们前方，内奥米那辆双座车稳稳地行驶着。向上，再向上，现在，他们在世界的顶端了。他们两旁是矮矮的小山，群山向下倾斜变为山谷。他们径直向雪峰看去，疾风扑面而来，刮在脸上如同刀割。突然，内奥米的车停住了，她回头看了看。

"我们到了，"她说，"在世界的尽头。我认为今天天气很糟，不适合来这里。"

他们全都走下车。他们来到一个有六间石屋的小村子，几个一尺高的字母组成了一个名字，让人印象深刻。

"Coti Chiaveeri。"[①]

内奥米耸了耸肩。

"那是官方的名字，但我更喜欢叫它世界的尽头。"

她继续走了几步，萨特思韦特先生跟上了她。他们走过这些房子。没有路了。就像内奥米说的，这里是尽头，天涯海角。他们身后是像白色丝带一样的公路，他们前方空无一物。只是在下面很远、很远的地方，是海……

[①]音译为科迪恰维利。

萨特思韦特先生深吸一口气。

"这是个非常特别的地方,让人感觉在这儿什么事都可能会发生,也可能会遇到——任何人——"

他打住了,就在他们前方,一个男人坐在一块巨石上面,面向大海。直到这时他们才看到他,而他就像突然用魔法变出来似的。也许他是从周围的地面上蹦出来的。

"不知道……"萨特思韦特先生开口道。

但就在那一刻,陌生人转过身,而萨特思韦特先生看到了他的脸。

"啊呀,奎因先生!简直不可思议!卡尔顿·史密斯小姐,我想把我的朋友奎因先生介绍给你。他是最不同寻常的一个人。你就是,你知道这一点。你总是在千钧一发的时刻出现。"

他打住了,他感觉说了一些非常重要的事,然而拼了老命也想不出究竟是什么事。

内奥米用她一贯的粗鲁方式跟奎因先生握了握手。

"我们来这里野餐,"她说,"我看我们快要冻僵了。"

萨特思韦特先生哆嗦了一下。

"也许吧,"他不确定地说,"我们应该找一个能避风雪的地方。"

"这话不错,"内奥米表示同意,"然而这里仍然值得看看,对吗?"

"没错,的确是这样。"萨特思韦特先生转向奎因先生,"卡尔顿·史密斯小姐称这里为世界的尽头。非常好的一个名字,嗯?"

奎因先生缓缓地连连点头。

"没错,一个让人浮想联翩的名字。我想这样的地方一个人一生中只会来一次——一个人们无法再继续走下去的地方。"

"你这话什么意思?"内奥米尖锐地问。

他转向她。

"哦,一般来说,人们总有选择,不是吗?向左或者向右。向前或者往后。这里——你身后有一条路,而在你前方——什么都没有。"

内奥米瞪着他。突然,她打了个冷战,开始原路返回,走向其他人。两个男人与她并肩而行。奎因先生继续说着,但他现在的语气显然很随和。

"这辆小车是您的吗,卡尔顿·史密斯小姐?"

"对。"

"您自己驾驶吗?我想,在这里开车需要很大的勇气。拐弯处很可怕,一时不留神,一下子没刹住车,就会摔下悬崖,往下掉啊,掉啊,掉的。这个——非常容易。"

他们走到其他人那里。萨特思韦特先生介绍了他的朋友。他感到有人拉了一下他的手臂。是内奥米。她带着他离开众人。

"他是谁?"她凶巴巴地问道。

萨特思韦特先生吃惊地瞪着她。

"这个嘛,我也不太清楚。我的意思是,我认识他好几年了,我们时不时地相遇,但说到认识,其实——"

他不说话了,这些都是白说,他身边那位姑娘根本没在听。她站在那儿,低垂着头,双手紧握。

"他知道很多事,"她说,"他知道很多事……他怎么知道的?"

萨特思韦特先生无以对答。他只能默默地看着她,无法理解是什么令她心神不安。

"我害怕。"她喃喃道。

"害怕奎因先生?"

"我害怕他的眼睛。他能看到真相……"

某种又冷又湿的东西落在了萨特思韦特先生的脸颊上。他抬起头看看。

"啊,下雪了。"他惊呼。

"挑了一个野餐的好日子。"内奥米说。

她努力平复自己的情绪。

接下来做什么？一阵嘈杂的建议。雪下得又大又快。奎因先生提了个建议,每个人都赞成。在那排房子的尽头有一家小小的快餐店。大家蜂拥而去。

"你们带着自己的食物,"奎因先生说,"他们可以给你们煮一些咖啡。"

这个地方很小,很暗,那扇小小的窗户透不进来太多的光线,但是另一头闪耀着令人欣慰的火光,散发着温暖。一个科西嘉老太太刚刚往火里扔了一把树枝。火燃烧起来,借着光亮,新到来的这些人发现已经有人先他们而来了。

三个人坐在一张空心木桌的另一端。这场景在萨特思韦特先生眼中有些不真实,而那些人更加不真实。

坐在桌子那头的那个女人像一位公爵夫人——也就是说,她看上去更符合一般人想象中的公爵夫人。她是理想的舞台上的贵妇人。她那高贵的头颅高高地昂着,雪白的头发梳理得分外精致。她身穿灰色的衣服——柔软的装饰织物垂在周围,形成一种颇具艺术性的褶皱。一只修长而白皙的手支着她的下巴,另一只手拿着涂抹了鹅肝酱的面包。她的右边是一个脸皮很白的男人,头发乌黑,戴着一副角质镜框的眼镜,穿着极其华美。此刻她头部后仰,左臂向外一挥舞,似乎要发表演说。

白发女士的左边是一个乐呵呵的小个子男人，秃顶。看了他第一眼之后，就没人再看第二眼了。

犹豫片刻，公爵夫人（那位真正的公爵夫人）开口了：

"这场暴风雪太可怕了，不是吗？"她愉快地说道，走上前来，别有目的地微笑着（她发现，在为福利机构和其他委员会工作时，这种微笑很有用），"我猜你们跟我们一样，都被困在这里了？但科西嘉是个奇妙的地方，我今天上午才到达这里。"

黑发男人站起身，公爵夫人面带优雅的微笑溜到了他的位子上。

白发女士说话了。

"我们已经在这里待了一星期了。"她说。

萨特思韦特先生吃了一惊。这声音听过一次之后有谁还能忘记呢？它回响在石头房间里，饱含感情，带有一种优美的伤感。对他而言，她说了一些美妙的、难忘的、意味深长的话。这些话发自内心。

他急忙悄悄对汤姆林森先生说：

"那个戴眼镜的男人是维斯先生，制片人。"

退了休的印度法官正极其厌恶地看着维斯先生。

"他制造什么，"他问，"孩子们吗？"

"哦，老天，不是，"萨特思韦特先生说道，把维斯先生跟如此粗鲁的话语联系在一起，这让萨特思韦特先生感到震惊，"戏剧。"

"我觉得，"内奥米说，"我要再出去一下。这里太热了。"

她的声音有力而刺耳，这让萨特思韦特先生大吃一惊。看上去她简直就是盲目地冲向门口，把汤姆林森先生撞向一旁。但在门口，她跟奎因先生撞个正着，他挡住了她的去路。

"回去坐下。"他说。

他的言语中透着一种命令的语气。出乎萨特思韦特先生的意料,女孩迟疑片刻便服从了。她在桌脚旁边坐了下来,尽量离其他人远一些。

萨特思韦特先生急忙走上前,拉住制片人说起了话。

"也许你不记得我了,"他开口道,"我叫萨特思韦特。"

"当然,"一只修长而枯瘦的手猛地伸了出来,紧紧地攥住了另一个人的手,"亲爱的,很高兴在这儿遇见你。你一定认识纳恩小姐吧?"

萨特思韦特先生吃了一惊。难怪那声音如此熟悉。成千上万的人,全英格兰的人,都曾经因为那美妙的充满感情的嗓音而激动、震撼。罗西娜·纳恩!英格兰最富有激情的女演员。萨特思韦特先生也曾经为她着迷。没人能像她那样诠释一个角色——展示出最细微的含义。他一直认为她是个智力超群的女演员,理解并深入角色灵魂里的演员。

他没认出她来倒也情有可原。罗西娜·纳恩的品位变化无常。二十五年了她一直是金发,去美国旅行了一次,回来时就变成了一头黑发,并且开始钻研起悲剧来。这个"法国贵妇"的形象则是她最近一次心血来潮的结果。

"哦,顺便说一句,这是贾德先生——纳恩小姐的丈夫。"维斯漫不经心地介绍了一下那个秃顶男人。

萨特思韦特先生知道罗西娜·纳恩有过好几个丈夫。显然,贾德先生是现任。

贾德先生正忙着从身边那个大盖篮里取出东西并将其打开。他对他妻子说道:

"再来一些馅饼吗,亲爱的?上一片不像你喜欢的那么厚。"

罗西娜·纳恩把手里的面包递给他,一边咕哝道:

"亨利能想出最令人陶醉的食物。我总是把供应食物的工作交给他。"

"饲养动物。"贾德先生说道,大笑起来。他拍了拍妻子的肩膀。

"对她就好像对待一只狗。"萨特思韦特先生耳边响起了维斯先生那忧郁而低沉的声音,"为她切好食物。女人,奇怪的动物。"

萨特思韦特先生和奎因先生之间放着打开的午餐。煮得很熟的鸡蛋,冷火腿,格律耶乳酪,沿着桌子分了下去。公爵夫人和纳恩小姐看上去在专心地小声说着私密的话,只听得女演员那深沉的女低音发出的只言片语。

"面包一定得轻微地烤一烤,知道吗?然后只需要涂一层非常薄的橘子酱。卷起来,放进烤炉一分钟——不能多于这个时间。味道好极了。"

"那女人为食物而活,"维斯先生嘀咕道,"只为食物而活。她想不到别的。我记得在《海上骑士》这个剧里说,'我想拥有的是美好而安宁的时刻',而我无法得到我想要的效果。最后,我跟她说想一想薄荷冰淇淋——她很喜欢薄荷冰淇淋。于是我立刻得到了我想要的效果——一种渗透你的灵魂的迷离的表情。"

萨特思韦特先生没出声。他在回忆。

对面的汤姆林森先生清了清嗓子,打算加入对话之中。

"我听说你制作戏剧,嗯?我自己很喜欢戏剧。《抄写员吉姆》,那才叫戏剧。"

"老天。"维斯先生说道,浑身上下都哆嗦了一下。

"一小瓣大蒜,"纳恩小姐对公爵夫人说道,"告诉你的厨师,这样味道很好。"

她幸福地叹了口气,然后转向她的丈夫。

"亨利,"她哀怨地说,"我居然没看到鱼子酱。"

"你差点就坐在它上面了,"贾德先生愉快地回答,"你把它放在你身后的椅子上了。"

罗西娜·纳恩匆忙地找到了鱼子酱,朝围坐在桌子四周的人笑了笑。

"亨利太棒了。我太健忘,总是不知道自己把东西放在了哪儿。"

"就像那天你把你的珍珠放在了盥洗用具袋里。"亨利开玩笑地说,"接着把袋子忘在饭店里了。哎呦,那天我可是打了很多的电报和电话。"

"它们上保险了,"纳恩小姐神情恍惚地说,"不像我的蛋白石。"

一阵凄惨的痛苦的抽搐在她脸上掠过。

跟奎因先生在一起的时候,萨特思韦特先生好几次都有参演戏剧的感觉。现在他的这种幻觉变得强烈起来。这是一场梦。每个人都参与其中。"我的蛋白石"是他出场的提示台词。他探身向前。

"您的蛋白石,纳恩小姐?"

"你带黄油了没,亨利?谢谢。是的,我的蛋白石。要知道,它被人偷了,再没找回来。"

"跟我们说说怎么回事。"萨特思韦特先生说。

"这个嘛——我在十月出生,因此佩戴蛋白石能带来好运,也因为这样,我想要一件真正美丽的东西。我等待了很长时间才得到它。据说它是最完美的宝石之一,不是很大——两先令硬币那样大小,但是,哦,那颜色,像火焰似的。"

她叹了口气。萨特思韦特先生注意到公爵夫人一副坐立不安、心神不宁的样子,但现在没什么能阻止纳恩小姐了。她继续说着,那优美而婉转的声音让这故事听上去就像某种悲伤的古老传说。

"它是被一个叫亚历克·杰拉德的年轻人偷的。他曾写过剧本。"

"很不错的剧本,"维斯先生专业地插嘴说,"哦,我曾经把他其中一个剧本保存了六个月。"

"你把它拍成戏没?"汤姆林森先生问道。

"哦,没有。"这个想法让维斯先生感到震惊,"但你知道吗,有段时间我真想这么做来着。"

"里面有个很好的角色适合我,"纳恩小姐说,"'蕾切尔的孩子们',这是剧名,尽管戏剧中没人叫这个名字。他过来跟我谈论这部剧,在剧院里。我喜欢他。他很英俊,非常害羞,可怜的孩子。我记得,"她脸上不知不觉呈现出一种恍惚的美丽神情,"他给我买了一些薄荷冰淇淋。那块蛋白石就放在梳妆台上。他去过澳大利亚,对蛋白石有一些了解。他把它拿到灯光下看着。我猜他肯定是后来悄悄放进口袋里了。他一走,它就不见了。当时还引起一阵骚乱,你记得吗?"

她转向维斯先生。

"哦,我记得。"维斯先生咕哝一句。

"他们在他房间里发现了那只空盒子,"女演员继续说着,"他手头一直很拮据,但第二天他就往自己的银行账户里存了一大笔钱。他谎称他的一个朋友替他赌马赢了钱,但说不出这个朋友的名字。他说他一定是无意中把盒子放进口袋的,我认为那是个经不起推敲的借口，不是吗？他本该想到一个更好一点的借口的……我不得不去做证。所有报纸上都登了我的照片。我的经纪人说这样可以得到很好的宣传，但我更希望能找到我的蛋白石。"

她悲伤地摇了摇头。

"要不要吃点菠萝干？"贾德先生说。

纳恩小姐面露喜色。

"在哪儿？"

"我刚刚给你了。"

纳恩小姐看看身后，又看看身前，看见了她灰色的丝绸小手袋，接着慢条斯理地拿起她旁边地上的一个紫色丝质大皮包，又慢慢地把里面的东西拿出来放在桌上。这让萨特思韦特先生产生了兴趣。

一个粉扑，一支口红，一个小小的珠宝盒，一束羊毛线，又一个粉扑，两块手帕，一盒巧克力酱，一把珐琅裁纸刀，一面镜子，一个深褐色的小木盒，五封信，一个胡桃，一小块浅紫色的中国纱，一条丝带和一些羊角面包碎屑。最后是菠萝干。

"找到了。"[①]萨特思韦特先生温和地轻声说道。

"您说什么？"

"没什么。"萨特思韦特先生急忙说道，"裁纸刀可真漂亮。"

"是啊，没错。某人送给我的。我忘记是谁了。"

"那是个印度盒子，"汤姆林森先生说道，"制作精巧的小东西，不是吗？"

"也是别人送给我的，"纳恩小姐说，"好久了。以前它总是放在我剧院的梳妆台上，我不觉得它有多漂亮，你呢？"

---

① 原文为希腊语。

那个盒子由深褐色的木头做成,没有装饰。开关在侧面。顶端是两片木质口盖,可以来回转动。

"也许不好看,"汤姆林森先生轻声地笑了,"但我打赌你从未见过这样的盒子。"

萨特思韦特先生向前探了探身子,有种兴奋的感觉。

"为什么你说它制作精巧?"他问。

"哦,不是吗?"

法官向纳恩小姐求助。她茫然地看着他。

"我想我不用非得向你们展示这个小把戏吧?嗯?"纳恩小姐仍然一脸茫然。

"什么把戏?"贾德先生问。

"老天,你不知道?"

他看了看四周好奇的脸孔。

"真没想到。我可以拿一下盒子吗?谢谢你。"

他打开盒子。

"现在,谁能给我个东西好放进去——别太大。这儿有一小块格律耶奶酪。可以了。我把它放进去,关上盒子。"

他用手摸索了一两分钟。

"现在看着——"

他再次打开盒子,里面空空如也。

"哦,我完全不知道。"贾德先生说,"你怎么做到的?"

"很简单。把盒子翻过来,把左边的盖子转半圈,然后关上右边的口盖。现在,要想让我们那块奶酪再回来,我们必须反过来。把右边的口盖转半圈,关上左边口盖,仍然让盒子保持颠倒,现在,说变就变!"

盒子打开了,桌子四周一阵喘息。那块奶酪在那儿——但还有另外的东西。一个圆圆的东西闪着彩虹的光芒。

"我的蛋白石!"

声音嘹亮。罗西娜·纳恩站得笔直,双手在胸前紧握。

"我的蛋白石!怎么会在那儿?"

亨利·贾德清了清喉咙。

"我……呃……我想,罗茜,亲爱的,一定是你自己放在那儿的。"

有人从桌子旁站起身,跌跌撞撞地走到外面。是内奥米·卡尔顿·史密斯。奎因先生跟在她身后。

"但是什么时候?你是说——?"

萨特思韦特先生看着她渐渐醒悟过来。她用了两分钟才弄明白。

"你是说去年——在剧院。"

"你知道,"亨利抱歉地说,"你的确老是乱放东西,罗茜,看看你今天找鱼子酱的事。"

纳恩小姐正在痛苦地理顺她的思路。

"我随手把它放进去,接着我想我转动了盒子,刚好拨弄了它一下,但是接着——接着——"最后,她说了出来,"但是亚历克·杰拉德根本没偷东西。哦!"一声洪亮的大喊,打动人心,震撼人心,"太可怕了!"

"哦,"维斯先生说道,"现在可以纠正过来了。"

"是的,但是他在监狱里待了一年了,"然后,她让大家吃了一惊,她猛地转向公爵夫人,"那女孩是谁?刚刚出去的那个女孩?"

"卡尔顿·史密斯小姐,"公爵夫人说,"已经跟杰拉德先生订了婚。她——这件事令她非常伤心。"

萨特思韦特先生悄悄溜了出来。雪停了,内奥米坐在一座石墙上面,手里拿着一本素描,一些彩色蜡笔散落四周。奎因先生站在她身旁。

她把素描本递给了萨特思韦特先生。画得很粗糙,但很有天分。雪花如万花筒般回旋着,中心有个身影。

"很好。"萨特思韦特先生说。

奎因先生抬头看看天空。

"暴风雪结束了,"他说,"路会比较滑,但我认为,现在不会出什么事了。"

"不会有事了。"内奥米说,声音中有种萨特思韦特先生无法理解的含义,她转过身,冲着他微笑——突然灿烂的微笑,"如果萨特思韦特先生愿意,可以跟我一起坐车回去。"

于是,他明白了,曾经有多么深的绝望驱使着她。

"哦,"奎恩先生说,"我得和你们说再见了。"

他走了。

"他要去哪儿?"萨特思韦特先生盯着他的背影说道。

"我猜,是回到他来的地方。"内奥米声调奇怪。

"但,那儿什么也没有,"萨特思韦特先生说,因为奎因先生正在朝他们第一次见他的那个悬崖尽头走去,"要知道,你自己说过,那是世界的尽头。"

他把素描本还给她。

"非常好,"他说,"很像。但是,为什么……呃……你画里的他,穿着化装舞会的服装?"

在那短短一瞬间,他们目光相遇了。

"我看到的他就是这个样子。"内奥米·卡尔顿·史密斯说。

小丑路

萨特思韦特先生一直搞不清楚是什么原因促使他去登曼家做客。他们跟他不是一类人,换句话说,他们既不属于上流社会,也不属于那个有趣的艺术圈子。他们是市侩庸人,乏味又庸俗。萨特思韦特先生第一次见到他们是在比亚里茨①,他接受了他们的邀请,然后赴约,结果待得很烦,然而奇怪的是,他去了一次又一次。

为什么?六月二十一日他坐着自己的劳斯莱斯开出伦敦的时候,他问自己这个问题。

约翰·登曼四十岁,身强体壮,在商界地位稳固,受人尊敬。他的朋友不是萨特思韦特先生的朋友,他的观念更是跟萨特思韦特先生的相去甚远。他在他的行业领域是个聪明人,但是极度缺乏想象力。

我为什么这么做?萨特思韦特先生再次问自己——而在他看来,他能找到的唯一的答案是如此模糊如此荒谬,他只好放置一边。因为,唯一的那个原因是那幢房子(一幢舒适、设备齐全的房子)的其中一个房间激起了他的好奇之心。那房间是登曼太太的专属客厅。

它很难体现出她的个性,因为,根据萨特思韦特先生目前的

---

①法国西南部城市。

判断，她没有个性。他从来没见过如此呆板的女人。他知道她有俄国血统。约翰·登曼在欧洲战争爆发的时候去过俄国，跟俄国军队作过战，革命爆发的时候侥幸逃生，并且带回这个身无分文的俄国难民姑娘，不顾父母的激烈反对，娶了她。

登曼太太的房间毫无特色，品质良好的赫波怀特式家具[①]把房间装修得很精美——格调上有点倾向于男性化。但是里面有样东西很不协调——一面喷了漆的中国屏风，一件奶黄色与浅玫红相间的东西。任何一家博物馆都会乐于拥有它。这是一件收藏珍品，稀有且美丽。

它跟房间里那纯正单一的英国背景很不搭调。它原本应该是房间的基调，摆放的一切东西都应该与之巧妙地保持协调性。然而，萨特思韦特先生不能将其归咎于登曼夫妇没有品位，因为房间里的其他东西都完美地融为一体。

他摇了摇头。那样东西，虽然微不足道，却让他感到迷惑。他绝对相信，正因为这一点，他才来了一次又一次。也许它是一个女人一时的兴致，但当他想起登曼太太的样子——一个寡言少语的、相貌严厉的女人，英语说得如此纯正，没人会猜到她是个外国人——这个结论并不能令他满意。

汽车在他的目的地停了下来，他下了车，思绪仍然停留在中国屏风那件事上。登曼夫妇那幢房子名叫"榛木坪"，占地大约五英亩，在梅尔顿荒野，距离伦敦三十英里，海拔五百英尺，住在那里的人大多收入颇丰。

管家礼貌地接待了萨特思韦特先生。登曼先生和登曼太太都出门了——参加一个彩排，他们希望萨特思韦特先生不要客气，

[①] 十八世纪英国的一种家具式样，风格以轻巧、雅致、朴实著称。

随意些,等他们回来。

萨特思韦特先生点点头,照吩咐走进花园。粗略地查看了一些花圃之后,他漫步来到一条林荫路上,没多久就来到一扇开在墙上的门前。门没有锁,他穿门而过,来到一段窄路上。

萨特思韦特先生左看看右看看。一条非常迷人的小路,阴凉如水、绿意盎然,还有高高的树篱——一条蜿蜒曲折的老式乡间小路。他想起了那个盖有邮戳的地址:榛木坪,小丑路。还想起了登曼太太曾经告诉过他的当地人给这条路起的名字。

"小丑路,"他喃喃自语,"我想——"

他拐过一个弯。

事后——不是当时——他纳闷这次见到那个难以捉摸的朋友奎因先生时他为什么没觉得吃惊。两人紧紧地握住手。

"所以你到这里来了。"萨特思韦特先生说。

"是的。"奎因先生说,"我跟你待在同一幢房子里。"

"住在那里?"

"是的。你感到吃惊吗?"

"没有,"萨特思韦特先生慢条斯理地说,"只是——哦,你从不会在一个地方长住,是吗?"

"只在必要的时间内停留。"奎因先生严肃地说。

"我懂了。"萨特思韦特先生说。

他们沉默着走了几分钟。

"这条小路。"萨特思韦特先生开口道,又停住了。

"属于我。"奎因先生说。

"我想是这样的,"萨特思韦特先生说,"不知何故,我想肯定是。它还有一个名字,本地名,他们叫它'情人路'。你知道吗?"

奎因先生点了点头。

"但是毫无疑问，"他温和地说，"每个村庄都有一条'情人路'。"

"的确如此。"萨特思韦特先生说，轻轻叹了口气。

突然间他觉得老了，与周围格格不入，一个枯瘦干瘪的老顽固。他的两边是树篱，郁郁葱葱、生机勃勃。

"我想知道，这条小路的尽头在哪儿。"他突然问道。

"它的尽头——这里。"奎因先生说道。

他们拐过最后一个弯。小路尽头是一片荒地，几乎就在他们脚下的是一个敞着的大坑。坑里，锡罐在阳光下闪闪发光，还有一些已经锈成红色、失去光泽的罐子，旧靴子，报纸的碎片，不计其数的零碎杂物，对任何人都没有丝毫价值。

"一个垃圾堆。"萨特思韦特先生惊叫一声，深深地叹了口气，感到很愤慨。

"有时候，垃圾堆上会有美妙的东西。"奎因先生说。

"我知道，我知道！"萨特思韦特先生大声说道，然后带着一丝忸怩引用道，"上帝说，把那个城市里最美丽的两样东西带给我。你知道后面怎么说了吧，嗯？"

奎因先生点点头。

萨特思韦特先生抬起头看了看位于悬崖峭壁边缘的那栋小屋的遗迹。

"很难成为一所房子的一道靓丽的风景。"他评论说。

"我猜以前，这里不是个垃圾堆，"奎因先生说，"我相信登曼夫妇刚结婚的时候住在那里。老人们去世之后，他们搬进了大房子。小屋被拆了，他们开始挖这儿的岩石，但如你所见，没什么可挖的。"

他们转身原路返回。

"我猜,"萨特思韦特先生微笑地说,"在那些温暖的夏季夜晚,很多夫妇在这条小路上漫步。"

"有可能。"

"情人们,"萨特思韦特先生说,他若有所思地重复着这个词,完全没有英国人常有的那种尴尬,奎因先生对他有很大影响,"情人们……你为情侣们做了很多,奎因先生。"

对方低着头,没有作答。

"你使他们免遭悲痛,免遭比悲痛更甚的事情,免遭死亡。你一直是那些死者的辩护人。"

"你在说你自己,说的是你做过的事,而不是我。"

"是一回事,"萨特思韦特先生说,"你知道的。"他坚持着,而对方并未说话,"你采取了行动——通过我。出于这样或那样的原因,你没有直接行动,没有亲自行动。"

"有时候我会。"奎因先生说。

他的声音中有种崭新的语调。萨特思韦特先生禁不住微微打了个冷战。他想那天下午肯定会变冷。然而太阳似乎明亮依旧。

就在那时,一个姑娘从他们前面的拐角处走了出来,出现在眼前。她是个非常美丽的女孩,金发碧眼,穿着一件粉红色的棉布上衣。萨特思韦特先生认出她是莫莉·斯坦韦尔,他之前在这儿见过她。

她挥了挥手,跟他打了个招呼。

"约翰和安娜刚刚回来,"她大声说道,"他们想着你一定已经来了,但他们不得不去参加那个彩排。"

"什么彩排?"萨特思韦特先生问。

"那种化装舞会一类的事情——我不太知道你怎么称呼它。

包括唱歌、跳舞以及诸如此类的事。你记得来过这里的那个曼利先生吗？他是个很棒的男高音，演男丑角皮埃罗[1]，我演女丑角皮尔丽特[2]。两位专业人士为跳舞而来——哈利奎因和科伦芭茵[3]，你知道。接着有一个女孩们的大合唱。罗斯凯美尔夫人很是热衷于训练村子里的姑娘们唱歌。她正在准备演出。音乐非常动听——但很现代，几乎没什么主调。还有克劳德·威卡姆。也许你知道他？"

萨特思韦特先生点了点头。因为，就像前面已经提过的，认识每一个人是他的职业。他知道那个有抱负有追求的天才克劳德·威卡姆所有的事，也知道那个对追求艺术的年轻人有爱慕之情的胖犹太女人罗斯凯美尔夫人所有的事。还知道利奥波德·罗斯凯美尔爵士所有的事，这位爵士希望自己的妻子快乐，而且不介意妻子随心所欲地享乐，这在丈夫们中间非常罕见。

他们发现克劳德·威卡姆先生正在跟登曼夫妇喝下午茶，他不加选择地把手边的任何东西都填进嘴巴里，快速地聊着天，挥动着那双白皙、修长、关节突出的手，一双近视眼透过一副角质镜框的大眼镜盯着人看。

约翰·登曼坐得直直的，穿着略显花哨，算不上时髦，正在不耐烦地听着。萨特思韦特先生一出现，音乐家就把话题转移到了他身上。安娜·登曼坐在茶点后面，像平时那样沉默、呆板。

萨特思韦特先生偷偷地瞥了她一眼。高个子，眼睛凹陷，很瘦，皮肤紧绷，颧骨高耸，黑发中分，皮肤因风吹雨打而粗糙。一个常在户外的女人，从来不使用化妆品。一个像荷兰式木偶的

---

[1] Pierrot，法国哑剧中穿白短裤、涂白脸、头戴高帽的定型男丑角。
[2] Pierrette，皮埃罗的女性伙伴。
[3] Columbine，意大利传统喜剧中的女角色，丑角哈利奎因的情人。

女人，面无表情、毫无活力，然而……

他心想："那张脸后面应该隐藏着一些情绪，但事实上却没有。这就是一切都不对劲的地方。是的，全都不对。"他对克劳德·威卡姆说："您刚才说些什么，能再说一遍吗？"

克劳德·威卡姆很喜欢自己的噪音，他重新开始说道：

"俄国，"他说，"是这个世界上唯一令人感兴趣的国家。他们喜欢做实验，可以说是用生命做实验。但他们仍在坚持。了不起！"他一手把一块三明治塞进嘴里，又咬了一口在另一只手上挥舞的巧克力奶油卷。"例如，"他嘴巴里塞满了东西，说，"俄国芭蕾舞。"想到女主人，他转向她，问关于俄国芭蕾舞，她是怎么看的。

显然这个问题只不过是另外一个重点（克劳德·威卡姆如何评价俄国芭蕾舞）的前奏，但她的回答出人意料，彻底打乱了他的阵脚。

"我从来没看过。"

"什么？"他瞠目结舌地瞪着她，"但……肯定……"

她的声音还在继续，语调平稳、不带感情。

"我结婚之前是个舞蹈演员，所以现在——"

"过着有名无实的假日。"她丈夫说道。

"跳舞。"她耸耸肩，"我了解它所有的把戏。我对它没兴趣。"

"哦！"

只消片刻克劳德便恢复了镇静，他继续说了下去。

"说说生命，"萨特思韦特先生说，"还有对他们做的实验吧。俄国人做了一个代价非常昂贵的实验。"

克劳德·威卡姆突然转过身。

"我知道你要说什么，"他大声说道，"卡萨诺娃！不朽的、独一无二的卡萨诺娃！你看过她的舞蹈？"

"三次，"萨特思韦特先生说，"两次在巴黎，一次在伦敦。我——永远都不会忘记。"

他的语调近乎虔诚。

"我也见过她，"克劳德·威卡姆说，"那时我十岁。一个叔叔带着我去的。上帝啊，我永远都忘不了。"

他猛地把一小块圆面包扔进了花圃里。

"柏林一家博物馆里有一座她的雕像，"萨特思韦特先生说，"美得不可思议。有种易碎的感觉——似乎只要用指甲轻轻弹她一下，她就会破碎。我看过她演的科伦芭茵，还有《天鹅》中濒临死亡的林中仙女。"他顿了顿，摇摇头，"是个天才。再诞生另外一个这样的天才需要漫长的岁月。那时她也非常年轻。但在革命刚开始就被愚昧无知地肆意毁掉了。"

"傻瓜！疯子！笨蛋！"克劳德·威卡姆说。他被满口的茶给噎住了。

"我跟卡萨诺娃一起学习过。"登曼太太说，"关于她，我记得很清楚。"

"她很优秀吧？"萨特思韦特先生说。

"是的。"登曼太太平静地说道，"她很优秀。"

克劳德·威卡姆离开了，约翰·登曼解脱般地长出了一口气，这让他妻子大笑起来。

萨特思韦特先生点点头："我知道你怎么想。但无论如何，那家伙写的音乐的确是音乐。"

"我想是吧。"登曼说。

"哦，毋庸置疑。不过，会持续多久那就是另外一回事了。"

约翰·登曼好奇地看着他。

"你是说？"

"我的意思是成功来得早了一点。这很危险。总是很危险。"他看看对面的奎因先生，"你同意吗？"

"你总是对的。"奎因先生说道。

"我们去楼上我的房间吧，"登曼太太说，"那里很舒适。"

她带路，他们跟在后面。萨特思韦特先生看到那个中国屏风的时候深深吸了口气。他抬起头，发现登曼太太正看着他。

"你是那种永远正确的人，"她冲他缓缓地点了点头，说，"你怎么看待我的屏风？"

他感觉在某种程度上这些话对他而言是个挑战，他几近迟疑地做了回答，有些结巴地说了几个词。

"呃……它……它很漂亮，也很独特。"

"你是对的。"登曼从他身后走过来，"我们刚结婚的时候买的，只花了它实际价值的十分之一的价钱，但即便如此——它还是让我们拮据了一年多。你记得吗，安娜？"

"是的，"登曼太太说，"我记得。"

"其实，那时我们根本没钱买。当然了，今时不同往日。几天前，佳士得拍卖行出售了一些非常好的漆器，我们正需要这些东西让这个房间更加完美——全都是中国风。然后把其他东西清走。你相信吗，萨特思韦特先生，我太太根本不听。"

"我喜欢房间现在这个样子。"登曼太太说。

她脸上浮现出一种奇怪的表情。萨特思韦特先生再次感到了她的挑战和自己的挫败。他环视四周，头一次注意到这里没有任何的个人色彩。没有照片，没有鲜花，没小摆设，完全不像一个女人的房间。如果不考虑那扇极不协调的中国屏风，这个房间就像某些大家具公司的样板间。

他发现她正冲他微笑。

"听着。"她说，向前探了探身，一时之间似乎没那么英国化了，更确切地说，像个外国人了，"我对你说是因为你会明白。我们不仅仅是花钱买下了那扇屏风——更多的是爱。喜欢它，因为它很美很独特。我们没有其他需要和想要的东西，也能生活下去。我丈夫说的那些其他的中国物品，我们只需要用钱就能买到，用不着付出自己的感情。"

她丈夫大笑起来。

"哦，随便你好了，"他说，但声音中带有一丝恼怒，"但它跟这种英式背景完全不搭。这里其他家具，在同类中绝对是好货，绝对牢固，货真价实——但质量中等。新出的简约型赫波怀特式家具，很不错。"

她点点头。

"优良，坚固，名副其实的英国货。"她喃喃地说。

萨特思韦特先生盯着她。他捕捉到这些话另有他意。英国风格的房间——中国屏风灿烂的美丽……不，它又不见了。

"我在那条小路上遇到了斯坦韦尔小姐，"他用闲聊的口吻说道，"她告诉我在今晚的演出中她将扮演女丑角皮尔丽特。"

"是的，"登曼说，"她也非常出色。"

"她的双脚不够灵活。"安娜说。

"乱讲，"她丈夫说，"所有女人都一样，萨特思韦特，听不得其他女人被夸奖。莫莉是个漂亮姑娘，所以每个女人当然都会攻击她。"

"我在说舞蹈，"安娜·登曼有些惊讶地说，"没错，她是很美，但她的脚移动起来不灵活。你无法反驳我，因为我更了解舞蹈。"

萨特思韦特先生巧妙地转移了话题。

"听说你请了两位来自大城市的专业舞蹈家？"

"是的。来跳芭蕾舞。奥拉诺夫王子开自己的车接他们过来。"

"塞尔吉乌斯·奥拉诺夫？"

问题是安娜·登曼问的。她丈夫转过身，看着她。

"你认识他？"

"我以前认识他——在俄国。"

萨特思韦特先生觉得约翰·登曼看起来很不安。

"他会认出你吗？"

"是的，他会认出我来的。"

她大笑起来——一种低沉的、几近得意的微笑。现在，她的脸上没有任何木偶般的表情了。她冲丈夫点点头，以示安慰。

"怪不得，原来是塞尔吉乌斯。所以，他带来了两位舞蹈家。他一直对跳舞有兴趣。"

"我知道了。"

约翰·登曼突然说道，然后转身离开房间。奎因先生跟在他后面。安娜·登曼走到电话旁边，要了一个号码。萨特思韦特先生正要像其他两人那样离开时，她做了个手势请他留下。

"请罗斯凯美尔夫人接电话。哦，是你。我是安娜·登曼。奥拉诺夫王子到了没有？什么？什么？哦，天哪！太可怕了！"

她又听了一会儿，然后放下听筒。她转向萨特思韦特先生。

"出了场车祸。肯定是塞尔吉乌斯·伊万诺维奇开车导致的。哼，这么多年他一点没变。那姑娘伤得不太严重，但是有擦伤，吓得不轻，今晚不能跳舞了。那位男士的胳膊断了。塞尔吉乌斯·伊万诺维奇本人没受伤。没准那家伙只顾着自己的安危。"

"那今晚的演出怎么办？"

"没错,我的朋友,必须得做点事情。"

她坐在那里思考着。过了一会儿,她看看他。

"我不是个称职的女主人,萨特思韦特先生,没能招待好你。"

"我向你保证没有这个必要。有件事,登曼夫人,我很想知道。"

"什么?"

"你是怎么遇到奎因先生的?"

"他常来这里,"她缓缓说道,"我觉得他在这片区域有产业。"

"是的,是的。今天下午他也是这么跟我说的。"萨特思韦特先生说。

"他是——"她顿住了,跟萨特思韦特先生四目交汇,"我想你比我更清楚他是什么人。"最后,她说道。

"我?"

"不是吗?"

他感觉很苦恼。他敏锐地察觉到了她的烦乱。他觉得她希望他能说得更深入一些,而这个深度超过了他的预期。她想让他把那些他尚未准备好承认的东西说出来。

"你知道!"她说,"我认为你知道绝大多数的事情,萨特思韦特先生。"

这是恭维,然而这一次他并没有因此而陶醉。他很罕见地谦逊地摇了摇头。

"人们能知道些什么呢?"他问,"很少——非常少。"

她同意地点点头。过了片刻她又开口了,声音奇怪地压抑着,没有看他。

"假如我告诉你一些事,你不会笑话我吧?不,我认为你不会。那么，假如，为了继续一个人的——"她顿了顿，"一个人的职业，一个人的专业，这个人要是利用了一种假象——假装自己是某个不存在的人，是他想象出的某个人……这是种伪装，你知道，假扮另一个人，仅此而已。但是有一天——"

"怎么了？"萨特思韦特先生问。

他产生了浓厚的兴趣。

"假象成真了！想象的那件事——不可能的那件事，办不到的那件事，成真了！告诉我，萨特思韦特先生，那是疯了吗——或者你也这么认为？"

"我——"奇怪得很，他说不出话来，好像有什么堵在了喉咙里面。

"愚蠢，"安娜·登曼说，"愚蠢。"

她冲出房间，把萨特思韦特先生以及他那未能说出的告白留在了那里。

下楼吃晚饭的时候，萨特思韦特先生发现登曼太太正在招待一位客人，一个将近中年的黝黑的高个子男人。

"奥拉诺夫王子——萨特思韦特先生。"

两个人相互欠身致意。萨特思韦特先生有种感觉，由于他的介入，之前的谈话中断了，而且不会再继续。但气氛并不紧张。俄国人轻松而自然地谈论的那些话题，让萨特思韦特先生觉得非常亲切。他很有艺术品位，而双方很快就发现他们有很多共同的朋友。约翰·登曼加入了他们，话题集中起来。奥拉诺夫对于车祸一事表达了歉意。

"是我的错。我喜欢开快车——没错，但我是个好司机。就是命运——运气，"他耸耸肩，"我们所有人的主宰。"

"你身上有俄国人的性格，塞尔吉乌斯·伊万诺维奇。"登曼太太说道。

"在你那里也得到了印证，安娜·米卡罗夫娜。"他飞快地反击道。

萨特思韦特先生看了看他们每一个人。约翰·登曼，金发，冷漠，英国人。另外两人，黑、瘦，惊人地相似。他冒出一个念头——那是什么？哦，现在他懂了。《女武神》① 第一幕。齐格蒙德与齐格琳德——很像，还有异乡人洪丁。② 他猜测起来。这是奎因先生现身的含义吗？他对一件事深信不疑：奎因先生在哪里出现，哪里就会有大戏上演。这就是吗？老掉牙的三角恋悲剧？

他隐隐有些失望。他原本希望有更好的故事。

"事情都安排好了没，安娜？"登曼问，"我想，这事儿得推迟了。我听见你给罗斯凯美尔夫人打电话了。"

她摇了摇头。

"不——不需要推迟。"

"但是没有芭蕾舞不行吧？"

"没有哈利奎因和科伦芭茵就不能算哑喜剧。"安娜·登曼干巴巴地表示同意，"我打算演科伦芭茵，约翰。"

"你？"他感到十分惊讶——心烦意乱，萨特思韦特先生心想。

她镇定地点了点头。

"你不需要担心，约翰。我不会让你丢脸的。别忘了——那曾经是我的职业。"

---

① 德国音乐家瓦格纳著名的大型史诗连篇歌剧《尼伯龙根的指环》中的第二联。
② 在《女武神》中，齐格蒙德与齐格琳德是一对非婚生子女，在部族的斗争中失散。齐格琳德被迫嫁给她并不喜欢的洪丁，并在洪丁的住处和齐格蒙德相认与相爱。

萨特思韦特先生心想:"声音是多么不可思议的东西啊!它说出来的话和它未说出来的话,以及那些话的意义!真希望我知道……"

"哦,"约翰·登曼不情愿地说,"那问题就解决一半了。但剩下的怎么办?你从哪找人演哈利奎因?"

"我找到他了——在那儿!"

她对着敞开的门口做了个手势,奎因先生刚好出现在那儿。他冲她微微一笑。

"上帝啊,奎因,"约翰·登曼说,"你了解这部戏吗?真无法想象。"

"一位专家为奎因先生打包票,"他妻子说,"萨特思韦特先生为他负责。"

她朝萨特思韦特先生微微一笑,那个小个子男人发现自己咕哝道:

"哦,是的——我替奎因先生负责。"

登曼把注意力转移到其他地方。

"你知道,之后会有一个化装舞会。太麻烦了。没办法,我们只能给你临时搭配衣服,萨特思韦特先生。"

萨特思韦特先生极为果断地摇了摇头。

"我的年纪会成为我的借口。"他灵机一动,想到一个绝妙的主意,把一块餐巾放在腋下,"我是一个经历过好日子的老年侍者。"

他大声笑了。

"一个有趣的职业,"奎因先生说,"可以见识很多事。"

"我得穿上傻乎乎的丑角戏服,"登曼郁闷地说,"不管怎么说,天气冷了,这一点需要考虑。你呢?"他看看奥拉诺夫。

"我有一套丑角服。"俄国人说，目光在女主人脸上逡巡了片刻。

一时之间气氛有些紧张，萨特思韦特先生不知道这是否是他的错觉。

"可能要有三个小丑啦，"登曼大笑着说，"我有一套旧丑角戏服，那是我们结婚后不久，参加演出时，我妻子给我做的。"他打住了，低头看了看自己宽阔的前胸，"我想现在已经穿不进去了。"

"是的，"他妻子说，"现在你穿不进去啦。"

她的声音中再次透露出了弦外之音。

她扫了一眼钟表。

"如果莫莉还不快点出现，我们就不等她了。"

但就在这时，仆人过来说莫莉到了。她已经穿好了女丑角皮尔丽特那白绿相间的衣服，萨特思韦特先生觉得她看上去非常迷人。

对于即将到来的演出，她兴奋不已，热情满满。

"我越来越紧张，"她对吃过晚饭、正在喝咖啡的众人说道，"我知道我的声音会颤抖，我还会忘词。"

"你的嗓音非常迷人，"安娜说，"我要是你，就不会担心。"

"但我确实很担心。其他的倒还好——我是说，舞蹈。肯定不会有问题的。我的意思是，我的脚不会出什么大问题，你说呢？"

她向安娜求助，但这个年纪稍大点女人并未做出反应。相反，她说：

"现在，给萨特思韦特先生唱几句吧。他会打消你的疑虑的。"

莫莉走到钢琴旁边。她的声音清新、悦耳。是一首古老的爱尔兰民歌。

> 茜拉，忧郁的茜拉，你看到的是什么？
> 你看到的是什么，你在火中看到了什么？
> 我看到爱我的小伙，我看到舍我而去的小伙，
> 第三个小伙，影子小伙，让我痛苦的小伙。

歌声在继续。结束之后，萨特思韦特先生用力点点头，表示赞赏。

"登曼太太说得对。你的嗓音很迷人。也许没有受过全面训练，但是自然得令人愉悦，充满了不矫揉造作的青春气息。"

"没错。"约翰·登曼同意道，"勇往直前吧，莫莉，别因为怯场而退缩。现在我们该去罗斯凯美尔爵士家了。"

大家分别穿上自己的外套。夜景璀璨，众人都同意步行到距离只有几百码的目的地。

萨特思韦特先生发现身边是自己的朋友。

"奇怪，"他说，"那首歌让我想起了你。第三个小伙，影子小伙，很神秘，而只要有神秘事件出现，我——就会想到你。"

"我有这么神秘吗？"奎因先生微笑了。

萨特思韦特先生用力点点头。

"是的，的确是。你知道吗？在今晚之前，我都不知道你还是专业舞蹈演员。"

"真的？"

"听，"萨特思韦特先生哼着《女武神》的爱情主题曲，"在晚饭的整个过程中，我一看到他们两个，脑子里就回想着这首曲子。"

"哪两个？"

"奥拉诺夫王子和登曼太太。你没看到她今晚有所不同吗？似乎——似乎一扇百叶窗突然打开了，而你可以看到里面的光芒。"

"是啊，"奎因先生说，"也许是这样。"

"又是一出老戏码，"萨特思韦特先生说，"我说对了，是吗？这两个人属于彼此。他们属于同一个世界，想法相同，梦想也一样……你可以看出事情的起因。十年前，登曼肯定很英俊、年轻、精力充沛，而且浪漫。他救了她的命。一切都顺理成章。但是现在，他又是怎样的呢？一个好人，富有而成功，但是……呃……平庸，一个诚实良好的英国人形象，很像楼上的赫波怀特式家具。他的英国化，他的平凡，就像那个嗓音清新却未经训练的漂亮英国女孩。哦，你可能会笑，奎因先生，但你不能否认我说的。"

"我什么都没否认。你的观点一直都是正确的。只是——"

"只是什么？"

奎因先生向前探了探身。他那双忧郁的黑眼睛探寻着萨特思韦特先生的目光。

"你从生活中学到的就这么少吗？"他轻声说道。

他的话让萨特思韦特先生隐约有些不安。他陷入沉思。等回到现实中时，他发现因为自己挑选围巾时耽误了些时间，其他人没等他就走了。他从花园走了出去，穿过下午走过的那扇门。小路沐浴在月光中。虽然他站在门口，但还是能看到前面两个人拥抱在一起。

一开始他以为——

接着他就看清了。约翰·登曼和莫莉·斯坦韦尔。登曼的声音传了过来,沙哑而苦恼。

"没有你我活不下去。我们该怎么办?"

萨特思韦特先生转身想原路返回,但是一只手阻止了他。另外一个人站在门口,就在他身边,也看到了这幅场景。

萨特思韦特先生一看到她的表情就意识到自己错得多么离谱了。

她那只盈满痛苦的手一直抓着他,直到另外那两个人走上小路,消失在他们的视线里。他听见自己在对她说话,说的都是些安慰的傻话,然而又根本不能缓解他料想到的痛苦。她只说了一句话:

"请你,不要离开我。"

他有种莫名的感动。那一刻,他是个有用的人。于是他继续说着一些毫无意义的话,但无论如何都胜过沉默。他们向罗斯凯美尔家走去。她的手时不时地在他肩上收紧、放松,他明白,她很高兴他陪在身边。他们最终走到目的地时,她放下手,站得笔直,头抬得高高的。

"现在,"她说,"我要跳舞了!别担心我,我的朋友。我要跳舞了。"

她蓦地转身走了。罗斯凯美尔夫人扑到他的身边。她珠光宝气,怨声载道。她把他介绍给了克劳德·威卡姆。

"毁了!一切都毁了!这种事总是发生在我身上。所有这些乡下土包子都觉得自己会跳舞。没人问过我的意见——"他说个不停,没完没了。他找到了一个耐心的听众,一个内行。他沉溺在毫无节制的自怨自艾中,直到第一串音符响起来的时候才消停。

萨特思韦特先生从梦中惊醒。他很警觉,再一次审视形势。威卡姆是个十足的蠢货,但是他会写曲子——悠扬,如梦似幻的音乐,就像童话中的蛛丝网一般不可捉摸,然而一点也不做作。

布景很精致。罗斯凯美尔夫人赞助她的被保护人时从来都是不遗余力。灯光的照明效果给阿卡迪亚的林间空地提供了一种恰到好处的非现实气氛。

两位演员跳着舞,似乎穿越了远古时代。修长的男丑角哈利奎因手拿魔杖、脸戴面具,在月光下闪闪发光……穿白衣的科伦芭茵用脚尖旋转着,就像不朽的梦境……

萨特思韦特先生端坐着。之前他经历过这种场面。没错,毋庸置疑……

此刻,他的身体已经远离罗斯凯美尔夫人的客厅,而是在柏林的一家博物馆里,在不朽的科伦芭茵雕像旁边。

哈利奎因和科伦芭茵继续舞动着。宽广的世界是他们跳舞的舞台……

月光下——还有一个身影。小丑皮埃罗在树林中游荡,对着月亮歌唱。他见过科伦芭茵的美貌,他不知疲倦。两个仙人消失了,但是科伦芭茵回头看了看。她听到了一个人的心灵之歌。

皮埃罗在树林间穿梭游荡……灯灭了……他的声音消失在远方……

村子里的草坪——村里的姑娘在跳舞——皮埃罗和皮尔丽特。莫莉是皮尔丽特。没有舞者——安娜·登曼就在那儿——可是当她唱到"皮尔丽特在草原上翩翩起舞"时,声音清新而悦耳。

调子优美,萨特思韦特先生认可地点了点头。有需要的时候,威卡姆反而写不出好曲子来。大部分乱舞着的村里的姑娘们都让萨特思韦特先生不寒而栗,但他意识到罗斯凯美尔夫人下定决心要做慈善事业。

她们催促皮埃罗跟她们一起跳舞,他拒绝了。面孔雪白的他继续游荡——永恒的爱人在寻觅他的理想情人。夜幕降临。哈利奎因和科伦芭茵隐匿身形,在毫无察觉的人群中舞进舞出。众人退场,只剩下皮埃罗,他筋疲力尽,在长满草的岸边睡着了。哈利奎因和科伦芭茵围着他翩翩起舞,他醒过来,看到了科伦芭茵。他向她求爱,却只是徒劳。他恳求,哀求……

她踌躇地站在那里。哈利奎因召唤她离开,不过她没有看到。她正在倾听皮埃罗再一次吟唱的情歌。她倒进他的怀中。帷幕落下。

第二幕是皮埃罗的农舍。科伦芭茵坐在壁炉边,苍白而虚弱。她倾听着——听什么?皮埃罗唱歌给她听,将她的思绪再一次引到他身上。天色渐黑。雷声可闻。科伦芭茵把纺车推到一边,她情绪激动、心潮起伏……她不再聆听皮埃罗的歌声。空中飘扬的是属于她自己的音乐,哈利奎因和科伦芭茵的音乐……她醒了。她忆起过往。

一声雷响!哈利奎因站在门口。皮埃罗无法看到他,可是科伦芭茵跳了起来,发出一声欢笑。孩子们跑过来,可她把他们推向一旁。又一声雷响,四周的墙塌了。科伦芭茵和哈利奎因一起跳着舞奔向暴风雨之夜。

黑暗中,皮尔丽特唱过的曲调再次响了起来。灯光渐渐变得明亮。农舍再次出现。皮埃罗和皮尔丽特变得苍老,坐在壁炉前面的两把扶手椅上。音乐欢快而柔和。皮尔丽特在椅子里点着头。一束月光透过窗子照射进来,被遗忘很久的皮埃罗的恋曲响了起来。他不安地坐在椅子上。

若有若无的音乐,仙乐……哈利奎因和科伦芭茵站在外面。门开了,科伦芭茵跳着舞走进农舍。她朝睡梦中的皮埃罗俯下身，吻他的嘴唇……

轰隆！一声响雷。她又出了农舍。在舞台的中央是亮堂堂的窗户，透过窗户可以看到哈利奎因和科伦芭茵两个身影渐行渐远，渐渐模糊……

一根圆木落了下来。皮尔丽特生气地跳将起来，冲向窗户，拉下窗帘。在一阵突如其来的嘈杂声中，戏剧结束了。

一片鼓掌声和大声叫嚷声，而萨特思韦特先生仍静静地坐在那儿。最后，他站起身，从人群中走了出去。他碰到了莫莉·斯坦韦尔。她一脸绯红，十分激动，接受大家的祝贺。他看到约翰·登曼推开人群向她挤了过来，眼中燃烧着新的火焰。莫莉迎上他，但是，几乎是无意识地，他把她推开了。他在找的人不是她。

"我妻子呢？她在哪儿？"

"我想她去花园了。"

然而，是萨特思韦特先生找到了她。她正坐在一棵柏树下面的石凳上。他朝她走过去的时候，做了一件奇怪的事。他单膝跪地，举起她的手放在自己的唇边。

"啊！"她说，"你觉得我跳得很好？"

"你跳得——跟以前一样好，卡萨诺娃夫人。"

她猛地吸了口气。

"这么说，你已经猜到了。"

"只有一个卡萨诺娃。看过你跳舞的人永远都不会忘记。但是为什么，为什么？"

"还能有什么原因？"

"你是说？"

以前她说话简洁，现在也是如此。"哦，但是你不会明白的。

你见多识广。一个优秀的舞者,她可以有情人,没错,但说到丈夫,就不一样了。而他——他不希望有其他人。他希望我只属于他,可卡萨诺娃不属于任何人。"

"我懂。"萨特思韦特先生说,"我懂。所以你放弃了?"

她点点头。

"你一定很爱他。"萨特思韦特先生轻声说道。

"做出这样的牺牲?"她大笑道。

"不完全是。为了让他轻松愉快些。"

"啊,没错。也许,你说得对。"

"现在呢?"萨特思韦特先生问。

她变得严肃起来。

"现在?"她打住了,抬高声音向树荫处说了一句,"是你吗,塞尔吉乌斯·伊万诺维奇?"

奥拉诺夫王子走到月光下。他握住她的手,一点也不扭捏地朝萨特思韦特先生微笑着。

"十年前,安娜的去世让我伤心痛苦。"他简单地说,"她于我而言,就像我的另一半。今天,我又找回了她。我们再也不会分开了。"

"十分钟后在小路尽头,"安娜说,"我不会失约的。"

奥拉诺夫点点头,离开了。舞者转向萨特思韦特先生,嘴角浮现出一抹微笑。

"怎么了,你不满意,我的朋友?"

"你知道吗,"萨特思韦特先生突然说道,"你的丈夫正在找你?"

他看到她脸上掠过一阵战栗,但她的声音十分坚定。

"是的,"她严肃地说,"也许吧。"

"我看到了他的眼睛,它们——"他突然打住了。

她仍然无动于衷。

"是啊,也许吧。一个小时而已。一个小时的魔力,来自于过往的记忆,来自于音乐,来自于月光——仅此而已。"

"那么,我说什么都没用了?"他觉得自己老了,心灰意懒。

"我和我爱的人生活了十年,"安娜·卡萨诺娃说,"现在我要跟爱我爱了十年的人生活。"

萨特思韦特先生没说什么。他没法反对。这看起来真的是最简单的解决方法了。只是,只是,不知为何,这不是他想要的解决方法。他感到她的一只手搭在他肩膀上。

"我知道,我的朋友,我知道。可是没有第三种办法。人总是在寻找一种东西——爱人,完美的、永恒的爱人……人们听到的是哈利奎因的音乐。没有情人能满足他们,因为所有的情人都是凡人。哈利奎因只是个神话,一个看不见的存在……除非——"

"什么?"萨特思韦特先生问,"除非什么?"

"除非,他的名字是——死亡!"

萨特思韦特先生一阵颤抖。她从他身边走开,淹没在一片黑影之中……

他不知道自己在那儿坐了多久,但是,忽然间,他清醒过来,觉得自己是在浪费宝贵的时间。他匆匆离开,几乎是不由自主地朝一个方向冲了过去。

走上小路的时候,他有种奇怪的非现实的感觉。奇迹——奇迹和月光!两个身影向他走来。

穿着哈利奎因衣服的奥拉诺夫。一开始他是这么想的。然后,当他们从他身边走过去的时候,他知道自己错了。那个轻盈而摇摆的身影只属于一个人——奎因先生……

他们沿小路继续走——步履轻得如同踩踏在空气之中。奎因先生转过头回望着。萨特思韦特先生很震惊,因为那并非是他之前见过的奎因先生的脸,那是一张陌生人的脸,不,不算是陌生人。啊,他认出来了,是成功之前的约翰·登曼的脸。热切、大胆,曾经的少年和情人的脸……

她的笑声向他飘来,清晰而幸福……他目送着他们,看到远处小农舍发出的光。他像个梦中人一样凝视着他们。

一只手搭在他肩膀上,粗鲁地叫醒了他。塞尔吉乌斯·奥拉诺夫猛地扳过他的身子,他脸色苍白、心烦意乱。

"她在哪儿?她在哪儿?她答应我了,可她没来。"

"夫人沿小路走了,一个人。"

说话的人是登曼太太的女仆。她站在他们身后门口的阴影里,抱着女主人的衣服,等在那里。

"我一直站在这里,看到她走过去了。"她补充说。

萨特思韦特先生粗声粗气地冲她说:

"一个人?你是说一个人?"

女仆吃惊地睁大眼睛。

"是啊,先生,您没看到她离开吗?"

萨特思韦特先生抓住奥拉诺夫。

"快点,"他喃喃道,"恐怕——"

他们急忙沿小路跑去。俄国人飞快地语无伦次地说着话。

"她真是个不可思议的人。啊,她今晚跳得多好啊。还有你的那个朋友。他是谁?啊,但是他棒极了——独一无二。以前,她扮演林姆斯基·萨科夫的科伦巴茵时,从来没找到过完美的哈利奎因。默多夫、卡斯宁,都不完美。她有自己的小幻想。她曾经对我说过。她一直跟梦中的哈利奎因跳舞——一个并非真实存在的人。她说，跟她一起跳舞的就是哈利奎因本人。是她的幻想让科伦芭茵这个角色如此出色。"

萨特思韦特先生点着头，脑海中只有一个想法。

"快点，"他说，"我们必须及时赶到。哦，我们必须及时赶到。"

他们拐过最后一个拐角，来到大坑旁边，一具女人的躯体以一种绝美的姿势躺在坑里，他们之前从没见过。她手臂张开，头颅后仰。月光下，了无生气的脸庞和躯体欢欣鼓舞、美丽绝伦。

几个字依稀闪现在萨特思韦特先生脑海中，是奎因先生的话："垃圾堆上会有美妙的东西。"现在，他明白了。

奥拉诺夫断断续续地低声说着话，泪水从他脸上滑落。

"我爱她。我一直爱着她。"这话跟萨特思韦特先生不久之前偶然想到的话一样，"我们属于同一个世界，她和我。我们想法相同，梦想相同。我会永远爱她。"

"你怎么知道？"

俄国人瞪着他——因为他急躁的语气。

"你怎么知道？"萨特思韦特先生继续说着，"所有的恋人都是这么想的——都是这么说的——可真正的恋人只有一个……"

他转过身，差点跟奎因先生撞个满怀。他激动不安地抓住他一只手，把他拉到一边。

"是你，"他说，"刚刚跟她一起的人是你吗？"

奎因先生沉默片刻，然后温和地说：

"如果你愿意，可以那么说。"

"可女仆没看见你？"

"女仆没看见我。"

"但我看到了。为什么？"

"也许,你所付出的代价让你看到别人看不到的东西。"

萨特思韦特先生不解地看了他片刻。接着,他全身抖得像一片杨树叶。

"这是什么地方?"他低声说道,"这是什么地方?"

"今天早些时候我告诉过你了。这是我的小路。"

"情人路,"萨特思韦特先生咕哝道,"人们沿路而过。"

"大多数人,迟早会的。"

"在它的尽头——他们找到的是什么?"

奎因先生微微一笑。他的声音非常柔和。他指着他们上方破败的农舍。

"他们梦中的房屋——或者是垃圾堆。谁知道呢?"

突然,萨特思韦特先生抬头看了看他,全身涌起一股强烈的反感情绪。他觉得自己被欺骗了。

"可我——"他声音颤抖,"我从未走到你的小路的尽头……"

"那你后悔吗?"

萨特思韦特先生畏缩了。奎因先生似乎蔓延得无边无际……萨特思韦特先生眼前的景象既有一种威胁感,又让他恐惧……欢乐,悲伤,绝望。

他那舒服自在的小灵魂惊恐地缩了回去。

"你后悔吗?"奎因先生重复了一遍他的问题,他让人害怕。

"不,"萨特思韦特先生结结巴巴地说,"不——不。"

接着他突然重新振作起来。

"但是我能看到一些东西,"他大喊,"也许我只不过是一个生活的旁观者——但我能看到别人看不到的东西。你自己也说了,奎因先生……"

但奎因先生已经消失不见了。

The Mysterious Mr. Quin
Copyright © 1930 Agatha Christie Limited. All rights reserved.
Letter for Chinese Reader, New Star Edition by Mathew Prichard © 2013 Mathew Prichard.
Translation © 2023 arranged by New Star Press, Agatha Christie Limited. All rights reserved.
www.agathachristie.com
AGATHA CHRISTIE, *AgathaChristie*® and the AC Monogram Logo are registered trade marks of Agatha Christie Limited in the UK and elsewhere. All rights reserved.
Published by agreement with ACL.
Simplified Chinese edition copyright: 2023 New Star Press Co., Ltd.

图书在版编目（CIP）数据

神秘的奎因先生 /（英）阿加莎·克里斯蒂著；党敏博译. -- 北京：新星出版社, 2023.6
（阿加莎·克里斯蒂侦探小说全集：精装典藏版）
ISBN 978-7-5133-4914-7

Ⅰ. ①神… Ⅱ. ①阿… ②党… Ⅲ. ①侦探小说 – 英国 – 现代 Ⅳ. ① I561.45

中国国家版本馆 CIP 数据核字 (2023) 第 054517 号

午夜文库
谢刚 主持